Thalam

Gabriele Ennemann

Thalam

Die Hüter der Erde

Fantasyroman

Riverfield

1. Auflage 2015

www.riverfield-verlag.ch

Umschlaggestaltung
Hauptmann & Kompanie Werbeagentur, Zürich
Lektorat und Korrektorat
Dr. Mechthilde Vahsen, Düsseldorf

Druck und Bindung
CPi Ebner & Spiegel, Ulm
Printed in Germany

ISBN 978-3-9524523-2-5

»Fantasie ist das Tor zu einer anderen Welt,
man kann nie genug davon haben.«

1

Ich stand hoch über Thalam auf dem Felsen Ehlion und blickte auf die stürmische See, die unter mir wogte. Der herbe Geruch von Meersalz und Seetang durchzog die Luft, die mir bei jedem Atemzug prickelnd in den Lungen brannte. Gerade hatte ich noch in meinem warmen Bett in einer Kammer der Schule für Schwertkampf gelegen und geträumt. Doch als ich das Heulen des Windes hörte, das wie ein Lockruf in meinen Ohren klang, gab es kein Halten mehr. Leise war ich in meine Kleider geschlüpft und hatte das Gebäude durch eine Seitentür verlassen. Diesen Weg nutzte ich häufiger für meine nächtlichen Abenteuer. Natürlich war es verboten, aber ich liebte diese Nächte und die damit verbundene Freiheit. Eilig war ich über den Pfad gelaufen, der zum Felsplateau führte. Hier oben fühlte ich mich stark, als sei ich der Herrscher über ein unendliches Land.

Ich lauschte dem Wind, der Böen über das Küstenland trieb, als wollte er jemandem den Weg freiräumen, und stellte mir vor, ich wartete auf meine Späher. Mein Blick schweifte über das Wasser, als erwartete ich tatsächlich jemanden. Doch außer dem Nebel, der über dem Horizont aufzog und zu dieser Jahreszeit nicht ungewöhnlich war, konnte ich nichts entdecken.

Der Wind nahm zu und ich senkte meinen Kopf, um mich zu schützen, als ein besonders heftiger Windstoß mir die Kapuze vom Kopf riss und meine schulterlangen, braunen Haare ungestüm im Wind flatterten. Fröstelnd zog ich die Schultern hoch und zerrte hastig an dem groben Stoff meiner Kapuze, um sie mir wieder tief über das Gesicht zu ziehen. Die Zweige der Büsche wogten unruhig im Wind, irgendwo knackte ein Ast, ein Uhu stieß seinen Ruf aus.

Ein solches Unwetter wie heute hatte ich noch nicht erlebt. Ich schaute in den nachtschwarzen Himmel, über den schwere Wolkenfetzen jagten, ab und an fiel fahles Mondlicht durch die wenigen Lücken und tauchte die Umgebung in ein gespenstisches Licht. Es würde nicht mehr lange dauern, bis der Regen kam. Ich beschloss, zurück in meine Kammer zu gehen und dort das Gewitter abzuwarten.

Für einen Augenblick tauchten im trüben Mondlicht zwei merkwürdige Schatten über dem Meer auf. Das Tempo, mit dem sie Richtung Küste zogen, war schneller als der Nebel. Noch bevor ich die Szenerie eindeutig erkennen konnte, schob sich eine Wolke vor den Mond und nahm mir die Sicht.

Irritiert starrte ich in die Nacht. Spielte mir meine Fantasie einen Streich? Ich kniff die Augen zusammen und wartete. Als ich sie wieder öffnete, hatte die Wolke ihren Weg fortgesetzt. Winzige Lichtreflexe tanzten auf den Wellenkämmen. Die Schatten waren noch da und wurden größer, es gab keinen Zweifel: Es waren zwei riesige Männer auf mächtigen Pferden, die sich der Küste näherten. Zur Vorsicht erzogen, kauerte ich mich auf den Boden, damit sie meinen Umriss nicht wahrnehmen konnten. Gebannt verfolgte ich ihren schnellen Ritt.

Das nächtliche Licht reichte aus, um die Gestalten etwas genauer zu betrachten. Ihre Beine steckten in schwarzen Lederhosen und schweren Stiefeln. Riesige Köcher und große Bogen schwangen auf ihren Rücken im Takt des Galopps hin und her. An den Gürteln baumelten überdimensionale Schwerter, die das Mondlicht widerspiegelten. Die Haare trugen sie zu einem langen Zopf gebunden, der seitlich über ihrer Brust pendelte. Aber was mir den Atem stocken ließ, waren ihre Ohren: Sie waren lang und spitz.

»Das sind Jaher!«

Erschreckt von meinem eigenen Ausruf und den heranstürmenden Reitern drückte ich mich noch tiefer auf den Boden. Ohne mich zu bemerken, galoppierten sie keine zehn Meter an mir vorbei. Aus einer der Satteltaschen ragte ein länglicher Gegenstand. An seinem Ende befand sich eine Kugel, so groß wie eine Melone, gefolgt von einer weitaus kleineren, die sich kurz über der Öffnung der Satteltasche befand. Ein sanfter goldener Schein ging von diesem Ding aus. Ein sonnenheller Gegenstand?

Ein Stab von zwei Metern Länge mit großen und kleinen Kugeln? Woran erinnerte mich das?

Aufgeregt versuchte ich, weitere Details zu entdecken, doch wieder schob sich eine Wolke vor den Mond. Überrascht bemerkte ich, dass der merkwürdige Stab leuchtete, kräftig durchdrang sein Schein das Dunkel.

Die Erkenntnis traf mich wie ein Schlag: Das musste die Lebensachse sein!

So jedenfalls hatte sie Vater Mundus in den Geschichten beschrieben, die er mir, als ich noch bei ihm wohnte, abends am Kamin erzählt hatte. Wie war das gleich? Die Lebensachse diente seit Anbeginn der Zeit dazu, das Gleichgewicht des Planeten und der Menschheit aufrechtzuerhalten. Seit vielen Zeitaltern war sie mithilfe der beschützenden Hände der Thalamer an einem Ort tief unter der Erde verborgen, den nur Eingeweihte kannten.

Doch wenn die Jaher, die Jäger der Angat, sie hatten, dann konnte das nur bedeuten, dass sie geraubt worden war. Damit wäre das Ende der Welt gekommen, sagte die Legende.

»Sie haben mit ihrem Handeln das Gleichgewicht des Planeten zerstört!« Tonlos flatterten die Worte von meinen Lippen in die Nacht. Es begann heftig zu regnen. Panik stieg wie ein Feuer in mir hoch. Ich sprang auf und rannte, von Furcht und Nässe getrieben, den schmalen Lehmweg hinunter ins Tal. Mein einziger Gedanke galt Vater Mundus. Ich musste ihm das Gesehene sofort mitteilen. Er würde wissen, was zu tun war.

Doch die Tatsache, dass ich Vater Mundus meinen nächtlichen Ausflug beichten musste, bereitete mir Unbehagen. Ich dachte an Kindheitstage, in denen ich öfter etwas hatte gestehen müssen. Jedes Mal, wenn ich besonders ungehorsam gewesen war, hatte er damit gedroht, dass mich die Jaher holen würden, wenn ich ihm nicht gehorchte. Ich war damals überzeugt, dass diese Furcht einflößenden Jäger eine Erfindung der Erwachsenen wären, um Kindern Angst zu machen. Aber was ich gerade gesehen hatte, war alles andere als ein Märchen. Die beiden Gestalten waren echt, sogar sehr echt, und sie kamen zu unserer Küste, mitsamt der Lebensachse. Was hatte das zu bedeuten?

2

Im Dorf war von dem Sturm kaum etwas zu spüren, nur der Regen wollte nicht nachlassen. Als ich das Haus von Vater Mundus erreichte, waren meine Kleider durchnässt und schmutzig und meine Zähne schlugen vor Kälte hart aufeinander. Hektisch betätigte ich den Türklopfer. Das laute Pochen drang tief in das Innere des Hauses.

»Moment, ich komme!«, vernahm ich dumpf die mir vertraute Stimme. Voller Ungeduld wippte ich von einem Bein auf das andere. Es dauerte eine gefühlte Ewigkeit, bis sich die Tür knarzend öffnete. Vor mir stand mein Vater in seinem dicken, braunen Morgenmantel aus Schafsfell und Leinen. Er blinzelte verschlafen. Erst als er mich erkannte, huschte ein Lächeln über sein faltiges Gesicht, das von weißen Haaren umrahmt war, die wirr um seinen Kopf standen.

»Sei gegrüßt, Gidion, komm herein.« Er machte eine einladende Handbewegung, der ich nur zu gern folgte. In der Wohnstube des alten Holzhauses war es warm und gemütlich.

»Vater! Ich habe sie gesehen!«, sprudelte ich los.

Vater Mundus schloss die Tür und wandte sich mir zu. »Von wem sprichst du?« Seine wachen, hellgrauen Augen schauten milde und unterstrichen sein warmes Lächeln.

»Die Jaher … sie … sie sind vom Meer gekommen! Es gibt sie … es gibt sie tatsächlich … und … und sie haben die Lebensachse … ich habe sie beobachtet!« Nervös strich ich meine nassen Haare aus dem Gesicht.«

»Was sagst du da?« Seine Lippen wurden zu schmalen Strichen und in seine Augen trat ein bekümmerter Ausdruck. So ernst hatte ich ihn noch nie gesehen. Er bemerkte meine Angst, aber statt darauf einzugehen, reagierte er wie früher, wenn ich von einem spannenden Ausflug hungrig und müde nach Hause gekommen war.

»Jetzt beruhige dich erst einmal und zieh die nassen Kleider aus. Ich werde dir eine Wolldecke bringen, damit du dich nicht erkältest.« Behäbig schlurfte er in die hinterste Ecke seiner Wohnstube. Verdutzt über sein gelassenes Verhalten zog ich eine Augenbraue in die Höhe. »Hast du mich nicht verstanden, Vater? Die Jaher sind da! Sie haben die Lebensachse!«

Immer noch außer Atem, erzählte ich, was ich soeben erlebt hatte. Der Alte machte einen Katzenbuckel und kam mit schweren Schritten auf mich zu. Er reichte mir eine dicke, bunt gewebte Decke.

»Ich habe dich sehr wohl verstanden, Gidion, aber ich möchte, dass du dich zunächst einmal beruhigst. Nur ein ruhiger Krieger ist ein guter Krieger. Schlachten werden mit kühlem Kopf gewonnen, nicht mit hitzigem Geist.«

Entschlossen reckte er den Kopf in die Höhe, um mir direkt in die Augen zu sehen. Das gelang ihm nur mäßig. Unwillkürlich musste ich grinsen. Sein Verhalten erinnerte mich an die Zeit, als ich kleiner gewesen war als er. Jedes Mal, wenn ich glaubte, mich gegen ihn behaupten zu müssen, streckte ich meinen Körper, so gut ich konnte, in die Höhe, um ihm in die Augen zu schauen. Mittlerweile überragte ich ihn mit meinen fast 1,80 Metern um eine gute Kopflänge. Damit hatte sich die Perspektive eindeutig zu meinen Gunsten verändert. Doch mein Respekt für ihn war keine Frage der Körpergröße.

Gehorsam entledigte ich mich meiner nassen Gewänder und hüllte meinen trainierten Körper in die wärmende Wolle, während Vater Mundus meine Kleider zum Trocknen auf eine Leine in der Nähe des Feuers hing. Ich machte es mir vor dem prasselnden Kamin auf der alten grünen Couch gemütlich. Der Schein des Feuers malte zuckende Umrisse auf die Wände, während der würzige Duft von brennenden Buchenscheiten durch den Raum zog. Die Einrichtung war karg und bestand aus der alten Sitzecke nebst Couchtisch und einem weiteren Holztisch, der Vater Mundus als Arbeitsmöbel diente. Langsam drang die Wärme in meine kalten Muskeln und gab meinen Gliedern ihre ursprüngliche Geschmeidigkeit zurück.

Mein Vater war kein Mann großer Worte. Also wartete ich, bis er sich mit zwei dampfenden Tassen Tee zu mir setzte. Der Tee duftete süß nach Vanille. Mir lief das Wasser im Mund zusammen. Ich fühlte mich in die Zeit zurückversetzt, als ich ungefähr sechs Jahre alt war. Ich sah mich Vanilletee schlürfend, Zuckerplätzchen knabbernd und vor Erregung über Vaters Geschichten zu einem schlotternden Häufchen zusammengekauert auf dem Sofa hocken, seinen Erzählungen von mutigen Helden und ruhmreichen Kämpfen lauschend. Nie wurde ich müde, ihm Löcher in den Bauch zu fragen, schließlich wollte ich wie jedes Kind eines Tages ein mutiger Held sein. Da war es nur dienlich, wenn man mit dem Heldenstudium so früh wie möglich begann. Nun war ich fünfzehn Jahre alt und wurde in Schwertkampf und weiteren Techniken ausgebildet. So sah der Alltag eines Helden aus. Als Kind glaubte ich, man würde als Held geboren. Dass es jedoch mit so viel Mühe und Schweiß verbunden war, hatte ich erst in der Schwertkampfschule begriffen.

Vater Mundus unterbrach meine Gedanken. »Wenn es wirklich so ist, wie du sagst, dann werden die Menschen auf der Erde auf das, was nun kommt, nicht vorbereitet sein. Sie haben schon lange vergessen, dass es uns hier unten gibt, und so werden sie vielleicht zu unbewussten Helfern der Sinister.«

Nachdenklich strich er über sein bärtiges Kinn. Diese Geste kannte ich gut. Sie kam immer dann, wenn er nicht sofort die Lösung eines Problems oder eine passende Antwort wusste. Ich warf ihm einen finsteren Blick zu. »Stimmt es, was die Legende besagt? Ist es wahr, dass Thalam aus dem Rhythmus gerät, wenn die Lebensachse von ihrem angestammten Ort entfernt wird? Und dass dann alles Leben auf und unter der Erde stirbt?«

Der Alte nickte vage. »Ja, so steht es im Ersten Buch Thalams geschrieben, Gidion. Du kannst dich sicher noch an deinen Geschichtsunterricht erinnern, ihr habt vor einiger Zeit dieses Buch bis auf wenige Abschnitte gelesen. Wer die Lebensachse besitzt, besitzt die Macht über das Leben und den Tod unseres Planeten.

Wenn tatsächlich die Jaher den kriegerischen Sinistern die Lebensachse übergeben, dann werden sie diese unvorstellbar große Macht besitzen und sie, so wie ich sie kenne, missbrauchen. Sie können dann entscheiden, wie es mit der Welt und ihren Bewohnern, also auch mit uns Thalamern, weitergeht. Das bedeutet für uns: Sie werden aus Habgier das zerstören, was wir seit vielen tausend Jahren bewachen. Wie du weißt, hält die Lebensachse alles in der Waage, sodass nichts verloren geht und nichts aufgebraucht werden kann. Wird sie aus ihrer Halterung entfernt, gerät der gesamte Planet mehr und mehr aus dem Gleichgewicht, bis er schließlich zum Stillstand kommt.«

Ich schluckte.

»Die Sinister waren schon immer ein rücksichtsloses Volk. Sie wollen seit jeher die absolute Macht und jeglichen Besitz an sich reißen. Nun scheinen sie ihrem Ziel nah zu sein. Wenn erst ihre dunkle Herrschaft den gesamten Planeten ergriffen hat, werden sie uns Thalamer vernichten, denn der Hass, den sie in sich tragen, gilt nicht der Menschheit. Was sie wollen, ist Thalam.«

»Und warum hat niemand um Hilfe gerufen nach dem Diebstahl?«

Vater Mundus hielt inne, hob die Tasse zum Mund und trank in kleinen Schlucken den heißen Tee. »Das ist nicht so einfach, wie du dir das vorstellst. Der Ort, an dem sich die Lebensachse befindet, ist geheim. Alle, die dort leben, sind dort geboren und verlassen diesen Ort niemals. Aber du müsstest das im Unterricht durchgenommen haben.«

Zerknirscht gab ich zu: »Ich habe in der Schule oft nicht aufgepasst. Kannst du mir erklären, wer die Sinister eigentlich sind? Und wo Sinistrien liegt?«

Nervös rutschte ich auf der Couch hin und her. Vater Mundus schenkte mir ein nachsichtiges Lächeln. »Wenn es weiter nichts ist. Dann pass aber jetzt besser auf, denn dieses Wissen ist wichtig, wie du merkst.« Er räusperte sich. »Die Menschen wohnen auf der Oberfläche unseres Planeten und sie haben so gut wie keinen Einfluss auf das Geschehen des Erdballs, obwohl sie es glauben.

Unser Teil der Welt ist etwas komplizierter. Thalam ist zwar relativ klein, aber wir sind entscheidend für den Fortbestand des Planeten, da wir den Lebensrhythmus bewachen, der das Geschick der gesamten Welt lenkt. Wir sind sehr tief unter der Erdoberfläche, tief genug, dass die Menschen nicht so einfach zu uns durchdringen können. Direkt unter uns befindet sich ein weiterer Teil, der zur einen Hälfte zu Thalam und mit der anderen zu Sinistrien gehört.

Das Land Sinistrien liegt neben uns im Norden auf gleicher Höhe. Doch obgleich sie unsere Nachbarn sind, können die Sinister nicht einfach so zu uns kommen. Und wir nicht zu ihnen, denn es gibt unsichtbare und unüberwindbare Grenzen, die einen Besuch in dem jeweils anderen Teil unserer Welt fast unmöglich machen. Über all das herrscht die große Tenebrae. Sie hat, als sie diese Welt erschuf, festgelegt, dass man nur durch bestimmte Tore in die anderen Welten, wie ich sie nenne, gelangen kann. Es gibt zwei verschiedene Arten von Toren, die von ihr und ihren Helfern kontrolliert werden: Die einen sind fest mit den Welten verbunden, die anderen werden je nach Willen und Zweck Tenebraes an einen Ort gestellt. Hast du das bis hierhin verstanden?« Erwartungsvoll ruhten seine Augen auf meinem Gesicht.

»Ich denke schon. Aber ich frage mich, warum bisher keiner meiner Freunde oder ich selbst so ein Tor entdeckt haben?«

Vater Mundus ignorierte meine Unruhe. »Die Tore sind zum größten Teil gut getarnt, manche sogar unsichtbar und glücklicherweise zu weit weg, durch Zufall findet man sie nicht. Außerdem möchte Tenebrae nicht, dass ein junger Abenteurer wie du in Gefahr gerät. Es wäre eine Katastrophe, wenn einer von euch aus Versehen nach Sinistrien gelangen würde. Du kannst dir so viel Bosheit, wie es sie dort gibt, gar nicht vorstellen, Gidion. Wären die Grenzen offen, wäre niemand von uns mehr sicher. Dann wäre es in unseren Dörfern sehr schnell vorbei mit der beschaulichen Ruhe, wie du sie kennst.«

Ich nickte, auch wenn ich zu wenig Lebenserfahrung hatte, um mir dieses Szenario ausmalen zu können. »Aber warum kommen die Jaher zur Küste Thalams? Wieso sind sie nicht sofort nach dem Diebstahl der Lebensachse nach Sinistrien geflohen?« Ich schaute ihn forschend an. Vater Mundus erwiderte stumm meinen Blick. In seinen Augen lag ein Ausdruck, der mir Unbehagen bereitete. Schließlich erklärte er: »Ich selbst war zwar noch nicht in dem Berg, in dem die Lebensachse ihren Platz hat, aber ich könnte mir vorstellen, dass die Jaher den für sie sinnvollsten Weg gewählt haben. Sie haben sicher nicht damit gerechnet, dass jemand um diese Zeit und bei diesem Wetter auf dem Felsplateau steht und sie bemerkt. Und wer sagt uns, dass sie den Raub der Lebensachse nicht vor einem der Ihren geheimhalten wollten? Der Weg über das Meer war für sie vermutlich sicherer, um unbemerkt nach Sinistrien zu gelangen, statt durch eines der Dörfer zu reiten. Nur der Zufall wollte es, dass ausgerechnet du heute Nacht auf dem Felsen gestanden und sie gesehen hast. Wahrscheinlich wäre sonst noch mehr kostbare Zeit verstrichen, bis wir benachrichtigt worden wären.«

Seine Worte hörten sich plausibel an, trotzdem hatte ich noch nicht alles verstanden. »Also, es gibt die Erdoberfläche und die Menschen, darunter Sinistrien als dunklen Ort und Thalam als den Ort des Guten. Und was ist das dann für ein Ort, der zu einem Teil zu Thalam und zum anderen Teil zu Sinistrien gehört? Wenn er unter unserer Welt und unter der Welt der Sinister liegt, wie heißt er, wozu gibt es ihn und wer lebt dort?«

Vater Mundus strich sich erneut durch seinen Bart. »Warte ab, das wirst du noch früh genug erfahren.« Er stellte seine Tasse auf den Couchtisch. »Wir sollten uns jetzt wichtigeren Dingen zuwenden.«

Wichtigere Dinge? So abweisend war er nur, wenn er mir etwas verheimlichen wollte. Ich wusste, dass er ausgesprochen stur sein konnte, also würde ich mich gedulden müssen, bis er den Zeitpunkt für gekommen hielt, mich einzuweihen. Noch zu aufgedreht, um schlafen zu können, verwies ich wieder auf die Legende. »Was erwartet die Menschen? Was erwartet uns?«

Vater Mundus seufzte, bevor er geduldig antwortete: »Das kann niemand sagen, Gidion, denn die Lebensachse wurde noch nie gestohlen. Sie war, solange ich denken kann, immer an ihrem Platz und hat ihren Dienst verrichtet. In vielen Schriften und Nachträgen, die das Erste Buch Thalam enthält, ist von Katastrophen wie Vulkanausbrüchen, Erdbeben, Überschwemmungen und fehlendem Sauerstoff die Rede. Doch welche Auswirkungen dieser Diebstahl wirklich hat, kann man nur vermuten. Eines ist allerdings sicher: Ohne den Rhythmus Thalams wird es auf Dauer keine Jahreszeiten mehr geben und damit ist das Leben auf und unter der Erde dem Tod geweiht.« Mit müder Geste fuhr er sich durch sein immer noch wirres Haar.

»Und woran kann man erkennen, dass die Lebensachse nicht mehr funktioniert?«

»Nun ja. Gestern Abend ging ich in den Garten, um nach dem Gemüse zu sehen. Da bemerkte ich, dass das Grün der alten Linde nicht mehr so leuchtend war wie die Abende zuvor. Normalerweise ist dieser Baum nicht sehr empfindlich, doch als ich ihn näher in Augenschein nahm, stellte ich fest, dass seine sonst so kraftvollen Äste etwas müde herabhingen. Einige seiner Blätter hatten sich verfärbt, als wäre es gewöhnliches Herbstlaub. In diesem Moment wurde mir klar, dass etwas Entscheidendes nicht stimmt. Nun wissen wir, dank deiner Beobachtung, woran es liegt. Bleibt die Lebensachse in den Händen der Sinister, wird Thalams Rhythmus zum Stillstand kommen. Außer es schafft jemand von uns, die Lebensachse rechtzeitig zurück an ihren Platz zu bringen.«

»Aber schaden sich die Sinister damit nicht selbst?«

Vater Mundus legte mir die Hand auf die Schulter. »Die Sinister und ihr Heer der Angat sind aus einem anderen Holz, mein Junge. Die meisten brauchen keine Sonne und keine Jahreszeiten. Sie sind Geschöpfe der Dunkelheit und nehmen sogar den eigenen Tod billigend in Kauf, wenn sie dafür die Genugtuung eines einzigen Tages der absoluten Herrschaft genießen können.«

»Aber wenn sie so bösartig sind, wozu brauchen sie dann die Jaher? Sie hätten doch einfach ein paar Krieger aussenden können, um die Lebensachse an sich zu bringen.«

»Die Jaher, mein Sohn, sind lautlose Jäger, sie haben keine andere Aufgabe, als den Sinistern Dinge oder Menschen herbeizuschaffen. Hätten sie Krieger ausgesandt, wäre dies nicht unbemerkt geblieben und es hätte mehr Zeit gebraucht. Die Jaher hingegen sind schnell und in der Nacht fast unsichtbar.«

»Und wo …? »

Er unterbrach mich. »Habe noch etwas Geduld, deine Fragen werden nicht unbeantwortet bleiben, Gidion. Noch haben Thalam und die Welt etwas Zeit und die sollten wir klug nutzen.«

Ich konnte nicht verbergen, dass mich das Gehörte erschreckte. Gleichzeitig beschlich mich eine sorgenvolle Vorahnung. Ich hatte den Eindruck, dass Vater Mundus mir Dinge verschwieg, die für mich persönlich wichtig waren. Vielleicht hatte es damit zu tun, dass er mich vor 15 Jahren aufgenommen hatte, als feststand, dass ich weder Eltern noch Verwandte besaß?

Ich starrte auf meine Hände, die ich zu Fäusten geballt hatte. Da war sie wieder, die alte Verzweiflung. Obwohl ich mich wehrte, kehrte ich zurück zu dem Moment, als ich zwölf Jahre alt war und Vater Mundus mir erzählte, dass er mein Pflegevater sei. Damals erklärte er mir, dass meine Eltern während eines geheimen Auftrags im Kampf gegen die Angat ums Leben gekommen waren. Da war ich gerade mal drei Monate alt. Ich versuchte mich seitdem an meine Eltern zu erinnern, doch da war nichts als Leere. So kam es, dass ich mich tief in mir nach etwas sehnte, das ich nicht kannte. Ein lautes Knacken aus dem Kamin brachte mich in die Gegenwart zurück.

»Können wir nicht gegen die Sinister und ihre Angat kämpfen?« Ich wusste, dass Vater Mundus die Angst in meiner Stimme hörte, doch es war mir egal.

»Sicher, Gidion. Du glaubst doch nicht, dass wir kampflos die Lebensachse und das Geschick unseres Planeten aufgeben!?«

Ich fasste all meinen Mut zusammen und sprang entschlossen von meinem Platz auf. »Dann lass auf der Stelle jeden Mann des Dorfes wecken – wir ziehen in den Krieg!« Meine Stimme donnerte durch den Raum. Vater Mundus lachte laut auf und zog mich wieder zurück auf die Couch. »Es ist schön zu sehen, dass du kein Feigling bist. Aber es gefällt mir nicht, dass du dich wie ein Narr benimmst!«

Seine Worte waren für mein Selbstwertgefühl wie eine Ohrfeige. Irritiert schaute ich ihn an. »Aber was sollen wir dann tun, wenn wir nicht kämpfen?«

»Junge! Was glaubst du, werden wir gegen die starken und brutalen Kämpfer der Angat mit einer Handvoll Männern auf Eseln ausrichten? Ich verspreche dir, wir werden kämpfen, aber nicht so, wie es dein sich aufbäumender Trotz verlangt.«

Er hatte recht. Allein die beiden Jaher konnten meine Schulkameraden und mich mit einem Schwerthieb vernichten. Da musste man schon einen ganzen Sack voll Glück haben, wenn man sie besiegen wollte. Aber wenn man jung und wild war, wollte man sich nur zu gern auf dieses Quäntchen verlassen, also warum nicht? Schnaubend wie ein Stier blies ich die Atemluft durch die Nase, mir saß das Adrenalin in den Haarspitzen, es hätte nicht mehr viel gefehlt und ich hätte mit den Füßen gescharrt. Mein Vater strich mir besänftigend über den Kopf.

»Ich weiß, dass ihr Jungen euch nur zu gern beweisen möchtet. Und erst recht, seitdem du und deine Freunde auf der Schule für Schwertkampf seid. Doch ich sage dir: Muskeln und jugendlicher Leichtsinn reichen nicht aus, um diese Gegner zu besiegen.«

Traurig ließ ich den Kopf hängen. Ich begriff, dass meine Heldenträume jeglicher Realität entbehrten. Auf das Glück konnte man sich eben nur verlassen, wenn man alles andere beherrschte, und das konnte ich von mir und meinen Mitschülern nicht behaupten.

»Sei nicht verzagt, mein Sohn. Ich schlage vor, du bleibst über Nacht hier. Ich werde einen Boten zur Schule schicken und dich entschuldigen lassen, damit man dich nicht sucht.« Er hielt inne. »Oder sucht man dich schon? Wieso bist du überhaupt mitten in der Nacht auf dem Felsplateau gewesen?«

Unter dem Blick seiner forschenden Augen schrumpfte ich zusammen. »Ich war nicht müde und wollte frische Luft schnappen. Ich bin einfach nur so herumgelaufen und plötzlich stand ich auf dem Berg Ehlion. Man wird mich nicht vermissen, denn niemand hat gesehen, dass ich die Schule verlassen habe. Du kannst mit der Nachricht also warten, bis es hell wird.«

»Gut, wir werden bis morgen warten. Aber dann werde ich der Schule Bescheid geben müssen.« Er nickte kurz in meine Richtung. »Ich möchte, dass du heute Nacht hier in der Wohnstube auf der Couch schläfst. Morgen reiten wir in aller Frühe gemeinsam zu König Onuphrius. Ich werde den Boten bitten, noch vor Sonnenaufgang aufzubrechen. So kann er zuerst die Schule informieren, bevor er unseren Besuch auf dem Schloss ankündigt.«

»Wir gehen zum König?« Vor Überraschung weiteten sich meine Augen.

»Ja, mein Sohn.«

»Aber ich durfte noch nie zum Schloss. Glaubst du tatsächlich, wir kommen an den Wachen vorbei? Wir haben doch gar keine Einladung.«

»Mach dir darüber keine Gedanken. Ich bin mir sicher, dass uns der König empfängt.« Vater reichte mir ein weiches Kopfkissen und eine weitere Decke. »Leg dich jetzt hin, mein Junge, morgen haben wir einen anstrengenden Tag.«

Ich nickte und rollte mich auf dem alten Sofa zusammen. Wenn es nach mir gegangen wäre, hätte ich diese Nacht gern in meinem Zimmer verbracht, aber wie ich Vater Mundus kannte, war es nicht geheizt, und so ersparte ich mir die Nachfrage. Soweit ich wusste, hatte noch keiner meiner Klassenkameraden das Schloss von innen gesehen, und ausgerechnet ich durfte morgen dort hinauf. Vielleicht lud uns der König zum Tee?

»Gute Nacht, Gidion.« Vaters Stimme drang wie Watte durch meine Gedanken.

»Gute Nacht«, antwortete ich lahm. Kurz darauf drang sein Schnarchen zu mir herüber und machte mir die eigene Müdigkeit bewusst. Leise knisterte das Holz im Kamin. Die Standuhr im Flur ließ zweimal ihren warmen Gong ertönen. Ich gähnte herzhaft. Etwas in mir sagte, dass mit dem Morgengrauen das Abenteuer beginnen würde, auf das ich schon seit meinen Kindertagen gehofft hatte. Endlich!

3

Noch während es dämmerte, machten wir uns auf den Weg. Nicht nur wir, selbst die Esel schienen schlecht geschlafen zu haben. Müde trotteten sie die aufgeweichten Pfade zwischen Häusern und Wiesen entlang. Vater Mundus und ich schwiegen. Der frische Geruch des Morgens schmeichelte unseren Nasen. Tief sog ich die kühle Luft ein.

Ich wusste, Sinistrien war ein karges, unwirtliches Land, in dem es nichts außer einer unendlich heißen Steinwüste, kahlen Landstrichen, dunklen, morastigen Wäldern und eisigen Weiten gab. Nur wenige Thalamer, die bei einem der Überfälle als Geiseln nach Sinistrien verschleppt worden waren, hatten es geschafft, von dort wieder zurückzukehren. Normalerweise kamen sie nicht zurück. Ich selbst hatte noch nie mit einem dieser Wiederkehrer gesprochen, denn sie wollten nicht über das Erlebte reden. Sinistrien musste schrecklich sein. Die meisten der älteren Bewohner beunruhigte schon allein die Erwähnung des Namens. So kannte ich nur die Erzählungen von Vater Mundus. Einst gab es das Volk der

Thalamer, sie lebten friedlich miteinander und jedem von ihnen ging es gut. Doch eines Tages kam eine Gruppe junger Leute aus Langeweile auf die Idee, einen Ausflug auf die Erdoberfläche zu den Menschen zu machen. Niemand hatte etwas dagegen. Die jungen Thalamer vergnügten sich mit den Menschen, die ihren Besuch ebenfalls als willkommene Abwechslung schätzten. Aus Dankbarkeit für die Gastfreundschaft der Menschen verschenkten die Thalamer Münzen und Schmuck an ihre neuen Freunde. Das weckte in einigen eine unstillbare Gier. Sie begannen, die jungen Thalamer negativ zu beeinflussen, und redeten ihnen ein, die wertvollsten Gold- und Schmuckstücke der thalamischen Gemeinschaft für sich zu behalten statt mit den Dorfbewohnern zu teilen. Zunächst hörten sich die Erklärungen der Menschen plausibel an, doch die unerfahrenen Thalamer kannten den Sinn von Macht und Reichtum nicht, sondern nur das Allgemeingut. So boten sich diese neuen Freunde an, mit ihnen nach Thalam zu gehen, um dort ein neues, besseres Leben anzufangen. Natürlich war es nicht die Absicht der Menschen, den Thalamern etwas Gutes zu tun. Sie wollten deren Naivität zu ihren Gunsten ausnutzen und sich hemmungslos an den Schätzen bereichern.

Die Thalamer brachten die Menschen vertrauensvoll in ihre Welt. Doch die Gäste hatten ein ausgesprochen schlechtes Benehmen. Sie bemächtigten sich aller Dinge, von denen sie glaubten, dass sie kostbar seien. Das Allgemeinwohl war ihnen völlig egal. Da sich niemand wehrte, stillten sie ihre Habgier immer zügelloser.

Als die jungen Thalamer sie baten, die Gepflogenheiten ihrer Gesellschaft zu respektieren, redeten die Menschen so lange auf ihre naiven Freunde ein, bis diese zu verwirrt waren, um Gut und Böse zu unterscheiden.

So war es nur ein kleiner Schritt, sich zusammen mit diesen Menschen von Thalam loszusagen und ein scheinbar freieres Leben zu beginnen, in dem es nur um das eigene Wohl ging. Es sollte fortan nur Spaß und keine Verpflichtungen mehr geben. Die Abtrünnigen zogen in den Norden des Landes und ließen nichts mehr von sich hören. Erst Generationen später erkannten die Nachkommen die Folgen dieser Trennung. Aus der Splittergruppe der Menschen und Thalamer war ein ganzes Volk geworden, die Sinister. Unter ihnen waren die Angat, die das Heer bildeten, die schlimmsten. Es wurde gemutmaßt, dass ein Fluch auf diesem Volk liege, denn alle Kinder aus der Verbindung von Menschen und Thalamern kamen mit spitzen Ohren zur Welt. Sie nannten sich Angat und zeichneten sich durch besondere Kraft und Brutalität aus. Zunächst trugen sie ihre Machtkämpfe nur untereinander aus, doch einige Generationen später begannen sie, auch die Dörfer der friedlichen Thalamer zu überfallen. Es hieß, dieses Verhalten habe Tenebrae so wütend gemacht, dass sie das Land in zwei Hälften teilte und durch magische Grenzen trennte. Fortan erwähnten die Thalamer den dunklen Ort im Norden nur hinter vorgehaltener Hand. Und da die Angst vor den Überfällen der Angat groß war, vermied man, so gut es ging, über die dunkle Seite zu reden.

Thalam selbst besaß eine fruchtbare Vegetation. Die Bauern fuhren ertragreiche Ernten ein. Das Korn wuchs goldgelb und reichhaltig auf den Feldern, der Mais stand in dicken Stauden an Wegrändern, Obstbäume lieferten mehr, als alle essen konnten. Im Sommer spendeten Wälder kühlen Schatten, Bienen tummelten sich auf Wiesen und sammelten Honig. Mutige Zuckerbäcker entnahmen den wilden Bienenstöcken die süße Verlockung, um Plätzchen und allerhand Süßigkeiten herzustellen. Der Herbst deckte die Tische mit Pilzen, Beeren und Nüssen. Es gab Kleidung aus dichter Schafswolle, Leinen und feinster Seide, Schuhe aus Leder und Sandalen aus Holz oder Flachs. Auf bunten Märkten boten die Bauern und Händler ihre Waren feil. Für die Kinder gab es Leckereien aus Zuckerrüben und Johannisbrot und die buntesten Kuchen. Jeder Thalamer liebte die Markttage, hier wurde nicht mit Gold oder anderen toten Dingen bezahlt. Man gab seine Arbeitsleistung oder seine Weisheit, dieser Tauschhandel funktionierte seit vielen tausend Jahren. Nie nahm sich jemand mehr, als er für seinen eigenen Bedarf benötigte.

Dieses wunderbare Leben gab es in Sinistrien nicht, was die dortigen Bewohner ärgerte. So blieb die von Tenebrae ersehnte Ruhe aus. Also entschloss sie sich, die Gegend Sinistriens unwirtlicher zu machen, als sie es ohnehin schon war. Sie hoffte, dass Armut und Kälte dem unnützen Blutvergießen ein Ende machen würden. Doch statt sich zu besinnen, rotteten sich die Stärksten unter den Sinistern zusammen und stellten ein noch größeres Heer auf. Sie drohten den Thalamern mit einem Krieg, um sie ihres Landes, ihrer Besitztümer und ihrer Freiheit zu berauben.

Der Ältestenrat der Thalamer versammelte sich, um die Lage zu besprechen. Doch nach langen Diskussionen erkannten sie, dass ihnen nichts anderes übrig blieb, als selbst ein Heer zu bilden. Da sie keine Kämpfer besaßen und es ihnen an Erfahrung fehlte, sandten sie in ihrer Not einige mutige Männer auf die Oberfläche, um nach Hilfe zu suchen.

Doch dieses Mal waren die Thalamer schlauer als ihre Vorfahren: Sie versprachen den Menschen keine Reichtümer und verschenkten kein Gold, sondern boten den Interessierten ein Abenteuer und fanden auf diese Weise Mitstreiter, die so wie sie an Ideale glaubten.

In aller Eile wurden Schwert- und Degenkämpfer ausgebildet, die außer ihrer Kraft auch Verstand und ein gutes Herz besaßen. Es folgten unruhige Zeiten, in denen die Thalamer oft um die eigene Existenz bangten, doch trotz aller Widrigkeiten bewahrten ihre Soldaten die Dörfer und die Bewohner vor allzu großem Schaden. Nach langen Auseinandersetzungen mit Sinistrien kehrten wieder Ruhe und Frieden in Thalam ein. Das Einzige, was aus dieser Zeit nachwirkte, war ein großes Misstrauen gegenüber Fremden und eine Reihe von Gesetzen, die ausschließlich die Sinister und das Heer der Angat betrafen. Das war alles lange vor meiner Geburt geschehen.

Eine andere Begebenheit hingegen berührte meine Lebenszeit direkt. Vor einigen Jahren hatten die Angat einen neuen, jungen Anführer präsentiert, der aufgrund seiner Boshaftigkeit schnell zu Ruhm und Ehre in Sinistrien gekommen war. Sein Name war Jechube. Er war das Kind einer Thalamerin und eines Angat. Diese Thalamerin war die Schwester des Königs. Sie hatte vor ihrer Niederkunft beteuert, dass der Vater des Jungen ein ehrenhafter Thalamer sei, dessen Namen sie nicht nennen wolle, solange sie nicht den ersten Schrei ihres Erstgeborenen gehört habe. Sie hatte wohl gehofft, dass ihr Kind nicht mit dem typischen Merkmal der Angat, den spitzen Ohren, zur Welt kam. Doch als Jechube geboren wurde, mit langen und spitzen Ohren, war ihr Geheimnis gelüftet. Wenige Stunden nach der Geburt starb sie und der Vater des Jungen blieb unbekannt.

König Onuphrius, der verwitwet war, nahm den Kleinen trotz aller Warnungen des Ältestenrates zu sich und ließ seinen Neffen an der Seite seines Sohnes Levinor erziehen. Er machte zwischen den Jungen keinen Unterschied und so tolerierten die meisten der Thalamer diese Entscheidung.

Als die Jungen alt genug waren, um Verantwortung zu übernehmen, übergab der König ihnen jeweils ein Stück Land, das sie bestellen sollten. Das Land des Prinzen gedieh prächtig, während das von Jechube kläglich verdorrte. Der König war verärgert, doch Jechube beteuerte, nichts Falsches getan zu haben. Erst als Prinz Levinor seinem Vater versicherte, dass Jechube die Wahrheit sprach, beschloss der König, die Schuld auf das Stück Land zu schieben. Er wollte nicht wahrhaben, dass Jechube ein Erbe in sich trug, das ihn mit den Angat verband. In gleichem Maß, wie Levinor Menschen und Tiere liebte und von ihnen geliebt wurde, hatten sie vor Jechube Angst. Denn sie spürten, dass sein Herz hart war und keine Liebe kannte. Die Jahre waren gezeichnet vom ständigen Streit zwischen König Onuphrius und seinem Ziehsohn, bis er Jechube schließlich verstieß.

»Ich befehle dir: Geh fort, auf dass du Levinor nicht verdirbst!«, waren die letzten Worte, die Jechube von seinem Onkel hörte. Mit Hass im Herzen verschwand er in der nächsten Nacht und blieb verschwunden, als hätte ihn die Erde verschluckt. Levinor, der seinen ein Jahr jüngeren Cousin schmerzlich vermisste, litt sehr unter dessen Abwesenheit. Oft fragte er seinen Vater nach Jechubes Verbleib, doch dieser schwieg.

Lange hörte man nichts von dem ungeliebten Neffen. Doch eines Tages, es war Levinors zwanzigster Geburtstag und der Tag, an dem er seine offiziellen Würden als Prinz erhalten sollte, tauchte Jechube am Hof des Königs auf. Er erklärte, Sehnsucht nach seiner Familie zu haben, also ließen ihn die Wachen passieren. Völlig überraschend platzte er in die Feierlichkeiten und prahlte damit, ein

Krieger und bald Führer der Angat zu sein. Dem Prinzen bot er an, ihn mit nach Sinistrien zu nehmen, und versprach ihm ein paradiesisches Leben, wenn er mit ihm gemeinsam die Angat anführen würde. Levinor kam ins Grübeln, denn die Versprechungen waren verlockend. Sein Drang nach Abenteuern ließ ihn jegliche Vorsicht vergessen.

Er bat den König um Erlaubnis, für einige Zeit nach Sinistrien zu gehen, doch der König erkannte die böse List Jechubes und ließ diesen aus dem Palast werfen. Unter wüsten Flüchen und der Androhung, Thalam zu zerstören und die Macht an sich zu reißen, verließ Levinors Cousin das Land. Das geschah vor etwa fünf Jahren. Ich war damals noch ein Junge, gerade mal zehn Jahre alt.

Niemand hatte Jechube seither gesehen, aber alle ahnten, dass er der neue Anführer der Angat geworden war. Immer noch redeten die Bewohner von Thalam über diese Ereignisse und so hatte auch ich davon erfahren. War vielleicht Jechube derjenige, der hinter dem Raub der Lebensachse stand?

4

Ein plötzlicher Richtungswechsel meines Reittieres riss mich aus meinen Gedanken. Erstaunt bemerkte ich, dass es mittlerweile hell geworden war. Die Sonne ließ den Tau glänzen, als hätte jemand Diamantenstaub über die Natur gestreut. Sanfter Wind strich durch das Geäst der Bäume und wiegte sie zu einer stummen Symphonie. Ein Geräusch am Wegrand erregte meine Aufmerksamkeit. Mein Blick fiel auf ein Büschel zitternder Gräser. Ich blinzelte, aber das Zittern der Halme war keine Einbildung. Es zog eine gleichmäßige Spur, als laufe etwas neben uns her. Das Wesen musste sehr klein sein und sich für seine Größe blitzschnell fortbewegen, folgerte ich.

Vater Mundus lachte, als er meinen fragenden Gesichtsausdruck bemerkte. »Siehst du ihn erst jetzt, Gidion?« Er deutete mit einer Kopfbewegung in Richtung Grasspur.

»Was ist das?«, fragte ich neugierig.

»Warte ab.«

Er stoppte seinen Esel und schaute auf das Gras, das

sich nicht mehr rührte. »Komm heraus und zeig dich, Wichtelmännchen!«

Ein roter Schopf hob sich aus dem Grün. »Guten Morgen, ehrbare Reisende«, knarzte eine heisere Stimme. Als ich den Kleinen in seinem grünen Rock und der schwarzen, viel zu großen Hose erblickte, lachte ich laut auf. Er sah zu komisch aus mit diesen riesigen Schlafaugen und der dicken, langen Nase. Seine Füße waren gewaltig für die geringe Körpergröße. Der Wichtel kämpfte sich meckernd durch das Gras und rollte wütend mit den Augen. »Wieso musstet ihr mir den Spaß verderben!«, schimpfte er ungehalten und vollführte eine Art Veitstanz. »Ich begleite euch schon eine ganze Weile.«

»Ich weiß«, antwortete Vater Mundus und machte die Andeutung einer Verbeugung. »So sei gegrüßt, Wichtelmännchen, ich weiß dein Geleit zu schätzen. Ich bin Vater Mundus und das ist mein Sohn Gidion.« Er deutete mir, mein Gelächter einzustellen. Der Wichtel beäugte mich neugierig.

»Ihr seid auf dem Weg zu König Onuphrius?«

Als ich gerade den Mund öffnete, um ihm zu antworten, erhob Vater Mundus wieder die Stimme. »Wie kommst du darauf, dass wir zu unserem König reiten?«

»Was sollt ihr sonst wollen? Dies ist der Pfad, der zum Schloss führt.« Die Augen des Wichtels blitzten listig. Vater Mundus machte ein verwundertes Gesicht. »Das kann schon sein, kleiner Wicht. Aber es kann auch sein, dass wir uns einfach nur verirrt haben.«

Der Wichtel knurrte beleidigt. »Das glaube ich kaum. Ihr wollt mich täuschen.«

Vater Mundus lachte. »Warum sollte ich das wollen?«

»Vielleicht habt ihr etwas zu verbergen?«, grunzte der Kleine.

Mein Vater schüttelte den Kopf. »Wir sind ehrbare Reisende, mein Freund. Wenn hier jemand etwas zu verbergen hat, dann bist du es. Du schleichst uns nach und wir kennen noch nicht einmal deinen Namen.«

Der Wichtel verzog treuherzig sein Gesicht. »Ich? Etwas verbergen? Die Angat sollen mich auf der Stelle holen, wenn ich etwas Böses im Sinn haben sollte!«

»Schwafle nicht, Wichtel. Unsere Zeit ist zu kostbar, um sie mit deinen Lügengeschichten zu vergeuden. Wie ist dein Name?« Vater Mundus' Stimme klang ungeduldig und ungewohnt hart.

»Ich bin Melchior«, antwortete der Kleine beleidigt.

»Dann sage deinem Herrn, Melchior, dass du zwei verirrte Reisende begleitet hast. Nicht mehr und nicht weniger.« Er hob die Hand zum Gruß und gab seinem Esel zu verstehen, dass die Pause vorbei war. Ich tat es ihm nach. Als wir außer Hörweite waren, grinste er. »Du wunderst dich sicher, Gidion, aber lass dir gesagt sein: Dieser Wichtel ist ein Späher der Angat, wie die meisten seiner Herkunft. Sie besitzen die außergewöhnliche Gabe, ihre Größe zu verändern. Mal sind sie nur so groß wie ein Fingerhut, mal misst so ein Wichtel bis zu einem Meter. Sie können zwar aufgrund ihrer geringen Größe nicht gut kämpfen, aber sie sind listig, neugierig und egoistisch. Da sie zudem bestechlich und feige sind, werden sie gern als Informanten angeheuert.«

»Dieses Geschöpf ist böse?«, fragte ich irritiert. »Er sieht so harmlos aus mit seinen großen Augen, der unförmigen Nase und diesen riesigen Füßen.«

Der Alte lachte über das ganze Gesicht, um gleich darauf wieder ernst zu werden. »Mein Sohn, ein Glas gefüllt mit Wein sieht auch harmlos aus, wenn man das Gift in ihm nicht erkennt. Manchmal sind die Dinge anders, als sie auf den ersten Blick erscheinen. Vergiss das nicht, denn es kann dir eines Tages dein Leben retten.«

Fast unbemerkt hatten wir die Ebene verlassen. Dieser Teil des Landes war eingebettet in eine sanfte Hügellandschaft, saftige Wiesen erstreckten sich nach jeder Seite bis zum Horizont. Ich vermutete, dass dies den Wachen den nötigen Weitblick geben sollte, damit sich kein Angat zu nah an das Schloss heranschleichen konnte. Auf unserem Weg hatten wir kaum andere Thalamer getroffen. Wahrscheinlich arbeiteten sie in den Ställen oder ihren Werkstätten.

Ich dachte an meine Freunde, die gerade die Schulbank drückten. Mathematik bei dem alten und sehr strengen Lehrer Mudras. Ich musste mich schütteln. Ich hasste Mathematik und der Lehrer war mir unheimlich. Jedes Mal, wenn er mir eine Aufgabe stellte, auf die ich keine korrekte Antwort wusste, kam er mir mit seinem Gesicht derart nahe, dass ich mich kaum entscheiden konnte, in welches seiner trüben Augen ich blicken sollte. Herr Mudras liebte die Mathematik und sonst nichts. Da ich beim besten Willen nichts mit Zahlen anfangen konnte, war ich für ihn ein Versager und ständig seinen Schikanen ausgesetzt. Ich griente zufrieden. So hatte mein nächtliches Erlebnis einen weiteren persönlichen Vorteil: Ich durfte nicht nur zum König, sondern es entband mich auch von einer langweiligen Pflicht.

Der von Sträuchern gesäumte Weg stieg steil an. Und da stand es auch schon hoch oben über dem Land auf der Anhöhe: das prächtige Schloss von Thalam. Wuchtige Türme mit stolzen Zinnen ragten in den Himmel, während die Fahne mit dem Wappen in den Landesfarben Grün und Gelb gemächlich im Wind schaukelte. Vater Mundus hatte mir erklärt, dass die drei goldenen Ähren, die sich in der Mitte der Fahne befanden, Liebe, Mut und Gemeinschaftssinn symbolisierten. Das waren die Eigenschaften, die uns Thalamer miteinander verbanden.

Obgleich ich das Schloss schon einige Male aus der Ferne gesehen hatte, empfand ich Ehrfurcht vor seinen unüberwindbar wirkenden Mauern. Dieses riesige Bauwerk aus schweren, braunen Steinquadern gab mir das Gefühl, nicht größer als eine Ameise zu sein.

Die Esel hielten keuchend an dem runden Schlosstor. Prächtig gekleidete Wachen in roten Röcken kreuzten ihre Lanzen, um uns den Durchgang zu verwehren. »Was ist Euer Begehr?«, sprach uns einer der beiden an.

»Seid gegrüßt, edle Wachleute. Ich bin Vater Mundus und das ist mein Sohn Gidion, wir möchten zu König Onuphrius. Ich schickte heute Morgen einen Boten, der unseren Besuch ankündigen sollte.«

Sofort gaben die Wachen den Weg frei und wir passierten den Durchgang. Neugierig beäugte ich die fremde Umgebung. Im Inneren des Schlosshofs herrschte reges Treiben. Rasch ließ ich mich aus dem Sattel gleiten, denn das Spektakel nahm mich derart gefangen, dass ich meinem Esel keine weitere Aufmerksamkeit schenken wollte. Ich sah mehrere Falkner mit stolzen Greifvögeln, Waschfrauen mit geflochtenen Körben und eine Gruppe Kinder, die einen Feuerschlucker bewunderten. Der feine Geruch von Honig und Gebackenem lag in der Luft. Weiter hinten gab es Marktstände mit Süßigkeiten und Dingen des täglichen Gebrauchs. Ein buntes Zelt, aus dem Musik erklang, rundete das Bild ab. Ich konnte mich an dem eindrucksvollen Durcheinander nicht sattsehen und drehte mich ständig um die eigene Achse, um auch wirklich alle Details zu erhaschen.

Ein Stallbursche lief herbei und nahm unsere Tiere in Empfang. Ein weiterer Bediensteter war unbemerkt an meine Seite getreten und drängte zur Eile. »Bitte folgt mir, der König erwartet Euch.« Jetzt erst sah ich, dass Vater Mundus bereits vorausgegangen war. Ich folgte ihm, obwohl ich liebend gern noch das spannende Markttreiben erkundet hätte.

Durch eine prunkvoll verzierte Tür gelangten wir in

die Schlosshalle. Mir stockte der Atem. Große Marmorsäulen mit Bögen bis zur Decke trugen Goldverzierungen, die wie fein züngelnde Flammen aussahen. An den Wänden hingen lebensgroße Gemälde, die, wie ich vermutete, die Vorfahren und Herrscher Thalams zeigten. Ein weitläufiges Mosaik in Form einer heiligen Rune bedeckte den Fußboden. Unzählige Fackeln spendeten leise knisternd das nötige Licht. So langsam wie möglich ging ich durch diese Halle, meinem Vater und dem Diener folgend, damit mir nichts entging von diesen Herrlichkeiten. Niemand war zu sehen. Offensichtlich erwartete uns der König in seinen Privatgemächern. Vater Mundus folgte wortlos unserem Führer über Treppen und Gänge, bis wir schließlich vor einer Tür Halt machten.

»Gidion, es ist besser, wenn du hier wartest. Ich will allein mit König Onuphrius sprechen.« Er legte seine Hand auf die meine und drückte sie fest. In seinem Blick lag Entschlossenheit.

»Sicher, Vater.«

Vater Mundus betrat den Raum ohne Aufforderung. Auch der Diener schlüpfte durch die Tür, die von innen geschlossen wurde. Ich stand allein auf dem nur mäßig beleuchteten Gang. Die Musik der Gaukler drang leise an mein Ohr. Darauf bedacht, nicht allzu viele Geräusche zu machen, ging ich zur Fensterbrüstung. Von hier oben hatte ich einen weitaus besseren Blick auf den kleinen Jahrmarkt als unten auf dem Innenhof. Sehnsüchtig betrachtete ich die Kinder und Musikanten.

»Wärst du gerne dort unten?«, klang plötzlich eine Stimme an meine Ohren. Überrascht drehte ich mich herum. Vor mir stand ein Junge mit einer Mütze, die ihm bis über die Ohren reichte. Er war einen Kopf kleiner als ich und von schmaler Statur. Durch den Schmutz, der sich in seinem Gesicht befand, konnte ich sein Alter schlecht schätzen, aber er musste mindestens ein Jahr jünger sein als ich.

»Hm.«

»Dann komm.« Er knuffte mir mit der Faust gegen die Brust.

»Lass das.«

Der Kleine fuhr sich mit dem rechten Ärmel durch das Gesicht und wischte sich geräuschvoll am Stoff die Nase ab. Gleich darauf knuffte er mir wieder gegen die Brust. Diesmal war der Schlag fester.

»Lass das, Junge!« Mein Tonfall klang jetzt wütend. Was für eine Unverschämtheit! Dieser Knirps, der wahrscheinlich im Schloss nicht mehr als ein Botenjunge war, wollte anscheinend Ärger.

Er grinste respektlos. »Hast wohl keinen Mumm!«, lachte er mit heller Stimme.

»Wer will das wissen?«, zischte ich, bevor seine Faust unsanft an meinem Kinn landete. Verdutzt taumelte ich zurück. Der Kleine grinste keck. »Find's doch heraus, wenn du Mut hast.«

Er machte auf dem Absatz kehrt und rannte den Gang entlang. Das ließ ich mir nicht zweimal sagen. Aufgebracht über so viel Unverfrorenheit spurtete ich über Treppen und durch Gänge hinter ihm her. Sein spöttisches Lachen hallte von den Wänden. Ich holte auf. Aber jedes Mal, wenn ich ihn fast greifen konnte, legte er einen Zahn zu. Es war wie verhext.

»Bleib stehen, du Sohn einer räudigen Wölfin!«, brüllte ich aus voller Kehle. Diese Art der Beschimpfung hatte ich von meinen Freunden gelernt und mir schon lange gewünscht, sie einmal anwenden zu können.

In diesem Moment setzte ich zu einem gewaltigen Sprung an und erwischte den Bengel. Während wir zu Boden fielen, verkrallten wir uns ineinander und rollten schreiend herum, bis wir schließlich in den Schlosshof stürzten. Eine kleine Schar Hühner flatterte gackernd aus dem Weg, Federn wirbelten durch die Luft. Sofort eilte eine schaulustige Menge herbei und scharrte sich in einem Halbkreis um uns. Ehe der Junge begriff, was mit ihm geschah, war ich über diesem frechen Kerl.

»So! Jetzt ist Schluss mit dem Unsinn! Sonst setzt es eine Tracht Prügel, die du nie vergisst!«, presste ich gereizt hervor. Da spürte ich etwas Spitzes unter dem rechten Rippenbogen.

»Das würde ich mir an deiner Stelle gut überlegen.« Er lachte provokant, während er mich mit seiner Dolchspitze traktierte. Ich rollte mich ein Stück nach links. Als er meiner Bewegung folgte, packte ich mit der linken Hand seinen Angriffsarm und drückte ihn unsanft neben seinen Kopf, der daraufhin zu mir hochschnellte und mich mit voller Wucht an der Stirn traf. Ich sah nur noch Sterne. Mit einem heftigen Tritt wurde ich zur Seite befördert und musste loslassen. Er sprang auf. »Du kämpfst wie ein Mädchen!«, verhöhnte er mich. Die Zuschauer brüllten vor Lachen.

»Na warte, Bursche, dir werde ich's zeigen!«

Ich kam ebenfalls auf die Füße. Wie aus dem Nichts hatte er einen Degen in der Hand, stach mir mit der Spitze gegen die Brust und schnaubte: »Los, komm! Jetzt wird es erst richtig lustig.«

Mir flog der Degen eines Zuschauers entgegen. Geschickt fing ich ihn auf. Ohne Vorwarnung griff der Bursche an. Er war zäh und flink und obwohl sich feine Schweißperlen auf seiner Stirn zeigten, schien er nicht zu ermüden. Scheppernd kreuzten wir die Klingen. Rechts, links, rechts, links, oben, unten, stechen, abwehren. Wir sprangen wie zwei wild gewordene Hirsche aufeinander los. Staub wirbelte um uns herum. Die Menge quittierte unsere Hiebe mit »Ah« und »Oh«, war aber darauf bedacht, nicht in unsere Kampflinie zu geraten.

»Wer bist du?«, schrie ich ihn an.

Er lachte schnaufend. »Leo – ich bin Leo. Und wer bist du? … Feigling?«

»Nenn mich nicht Feigling!«

Ich keuchte vor Anstrengung. Mit einem Hieb erwischte ich seine linke Schulter. Ratschend zerriss das Hemd und eine kleine, blutige Strieme zeigte sich auf seiner Haut. Unser Publikum zog hörbar scharf die Luft ein. Für einen Moment war ich abgelenkt. Mein Widersacher preschte nach vorn und hieb quer über meine Brust. Der Schlag brannte wie Feuer. Geistesgegenwärtig sprang ich zurück, kam aber nicht allzu weit. Hinter mir war eine schwere Holztür. Mit einem schnellen Stich erwischte ich die Mütze des Jungen und fegte sie ihm vom Kopf. Was war das? Zum Vorschein kam eine rötliche Haarpracht, gebunden zu unzähligen Zöpfen, die durch hellblaue Bänder gehalten wurden. Ich sah das Entsetzen in den grünen Augen meines Gegenübers und war nicht minder überrascht.

»Du … du bist ein Mädchen!«

Leona grinste schief. »Habe ich was anderes behauptet?«, entgegnete sie schnippisch und senkte den Degen.

»Aber du hast gesagt, dein Name sei Leo.« Ich war fassungslos. Noch nie hatte ich gegen ein Mädchen gekämpft. Wozu auch? Leona zuckte gleichgültig mit den Schultern. »Und? So heiße ich nun mal – Leo!« Sie pustete sich eine Locke aus dem erhitzten Gesicht. Nur langsam gewann ich meine Fassung zurück. »Leo? Was ist das denn für ein Name?«

Die umstehenden Zuschauer lachten immer lauter.

»Meiner«, antwortete sie frech, machte auf dem Absatz kehrt und rannte davon. Ich blieb wie angenagelt an der Holztür stehen. Aus den Augenwinkeln sah ich, wie sich die Zuschauer – immer noch lachend – zerstreuten. Ich ließ den Degen fallen, klopfte mir den Staub von den

Kleidern, richtete notdürftig das zerfledderte Hemd und ging zurück in die Schlosshalle.

Ein Mädchen! Noch dazu mit Dolch und Degen! Die Mädchen, die ich kannte, waren wohlerzogen, höflich und sauber. Aber ein Mädchen, das sich benahm, als wäre es ein Straßenjunge? Gab es hier noch mehr Merkwürdigkeiten?

5

In der Halle traf ich niemanden, den ich nach dem Weg hätte fragen können. Also lief ich weiter in der Erwartung, einem Bediensteten zu begegnen oder die Tür zu finden, hinter der Vater Mundus verschwunden war. Während sich mein Kopf immer noch mit Leona beschäftigte, stand ich plötzlich vor einer Kammertür. Grobe Bretter wurden notdürftig durch wenige Nägel gehalten und waren zu einer klapprigen Pforte zusammengeschustert. Aus den Spalten drang helles Licht. Zunächst versuchte ich, durch eine der Ritzen zu schauen, aber das Licht war so grell, dass ich es aufgab. Vorsichtig rüttelte ich an der Tür, aber sie öffnete sich nicht. Ein Türschloss fehlte. Unschlüssig schaute ich mir die Tür genauer an. Über ihr prangte ein windschiefes Holzbrett mit einer Inschrift. Ich ging näher heran und las:

»Reinheit und Liebe sind auf ewig untrennbar verbunden. Sie sind der mächtige und strahlende Schlüssel, der in jedes Schloss passt.«

Damit konnte ich nichts anfangen. Ratlos zuckte ich mit den Schultern, als mich eine quakende Stimme fast zu Tode erschreckte. »Du musst erst baden«, belehrte sie mich. Da ich den Sprecher nicht sofort sah, suchte ich verwundert den Gang ab. »Hier unten«, quakte die Stimme erneut. Ich senkte den Kopf und tatsächlich, vor meinen Füßen saß ein dicker, braungrüner Frosch. Träge hing ihm seine lange rosa Zunge aus dem Maul, während er mich mit leichtem Silberblick ansah.

»Wer bist du und wieso kannst du sprechen?«

»Versuche nicht, von deinem Tun abzulenken.« Sein Tonfall klang gebieterisch, während seine Augen wie große Murmeln in den Höhlen hin und her rollten. Mein schlechtes Gewissen ließ mich erröten. Ich schämte mich, dabei erwischt worden zu sein, wie ich im Schloss herumstöberte. Der Frosch grinste versöhnlich. »Ich bin Anton. Und bevor du auf dumme Gedanken kommst – Frösche küsst man nicht!«

Meine Anspannung löste sich in Kichern auf. »Wenn ich dich so betrachte, käme ich auch nicht auf die Idee, dich zu küssen.«

Antons Zunge wischte durch die Luft und packte eine fette Fliege, die in seinem breiten Maul verschwand. »Dann ist ja gut«, schmatzte er. Ich hatte auf meine Frage keine Antwort erhalten, also hakte ich nach. »Anton, wieso kannst du sprechen?«

Der Frosch legte den Kopf schief und schaute mich

mit großen Augen an. »Wieso kannst du sprechen? Was für eine blöde Frage! Alle, die aus der Unten-Welt kommen, können sprechen – natürlich nur, wenn sie wollen.« Er wandte sich ab.

»Warte«, rief ich. »Was ist das für eine komische Tür? Und was ist das für ein Licht? So etwas habe ich noch nie gesehen. Es ist heller als die Sonne.«

»Ach, das ist der Eingang zur Unten-Welt.« Anton rülpste genüsslich. »Das weiß doch jeder.« Er hüpfte an mir vorbei.

»He! Bleib stehen! Was ist die Unten-Welt?«

Der Frosch wendete behäbig und musterte mich von oben bis unten. »Was bist du für einer, dass du solche einfachen Dinge nicht weißt?« Er legte den Kopf schief und seine Froschaugen rollten in der Mitte zusammen, sodass er schielte.

»Ich bin Gidion, der Sohn von Vater Mundus«, antwortete ich brav.

»So, so – Gidion – Vater Mundus' Sohn.« Anton drehte sich um und hüpfte zur Treppe.

»Anton, warte! Was ist die Unten-Welt?«

»Das wirst du noch früh genug erfahren. Jetzt lass mich meiner Wege ziehen und denk daran: Bevor du dort hineingehst, musst du erst baden.«

Ich lief ihm nach und versperrte ihm mit meinem Fuß den Weg. »Was faselst du davon, dass ich baden muss? Klar, ich bin dreckig – aber das wärst du auch, wenn du mit Leo gekämpft hättest.« In meiner Stimme schwang ein beleidigter Unterton mit. Anton betrachtete meinen Fuß und sah träge zu mir auf. »Ihr Name ist Leona. Und gut, dass du sie schon kennengelernt hast.« Unter großer Anstrengung kletterte er über meinen Stiefel. »Alles andere finde selbst heraus«, murrte er leicht entnervt, während er um die nächste Ecke verschwand. Ich hastete ihm nach. Kurz bevor er den Treppenabsatz erreichte, erwischte ich ihn und hob ihn mit beiden Händen hoch, dicht vor mein Gesicht. »Wenn du mir nicht erzählst, was du weißt, küsse ich dich.« Um meine Drohung zu unterstreichen, spitzte ich die Lippen.

»Nein! Nein! Nicht küssen! Das ist eklig! Lass das – nicht – ich will nicht!«, brüllte er. Erleichtert hielt ich inne.

»Dann erzähl mir endlich, was die Unten-Welt ist!«

Der Frosch verdrehte die Augen, dass ich fast nur noch das Weiße sah. »Also gut, ich sage dir, was ich weiß, aber erwarte nicht allzu viel, schließlich bin ich nur ein Frosch. Und jetzt setz mich wieder zurück auf den Boden – sofort.«

Ich tat, was er verlangte, und hockte mich neben ihn.

»Also, Gidion, Vater Mundus' Sohn, die Unten-Welt ist so etwas wie die Steuerzentrale.« Er legte den Kopf schief, als würde er überlegen. »So, das war's – mehr weiß ich nicht!« Anton, dem klar war, dass ich unmöglich mit dieser Auskunft zufrieden sein konnte, wendete und versuchte zu flüchten. Doch ich packte ihn bei einem seiner fetten Hinterbeine und hob ihn erneut hoch.

»Neiiiiin! Hilfe, zu Hilfe – Leeeeoooo!«, schrie der Frosch aus voller Kehle.

Mit einem Knall öffnete sich eine Tür. »Anton? Wo bist du?«, hörte ich Leonas Stimme. Ich hielt den Frosch mit der einen Hand hoch, während ich ihm mit der anderen das Maul zuhielt, und beeilte mich aufzustehen, wobei ich ihn drohend anfunkelte. Mit raschen Schritten näherte sich ein Mädchen. Sie war so schön, dass ich erst auf den zweiten Blick erkannte, dass es Leona war. Sie war gewaschen, die Haare waren ordentlich gekämmt und sie steckte in einem Kleid. Vor Verblüffung über ihr verändertes Aussehen vergaß ich, das Maul des Frosches loszulassen. Seine Backen waren aufgebläht, als müssten sie jeden Moment platzen. Schuldbewusst nahm ich die Hand herunter. Anton japste wie ein Ertrinkender. Leonas funkelnder Blick glitt von Anton hoch in mein Gesicht. Als sie mir in die Augen sah, grinste sie. »Hätte ich mir ja gleich denken können, dass du es bist, Feigling. Mit mir hast du es nicht aufnehmen können und jetzt vergreifst du dich an dem armen Anton!« Sie lief auf mich zu und riss mir den Frosch aus der Hand, setzte ihn unsanft auf den Boden und befahl: »Lauf, Anton.«

»Aber ich wollte ihm nichts antun«, verteidigte ich mich kläglich. Leona verzog missbilligend den Mund und machte auf dem Absatz kehrt.

»Dann sag du mir, was die Unten-Welt ist«, rief ich trotzig.

Sie wirbelte herum und ihre grünen Augen schossen wütende Pfeile in meine Richtung. »Wer hat dir von der Unten-Welt erzählt?«

»Niemand … äh – Anton – äh …«, stotterte ich verwirrt. Sie seufzte ungeduldig. »Wer jetzt? Niemand oder Anton?« Mir wurde heiß und kalt, ich benahm mich schon wieder wie ein Esel.

»Ich warte auf deine Antwort!«

»Na ja, ich habe die Tür da hinten gesehen. Und hatte mich verlaufen. Und da wollte ich …« Ich spürte, wie heiße Röte über mein Gesicht zog.

»Spionieren?«, fiel sie mir spitz ins Wort. Vor Scham senkte ich den Kopf. »Nein, so war es nicht«, flüsterte ich verunsichert.

»Wie war es denn dann, Feigling?«

»Mein Name ist Gidion!« Als ich ihr ins Gesicht sah, wünschte ich, der Boden täte sich unter mir auf. Ich holte tief Luft und nahm all meinen Mut zusammen. »Ich sah die Tür und das helle Licht, ich gebe zu, ich war neugierig, aber das wärst du an meiner Stelle auch gewesen. Ich wollte ja nichts Böses tun, nur mal einen Blick hineinwerfen, also versuchte ich, die Tür zu öffnen, und da kam Anton. Er redete von baden, na ja, ich wollte nur wissen, warum und was der Ursprung dieses besonderen Lichtes ist.«

Langsam kam Leona näher. Mein Augenlid zuckte.

Das tat es immer, wenn ich furchtbar nervös war. Und dieses Mädchen machte mich sehr nervös. Leona kostete jeden Moment ihres Triumphes aus und fasste schließlich mit zwei Fingern einen Zipfel meines Hemdes. »In der Tat, ein Bad könnte dir nicht schaden.« Und schon spürte ich einen deftigen Schlag gegen meine Schulter. »Kopf hoch, das kriegen wir hin.« Erstaunt sah ich sie an. Leona lachte übermütig.

In diesem Moment tauchten am Ende des Ganges weit hinter ihr Vater Mundus und ein Mann, der König Onuphrius sein musste, auf. Der graue Rock meines Vaters verblasste neben den farbenreichen Gewändern des Königs, dessen rundliche Figur von feinster Seide und leichtem Leinen umschmeichelt wurde. Auf seinem Umhang prangte das Wappen Thalams. Sofort schlug mein Herz vor Aufregung schneller und in meinem Kopf entstand ein Vakuum. Selbst die einfachsten Benimmregeln wollten mir nicht mehr einfallen. Wie begrüßte man einen König? Durfte man ihm überhaupt direkt in die Augen sehen? Die Zeit der Entscheidung war knapp, denn die beiden kamen rasch auf uns zu. Vorsichtig schielte ich an mir herunter. Ich war schmutzig, mein Hemd war zerknittert und staubig, die Haare zerzaust. Schnell strich ich mir einige Haarsträhnen aus dem Gesicht, obgleich ich wusste, dass an meinem Zustand nichts mehr zu retten war. Gerade noch rechtzeitig erinnerte ich mich daran, dass man vor seinem König das Knie beugte. Mit einem

Plumps ließ ich mich fallen und senkte das Haupt. Beschämt über mein ramponiertes Aussehen, wünschte ich von ganzem Herzen, in ein tiefes Loch zu fallen, aber stattdessen spürte ich, dass ich schon wieder rot wurde.

»Da seid ihr ja, Kinder«, hörte ich die dunkle, wohlklingende Stimme des Königs. Er berührte mich leicht an der Schulter. »Ich danke dir, mein Sohn, aber nun erhebe dich.«

Als ich wieder aufrecht stand, sah ich in sein vergnügtes Gesicht. »Ihr habt euch also schon bekannt gemacht.«

König Onuphrius wandte sich Vater Mundus zu und deutete auf Leona. »Das ist meine 14-jährige Nichte Leona. Sie ist das Kind meiner Schwägerin Melanie und meines jüngeren Bruders Wendelin, die es vorzogen, auf der Erde bei den Menschen zu wohnen, und mir vor acht Jahren die Ausbildung ihrer Tochter anvertraut haben.« In seiner Stimme klang Stolz.

»Sie ist in diesem Jahr Degen- und Schwertmeisterin geworden.« Leona grinste zu mir herüber und zog eine undamenhafte Grimasse. Sie war so jung und bereits Meisterin? Vermutlich war sie als Nichte des Königs früher und besser trainiert worden als ich, schließlich dauerte mein Unterricht erst ein Jahr. Da konnte man noch nicht allzu viel erwarten. Aber vielleicht hatte sie mehr Talent. Verlegen dachte ich an den peinlichen Kampf von vorhin.

»Lass dich ansehen, Gidion.« Der König musterte

mich ausgiebig. Tapfer hielt ich seinem Blick stand, obwohl ich der Verzweiflung nahe war.

»Er sieht jung und gesund aus. Ich denke, er wird seine Aufgabe gut machen«, nickte er Vater Mundus zu.

»Ihr Kinder habt doch nichts dagegen, wenn wir uns noch etwas zurückziehen, oder?«, fragte er in die Runde. Ich schaffte es, meinen Mund zu öffnen, aber meine Zunge spielte mir einen Streich. Sie klebte wie angewachsen an meinen Zähnen. Um mich überhaupt mitzuteilen, schüttelte ich verneinend den Kopf. Leona grinste, während sie sich auf die Zehenspitzen stellte, um ihren Onkel zu umarmen. Sie gab ihm einen dicken Kuss auf die Wange.

»Wie es dir beliebt. Du kannst ihn beruhigt in meiner Obhut lassen, mach dir keine Sorgen. Der Kleine ist nicht annähernd so, wie er aussieht.«

König Onuphrius drohte ihr mit dem Zeigefinger, doch sein Augenzwinkern galt mir.

»Gut zu wissen, Kindchen. Aber wenn du aus jedem Mann einen Trottel machst, wirst du nie einen Gemahl finden.«

Er küsste Leona auf die Stirn und richtete das Wort an mich. »Lieber Gidion, mach dir nichts draus, Leona ist ein Wildfang. Ich muss mir die Schuld für ihr derbes Verhalten geben, aber ich kann dir versichern, sie ist ein durchaus liebenswertes Geschöpf.«

Er gab ihr einen Stupser. »Auch wenn sie sich selten so verhält.«

Die beiden Männer entfernten sich wieder, ich konnte gerade noch ein aufmunterndes Lächeln von Vater Mundus auffangen.

»Du … du bist die Nichte des Königs? Es tut mir leid, dass ich dich beleidigt habe.«

Leo verzog das Gesicht. »Jetzt stell dich nicht schon wieder an wie ein Mädchen.«

Ehe ich mich versah, ergriff sie meine Hand und zerrte mich hinter sich her in ihr Gemach.

6

»Aua! Verdammt, das tut weh!« Wütend kämpfte sich der Wichtel über einen steilen Schotterweg hinunter zu einer Höhle, die er von der Straße aus entdeckt hatte.

»Vielleicht wohnt dort jemand, den ich nach dem Weg fragen kann«, überlegte er. Nach der Begegnung mit Vater Mundus und Gidion war er durch eines der Tore nach Sinistrien gelaufen, um zur Burg von Jechube zu eilen und ihm wie aufgetragen Bericht zu erstatten. Doch hier in Sinistriens Steinwüste bedauerte er, keinen anderen Weg gewählt zu haben.

»Wenn ich nur wüsste, wo ich bin. Aber das ist wieder typisch! Jechube will, dass ich mich beeile, und was tue ich? Der dumme Wichtel wählt einen Weg durch eine Gegend, die er nicht kennt und in der er sich nur verlaufen kann. Pah!«

Melchior stampfte voran. Spitze Steine bohrten sich schmerzhaft in seine Fußsohlen. Er hinkte, hüpfte und schwankte, doch so sehr er sich auch bemühte, er konnte dem Schmerz nicht ausweichen.

»Ich habe es satt! Jedes Mal bin ich der, den man losschickt! Melchior, geh da hin, Melchior, du musst den Pfad zum Schloss beobachten, beeil dich, Melchior, Melchior, Melchior – immer ich! Der Zwerg, der auf Jechubes Burg lebt und als sein persönlicher Liebling den ganzen langen Tag faulenzen darf, muss nie arbeiten! Ich hingegen werde nur ausgenutzt, immer der einfältige, kleine Melchior.«

Er war so sehr mit sich selbst beschäftigt, dass er den Höhleneingang nicht sofort bemerkte, dem er schon recht nah war. Verärgert trat er im Vorbeigehen gegen einen Haufen Steine. Die oberen fielen klackernd herunter und rollten in eine Bodenvertiefung. Im selben Moment fuhr eine Schlange zischend aus der Senke hervor und baute sich vor ihm auf. Für einige Sekunden erstarrte der Wichtel und blickte wie hypnotisiert in die regungslosen Augen der Schlange. Als ihm bewusst wurde, dass er sich in Gefahr befand, fiel er vor Schreck zur Seite. »Iiijjjheee!«, schrie er aus voller Kehle und versuchte, sich durch eiliges Rückwärtsrutschen in Sicherheit zu bringen. Doch die Schlange zeigte sich von seinem Geschrei unbeeindruckt. Sie folgte ihm schnell, ihre gespaltene Zunge zuckte wiederholt in Melchiors Richtung. Er hob abwehrend die Hände. »Geh weg! Sofort!«

Schon landete ihre Zunge in seinem Gesicht. Angewidert drehte Melchior den Kopf zur Seite und rümpfte die Nase. Mit starren Augen betrachtete die Schlange ihre vermeintliche Beute. »Was machst du hier?«

»Ich bin auf dem Weg zur Burg von Jechube.«

Die Angreiferin öffnete ihr Maul und drohte ihrem Opfer mit langen, haarnadelfeinen Giftzähnen. Melchiors Augen weiteten sich. In Todesangst warf er sich auf den Rücken und trat verzweifelt mit den Füßen nach dem Maul seiner Gegnerin. Die Schlange kicherte hohl. »Das wird dir nicht helfen«, säuselte sie. Mit einer schnellen Bewegung stieß sie wieder nach vorn. Dem Wichtel wurde angst und bange. Er schloss die Augen, denn er wollte das Ende nicht sehen. Doch nichts geschah. Vorsichtig lugte er mit einem Auge: Die Schlange hatte ihn verfehlt! Er erkannte seine Chance, sprang auf und rannte um sein Leben.

»Ich kriege dich, ich bin schon ganz nah!«, zischte es hinter ihm. Beherzt sprang er in den dunklen Eingang der vor ihm liegenden Höhle. Doch statt auf festem Boden aufzukommen, stürzte er zu seinem Entsetzen rasant in die Tiefe. Sein Angstgebrüll schallte als lautes, vielfaches Echo von den Wänden. Abwechselnd schlug er mal mit dem Kopf, mal mit dem gesamten Körper gegen hervorstehende Felskanten. Doch so plötzlich, wie sein Absturz begonnen hatte, war die Flugpartie auch wieder zu Ende. Mit einem heftigen Platsch landete der Wichtel in einem unterirdischen See. Es dauerte eine Weile, bis er begriff, dass er sich immer noch in Todesgefahr befand. Er begann heftig zu strampeln und erreichte hustend das Ufer.

»Was machst du da?«

Melchior duckte sich. Das Geräusch scharrender Schuhsohlen auf Steinboden trieb ihm kalte Schauer zwischen die Schulterblätter. Erst jetzt bemerkte er, dass seine Umgebung nicht in vollkommener Dunkelheit lag. Aufmerksam blinzelte er in die Richtung, aus der die Stimme gekommen war. Zwei schwach glimmende Punkte näherten sich. Über sich vernahm er das Schlagen unzähliger Flügel. Irritiert schaute er nach oben. Ein aufdringlicher, modriger Geruch kroch in seine Nase. Noch ehe er ausmachen konnte, woher diese Ausdünstung kam, rauschten hunderte dunkler Schatten knapp über seinen Kopf hinweg. Instinktiv duckte er sich wieder. Das konstante Stakkato scharrender Schuhsohlen wurde lauter und durchdrang den Lärm. Kurz darauf blickte Melchior auf zwei schwarze Schuhspitzen mit schlangenförmigen Schnallen. Schweiß schoss ihm aus den Poren und mischte sich mit dem Wasser des Sees, das von seinen Kleidern tropfte. Vor seiner Nase raschelte ein bodenlanger, dunkler Umhang mit großen, goldenen Schlangenmotiven. Als er nach oben sah, tauchte das marmorweiße, ebenmäßige Gesicht einer Frau auf, umrahmt von schwarzen Haaren. Melchior riss die Augen auf. Kein Monster, stellte er erleichtert fest.

»Wer bist du, Winzling?«, fragte die Schönheit. Der Wichtel erhob sich zu seiner vollen Größe, um gleich darauf eine tiefe Verbeugung zu machen. »Ich bin Melchior«, stotterte er.

Die Frau betrachtete ihn aus kalten Augen. Ihr Blick

bohrte sich tief in sein Herz und ließ ihn frieren. Nervös zappelte er von einem Bein aufs andere, bevor er schließlich all seinen Mut zusammennahm. »Und wer bist du?«

Die Angesprochene verzog keine Miene. In ihren Augen spiegelte sich das trübe Licht der Kerzen, die sie auf einem zweiarmigen Leuchter bei sich trug. »Ich bin Rajah, Herrin über das Reich der Steinwüste und Kriegerin der Angat! Und das«, sie deutete mit einer Hand auf die Fledermäuse, die über Melchiors Kopf hinweggeflogen waren, »sind meine kleinen Vampire.«

Sie beugte sich zu ihm hinunter und zog an seinem Rock. »Was ist mit dir geschehen?«, fragte sie eine Spur zu freundlich. Der Wichtel sah an sich herunter. Sein grüner Rock hatte Risse, der Gürtel saß schief und seine schwarzen Hosen waren schmutzig. Er räusperte sich schuldbewusst. »Mich wollte eine große Schlange fressen. Um mein Leben zu retten, bin ich in einen Höhleneingang gesprungen und herabgestürzt.« Er deutete mit einer Kopfbewegung zur Decke. Rajah verzog ihre grellrot geschminkten Lippen zu einem bösen Lächeln. »Du musst wissen, Melchior, niemand betritt ungestraft mein Reich. Es sei denn, er hat mir etwas zu bieten.« In ihrer Stimme schwang etwas mit, das viel gefährlicher war als ihre Worte.

In diesem Augenblick erhob sich eine riesenhafte Gestalt aus dem Wasser. Das schleimige Wesen fluoreszierte grün und beleuchtete den gesamten Höhlentrakt. Melchior fiel vor Angst auf den Hosenboden. Rajah packte ihn unsanft am Kragen und half ihm zurück auf die Füße. »Stell dich nicht so an! Das ist Goch, der Wächter der Höhle. Du hast mit deinem Geschrei seinen Schlaf gestört. Gib ihm etwas von dir, damit er sich beruhigt.«

»Aber ich habe nichts«, stammelte der Wichtel und legte seine rechte Hand schützend auf die Hosentasche.

»Du lügst. Mach schon, bevor Goch aus dem Wasser steigt.«

Melchior griff in die Hosentasche und zückte ein Goldstück. Er betrachtete es habgierig. Rajah gab ihm einen Stoß. »Los, du Idiot! Wirf es ihm zu!«

Melchiors Miene drückte Unwillen aus, denn dies war sein einziger Schatz. Mittlerweile erhob Goch sich zu seiner vollen Größe, die Wände der Höhle zitterten unter seinem Gebrüll. Krachend stürzten kleinere Steinbrocken von den Wänden.

»Verdammt, gib es ihm!« Rajah nahm den Winzling und schleuderte ihn herum. Mit schmerzverzerrtem Gesicht warf der Wichtel das Goldstück in den weit aufgesperrten Rachen des Höhlenwächters. »Danke, du darfst passieren!«, donnerte dessen Stimme über den See, bevor er blubbernd wieder im Wasser versank. Melchior schaute sich ratlos um. Zurück konnte er nicht, das Seemonster wirkte sehr ungastlich, und bei Rajah wusste er auch nicht, auf was er sich einließ. »Bei allen Angat, warum muss so etwas immer mir passieren?«, jammerte er vor sich hin.

»Los, Wichtel! Beeil dich.«

Rajahs Stimme war Befehlen gewohnt. Melchior ergab sich in sein Schicksal und folgte ihr. Doch seine kurzen Beine konnten das Tempo der schwarzgekleideten Frau kaum halten. Vielleicht gab es ja eine Möglichkeit zur Flucht. Aufmerksam schaute er in jede Nische, doch so sehr er auch suchte, es gab für ihn kein Entrinnen. Als er es schon nicht mehr erwartete, öffnete Rajah eine große Tür, die in einen kuppelartigen Raum führte. Rötlicher Fackelschein erhellte den Ort.

»Brrr, ist aber ungemütlich hier«, flüsterte der Kleine. Eine Gänsehaut nach der anderen lief ihm über den Rücken. War das ein Verlies? Er sah nichts außer einen großen, länglichen Holztisch, zwei hohe Stühle und einige mit Staub und Spinnennetzen verklebte Kerzenleuchter. »Sollte sie mich hier zurücklassen, wird mich wohl kaum jemand finden, vorausgesetzt, es gibt da draußen überhaupt jemanden, der mich sucht«, jammerte er leise. Erneut stieg ihm der unangenehm beißende Geruch in die Nase. Unwillkürlich glitt sein Blick hoch zur Decke. Die Fledermäuse hingen wie dicke Spinnen in der Gewölbedecke und starrten ihn aus schwarzfunkelnden Knopfaugen an.

»Setz dich, Wichtel, und erzähle mir, was du weißt!«

Gehorsam kletterte Melchior auf den viel zu hohen Stuhl und ließ sich umständlich auf der Sitzfläche nieder, seine kurzen Beine baumelten in der Luft. »Ich weiß nicht, wovon du sprichst«, erwiderte er mit unschuldiger Stimme. Rajah baute sich vor ihm auf. »Lüg mich nicht an. Ich will wissen, was du hier machst. Woher kommst du und warum bist du auf dem Weg zu Jechube?« Ihr Ton duldete keinen Widerspruch. »Nur wenn ich mit dem, was du mir sagst, zufrieden bin, lasse ich dich am Leben. Solltest du versuchen, mich zu belügen, werfe ich dich meinen Freunden zum Fraß vor.«

Melchior sah unsicher von ihr zu den Fledermäusen, die über ihm schaukelten. Sie beobachteten jede seiner Bewegungen, als wären sie auf der Jagd und er, Melchior, ihr Opfer.

»Ich warte, Wichtel!« Ungeduldig trommelten Rajahs Finger auf das Holz des neben ihr stehenden Tisches.

»Woher weißt du, dass ich auf dem Weg zu Jechube bin?«, fragte er in kindlichem Ton. Ehe er sich versah, schnellte Rajahs Körper vor und verwandelte sich für Sekunden in die Schlange, die ihn eben noch hatte fressen wollen. Seine Augenlider schlossen sich flatternd. Für einen Moment hüllte ihn der übermächtige Schleier einer süßen Ohnmacht ein. Als er es wagte, die Augen wieder zu öffnen, stand Rajah in ihrer menschlichen Gestalt vor ihm. Ihre Lippen umspielte ein hässliches Grinsen, das den Blick auf zwei dolchspitze Giftzähne freigab. »Überleg dir gut, was du mir erzählst.«

»Jechube hat mich ausgeschickt, das Vorgehen auf dem Schloss von Thalam zu beobachten. Ich sah Vater Mundus und seinen Sohn Gidion, wie sie auf dem Weg zu König Onuphrius waren.« Melchior machte eine Pause und überlegte, ob diese Information ausreichend war, doch Rajah schien alles andere als zufrieden zu sein. Sie beugte sich zu ihm hinunter und zog ihn ganz nah an ihr Gesicht. »Warum sollten die beiden das tun und was schert es Jechube, was auf dem Schloss vor sich geht? Was verschweigst du mir?«

Melchior – der erkannte, dass er keine andere Wahl hatte – schaute ihr direkt ins Antlitz. »Die Jaher haben die Lebensachse und sind auf dem Weg zu Jechubes Burg und Mundus' Sohn ist einer der Avantgarde.«

»Was?« Rajah schüttelte den Kleinen.

»Die Jaher haben die Lebensachse und Mundus' Sohn ist ein Avantgarde!«, schrie Melchior verzweifelt. Mit einem Ruck ließ Rajah den Wichtel fallen. »Hab ich's mir doch gedacht! Dieser Sohn einer Ratte will mir wichtige Informationen verschweigen und den Thron für sich allein!« Vor Zorn heulend stürmte sie durch den Saal, sodass ihr Umhang wild um ihren Körper flatterte. »Geh mir aus den Augen, Wichtel!«

Das ließ sich Melchior nicht zweimal sagen. Er rutschte eilig vom Stuhl und stürzte durch die Tür ins Dunkel, ohne zu wissen, wohin ihn der steil nach oben verlaufende Weg führte. Er wusste nur so viel: Hinunter zu Goch wollte er auf keinen Fall. Plötzlich sah er Tageslicht, das durch einen Felsspalt fiel. Er rannte dem hellen Fleck wie ein Besessener entgegen und zu seinem Glück tat sich vor ihm eine ausreichend große Öffnung auf. »Ich bin frei!«

Doch in seinem Überschwang übersah er die Stufe des

Ausgangs und landete, geblendet vom gleißenden Tageslicht, der Länge nach im Gras. Japsend rappelte er sich auf. »Wo bin ich jetzt wieder?«

Er ahnte zwar, wo er gelandet war, doch er wollte erst sicher sein, dass er mit seiner Vermutung richtig lag, bevor er sich zu früh freute. Warmer, erdiger Duft von saftigen Wiesen und eine wundervolle Ruhe hüllten ihn ein. Misstrauisch beäugte er die Umgebung, aber es war nichts Bedrohliches zu sehen. Stattdessen lag am Ende der Wiese ein Wald, die Sonne schien hell und es gab weder eine Schlange noch irgendwelche Fledermäuse. Melchior grunzte zufrieden. »Wer hätte gedacht, dass in der Höhle dieser Schlange ein Tor zur Unten-Welt ist. Ich habe es geschafft, ich habe Sinistrien heil verlassen!«

Behutsam setzte er einen Fuß vor den anderen. Weiche, saftige Halme schmiegten sich angenehm unter seine geschundenen Fußsohlen. Die Sonne wärmte seinen schmerzenden Körper und trocknete seine Kleidung. Ihm war klar, dass er, wenn er wirklich zu Jechubes Burg wollte, irgendwann einen anderen Weg durch ein Tor nach Sinistrien finden musste. Aber jetzt freute er sich so sehr, der Schlangenfrau heil entkommen zu sein, dass er keinen Gedanken an Jechube und seinen Spionageauftrag verschwenden wollte.

Bald war der Wichtel bester Laune. Fröhlich lief er über das Gras, bis er nach einer Weile an den kleinen Hain gelangte, den er schon von Weitem gesehen hatte. »Ich habe Durst«, stellte er fest und fuhr mit der Zunge über seine rauen Lippen. Doch weit und breit war kein Bach in Sicht. Süßer Blumenduft und schattige Plätze luden zu einer Rast ein. Zu gerne hätte er seinen kleinen Beinen eine Ruhepause gegönnt, doch der Gedanke an kühlendes Wasser trieb ihn voran. Nun begann auch sein Magen zu knurren. »Ich habe seit Stunden nichts mehr gegessen«, jammerte er und versank tief in Selbstmitleid.

»Was … suchst du?«, fragte eine piepsende Stimme in seinem Rücken. Melchior drehte sich um, doch da war niemand.

»Hier … auf dem … Baumstumpf … bin ich.«

Der Wichtel ging auf die Stimme zu. Als er eine dicke, pelzige Raupe erkannte, lachte er erleichtert. Die Raupe richtete sich auf. »Ich bin … Eugen«, begrüßte sie den Wichtel freundlich. »Und … wer bist … du?«

Melchior überlegte einen Moment, ob von seiner neuen Bekanntschaft eine Gefahr ausgehen könnte. Doch das Gesicht Eugens strahlte so unschuldig, was konnte dieser Winzling schon ausrichten, er war nur eine kleine, grüne Raupe. »Ich bin Melchior und habe großen Durst. Weißt du, wo ich Wasser finden kann?«

Eugen runzelte die Stirn. »Lass mal … überlegen … Ich denke … es ist ein … sehr langer Weg dorthin … aber wenn du dort hinten … rechts gehst … und immer … dem Pfad … folgst … bis du zu … der dicken Eiche … kommst … und dort nach links … gehst … findest du … einen kleinen Bach.«

Die Raupe benutzte ihre Fühler als Wegweiser. Das erschien Melchior so lächerlich, dass er unweigerlich kichern musste. Hinzu kam Eugens merkwürdige Art zu sprechen. Es dauerte ewig, bis der Pelzwurm einen vollständigen Satz zustande brachte. »Weißt du … es gibt … da etwas … was … ich …«

Unhöflich unterbrach er Eugens Ausführungen, denn er hatte keine Lust, der lahmen Raupe weiter zuzuhören. »Ich muss gehen.« Er hob kurz seine Hand zum Gruß, machte auf der Stelle kehrt und entfernte sich mit schnellen Schritten. Die Raupe bäumte sich auf. »Warte … Melchior! Ich … muss … dir … noch etwas … Wichtiges …« Doch Melchior war schon außer Hörweite.

»Sagen … die Pilze … Melchior … die Pilze … hör nicht … auf sie … halte dir … die Ohren … zu!« Als Eugen bemerkte, dass er den Wichtel nicht mehr erreichen konnte, stellten sich seine Haare in alle Richtungen auf, sodass er aussah wie eine stachelige Bürste. »Ich habe … es gesagt, ich habe … nichts verschwiegen … und … ich habe nicht … gelogen«, grunzte er.

Melchior mobilisierte seine letzten Kräfte und hetzte hastig den Pfad entlang. »Was kann mir eine Raupe schon Wichtiges erzählen?« Er jedenfalls wollte keinen Moment seiner kostbaren Zeit an ein so einfältiges Geschöpf verschwenden. Seine Triebe schalteten seinen ohnehin kleinen Verstand vollkommen ab und richteten sich auf Durst und Hunger. Als er die dicke Eiche erreichte, war er angenehm überrascht. »Der Weg war ja gar nicht so weit, Eugen hat maßlos übertrieben.« Dann fiel ihm der Grund ein. »Klar. Was für die Raupe eine Weltreise ist, ist für mich ein Klacks.« Schon hörte er das leise Rauschen des Baches. Es klang wie Musik in seinen Ohren und machte ihn unempfänglich für andere Laute. Er stürzte sich förmlich auf das Wasser, achtete aber darauf, es nur mit seinem Mund zu berühren. Die letzte unangenehme Begegnung mit dem feuchten Element war schließlich erst kurze Zeit her. Er schlürfte und schmatzte und tauchte schließlich seinen Kopf vollständig unter. Als er genug hatte, setzte er sich zufrieden in das weiche Gras. Aus der Ferne drang glockenheller, mehrstimmiger Gesang an seine Ohren. Angetan von diesem lockenden Säuseln und einem honigsüßen Duft blickte er sich nach dem Ursprung um, konnte ihn aber nicht orten. »Wo seid ihr?«, rief er neugierig.

»Hier, ganz nah bei dir«, wisperten die Stimmen im Chor.

»Wo denn? Sagt mir, wo ihr seid.«

»Hier, ganz nah bei dir«, sang es erneut.

Melchior erhob sich und schaute sich um. Ein helles Kichern erklang. Neugierig lief er in die Richtung, aus der das Lachen kam. »Ist das ein Spiel?«, jauchzte er. Die Stimmen hüllten ihn in samtweichen Wattenebel und ließen ihn alle Vorsicht vergessen. Sanft schmeichelte der Gesang seinem Herzen. Entspannt sank er neben einem hellbraunen Pilzfeld ins weiche Moos. Der einladende

Schatten des großen Baumes über ihm spendete angenehme Kühle und machte ihn schläfrig. Langsam fielen dem Kleinen die Augen zu. Bevor er endgültig dem übermächtigen Drang nach Schlaf nachgab, fiel sein Blick auf die Pilze. Einer dieser beschirmten Burschen zwinkerte ihm lachend zu, während die anderen eine Melodie anstimmten. »Nur ein bisschen ausruhen«, gähnte der Wichtel, bevor alles um ihn herum versank.

7

»Bringt mir den Wichtel!« Jechubes Stimme donnerte durch die Eingangshalle seiner Burg.

»Er ist noch nicht da«, nuschelte eine der Wachen.

»Ich habe verstanden: Er ist noch nicht da!«, brüllte Jechube erneut und ging drei Schritte auf den Wächter zu, der vor Angst in seiner Rüstung immer kleiner wurde. »Ja, Herr, Sie haben richtig gehört. Ein Späher hat ihn vorhin in der Steinwüste von Sinistrien gesehen, doch dann verloren. Ihr wisst ja, der Wichtel hat kurze Beine und einen noch kürzeren Verstand …«

»Schweig still, Schwätzer, sonst lasse ich dich das Tor der Unendlichkeit passieren«, zischte Jechube dem Soldaten ins Gesicht. Der Wächter zitterte so heftig, dass die Schuppen seiner Rüstung im Takt rasselten. »Schickt die Jaher aus – sofort! Sie sollen ihn auf der Stelle zu mir bringen!«

Jechube verließ wütend die düstere Halle und betrat mit hartem Schritt sein Gemach. Das Geräusch der hinter ihm zuschlagenden Tür kam hohl von den Wänden zurück. Durch den heftigen Luftzug flackerte das Feuer der Kerzen, die in zwei mannshohen Ständern brannten, kurz auf. Das erste Zimmer seines Gemachs diente ihm als Arbeitszimmer und als Empfangsraum für ausgewählte Gäste. Es gab einen prächtigen Holzsekretär aus dunkler Mooreiche, dessen aufwändige Schnitzereien edel anmuteten. Die hohen Fenster, die fast bis zur Decke reichten, waren durch dicke Samtvorhänge verhüllt, die nie geöffnet wurden, um den Raum vor einfallendem Licht zu schützen. Jechube liebte die Dunkelheit, sie entsprach den Abgründen seiner Seele.

Ein pompöser Aktenschrank, der Lagepläne Thalams und Anweisungen an die Truppen der Angat enthielt, beherbergte darüber hinaus Dinge für die Bewirtung möglicher Besucher. Einige Gläser und Flaschen standen zwischen Papieren und anderen Geräten, die wie Waffen aussahen, auf dem Schreibtisch herum, als wären gerade noch Gäste dagewesen. Jechube nahm für gewöhnlich in einem überdimensionalen schwarzen Ledersessel Platz, um seinen Geschäften nachzugehen. Dieser Sessel sollte seinen hohen Rang gegenüber Besuchern symbolisieren, denn er legte Wert auf Klassenunterschiede. Doch im Grunde hasste der Angat-Führer Besuch und empfing nur selten jemanden in seinen privaten Räumen. Nicht zuletzt wegen des luxuriösen Ankleidespiegels, der seiner Eitelkeit schmeichelte und den er stets zu nutzen pflegte, sobald er sein Gemach betrat.

Auch heute führte ihn sein erster Weg dorthin. Wütend blickte er hinein, doch schon nach einer kurzen Weile brummte er zufrieden und selbstverliebt; ihm gefiel, was er sah. »Ich bin Jechube, Führer der Angat! Und ich werde die Avantgarde besiegen, so wahr ich hier stehe!«

Seine Stimme dröhnte durch den Raum, als wollte er einen seiner Widersacher einschüchtern. Er hatte das Erste Buch Thalams schon seit frühen Kindertagen studiert und wusste, dass sie die größten Widersacher Sinistriens und der Angat waren. Wenn jemand seine Pläne durchkreuzen konnte – dann die vier Avantgarde. Er streckte seinen starken Körper, um noch größer zu wirken. Schließlich gab er eine imposante Erscheinung ab, die allein durch ihre Anwesenheit Gegner in Angst versetzen konnte.

»Wie gerne würde ich mich selbst unter die Thalamer mischen, um herauszufinden, was dort vor sich geht.«

Jechube hasste die Thalamer seit seiner Kindheit. Immer hatten sie Angst vor ihm gehabt, immer war er der Ausgeschlossene gewesen. Hinter vorgehaltener Hand flüsterten viele von ihnen, dass er ein Angat-Balg sei. Diese selbst ernannten Retter der Welt mit ihren freundlichen, frisch gewaschenen Gesichtern, ihrer gebräunten Haut, ihren edlen Gedanken und ihren reinen Herzen. Ja! Sie hatten recht: Er war ein Angat-Balg und er war es gern.

Nachdem ihn der König verstoßen hatte, bot Sinistrien ihm eine neue Heimat und so etwas wie eine Familie. Er ließ sich zu einem Angat-Krieger ausbilden, denn er erkannte, dass die Soldaten eine ähnliche Lebenseinstellung hatten wie er. Sie wollten Macht und ihren Gegnern

Schmerz zufügen, das gefiel ihm. Bald schon begegnete man ihm mit Ehrfurcht, denn er war einer der gemeinsten unter ihnen, vor dem sich sogar seine Kameraden fürchteten.

Eines Tages hatte er den alten Anführer zu einem Kampf herausgefordert und getötet. An diesem Tag übernahm Jechube die Leitung des Heeres. Jetzt war er jemand, an dem sich alle orientierten, und nicht wie einst in Thalam ein Ausgestoßener.

Sein Blick schweifte durch das Fenster in die Ferne. Ob die Thalamer ahnten, dass er bald ihr König sein würde? Noch einmal warf er einen anerkennenden Blick in den Spiegel.

Mit seinen vierundzwanzig Jahren hatte er alles erreicht, was man in Sinistrien erreichen konnte. Jetzt war es an der Zeit, sich größeren Aufgaben zuzuwenden. Wohlwollend registrierte er, dass sein Haar mit den Jahren schlohweiß geworden war, es hing ihm in weichen Wellen bis weit über die Schultern. In seinem linken Ohr strahlte ein mit Brillanten besetzter Ring und betonte die spitz nach oben verlaufende Ohrform. Er war stolz auf dieses Zeichen, weil es ihn als echten Abkömmling eines Angat auswies. »Ich werde jeden, der sich mir und meinen Plänen in den Weg stellt, mit der Hilfe Tenebraes vernichten«, versprach er seinem Spiegelbild.

Unterdessen huschte eine dunkel gekleidete Gestalt unbemerkt über die Empore und glitt lautlos durch die nachtschwarzen Gänge der Burg. Ihre geschmeidigen Bewegungen verursachten kein Geräusch, nur das leise Knistern des langen Umhangs war zu hören. Vor der Tür Jechubes hielt der heimliche Besucher inne und lauschte. Kein Geräusch war zu hören. Aufmerksam sah er sich um. Er wollte nicht entdeckt werden, denn in Sinistrien war es wie überall auf der Welt: Geheimnisse blieben nur so lange verborgen, wie ihre Mitwisser sich um Diskretion bemühten. Ihm war daran gelegen, nicht mit dem Führer der Angat in Verbindung gebracht zu werden – noch nicht. Erst als die Gestalt sicher war, unbeobachtet zu sein, klopfte sie. Sie wartete eine Weile, doch es kam keine Antwort. Entschlossen drückte sie den schweren Riegel nach unten und schob die Tür gerade so weit auf, dass sie genug Platz hatte, durch die Lücke in das Zimmer zu schlüpfen.

Jechube schreckte durch das leise Türknarren hoch und wirbelte herum. Im ersten Moment sah er nichts weiter als dunkle Umrisse und kniff die Augen zusammen, um besser sehen zu können. Doch die schwache Beleuchtung, die seinen lichtempfindlichen Augen wohl tat, hielt den Eindringling gut getarnt im Dunkeln. »Wer bist du, Störenfried? Gib dich zu erkennen«, rief er, verärgert über den ungebetenen Besuch. Sein Gegenüber lachte mit tiefem Timbre.

»Verdammt, Rajah! Musst du dich immer so anschleichen!?« Jechubes Miene drückte Unwillen aus. Ohne sich von seinem harschen Tonfall abschrecken zu lassen, durchschritt die Schlangenfrau den Raum und stellte sich dicht neben ihn. »Warum so nervös, Jechube?«

Mit der rechten Hand packte sie fest in sein volles, weißes Haar und zog es mit einem heftigen Ruck nach hinten. Jechubes Kopf landete hart im Nacken.

»Wen hast du erwartet?«, gurrte sie triumphierend. Unwillig schüttelte Jechube ihre Hand ab. »Lass das!«

Die Besucherin verzog ihr Gesicht zu einem kapriziösen Lächeln, ihrer Kehle entfuhr ein glucksender Laut. »Na, na, ein wenig Strafe hast du schon verdient.« Sie versuchte erneut, ihm in die Haare zu fassen, aber er schlug ihr die Hand brutal zur Seite. »Wage es nie wieder«, flüsterte er drohend. Fauchend rieb Rajah sich die geschundene Stelle. Dabei glitt ihr Umhang von den Schultern und Jechube erkannte schwere, bronzene Schlangenarmbänder.

Sie sind kostbar, war sein erster Gedanke. Die Köpfe der Schlangen waren mit Rubinen besetzt und die Augen fein geschliffene Smaragde, die im schwachen Licht der Kerzen funkelten. Gebannt starrte er auf das kalte Feuer der Edelsteine. Rajah, die die Habgier ihres Gegenübers kannte, war zufrieden. Sie liebte es, wenn jemand neidisch auf die Dinge war, die sie besaß. Jechube riss sich zusammen. »Was willst du hier?«

Rajah umkreiste ihn schleichend. »Was werde ich schon wollen?«

»Komm zur Sache«, entfuhr es ihm gereizt. Schon schoss sie auf Jechube zu, der mit dieser Attacke nicht rechnete. Sofort richtete er sich zur vollen Größe auf. Rajah, die zwei Köpfe kleiner war, streckte angriffslustig ihr Kinn in die Luft. »Ich will die Wahrheit hören«, zischte sie und bleckte ihre Giftzähne. Mit dem Zeigefinger ihrer rechten Hand strich sie über seine pochende Halsschlagader.

»Du hast rein gar nichts zu wollen, Schlange!«, herrschte Jechube sie an. Und verschwieg, was ihm auf der Zunge lag. »Ich hätte sie schon vor langer Zeit töten sollen. Aber noch ist es dafür ja nicht zu spät.« Doch statt sich auf Rajah zu stürzen und sich endlich aus dieser vermeintlichen Partnerschaft zu lösen, entschied er anders. Er wollte sich noch einige Zeit ihrer Dienste bedienen, denn selbst er war auf Mitstreiter angewiesen, wenn es darum ging, die Macht an sich zu reißen.

»Rajah, meine Liebe, lass uns nicht streiten«, lenkte er darum ein. »Ich wollte dich erst informieren, wenn ich Gewissheit habe. Wie wir es vor einigen Tagen besprochen hatten, sollte der dumme Wichtel den Weg zum Schloss beobachten und mir Bescheid geben, wenn sich etwas in Thalam tut.«

Er machte eine kunstvolle Pause, um Rajahs Reaktion abzuwarten, doch die Schlangenfrau starrte ihn regungslos an. Sie konnte sich nicht daran erinnern, mit ihm über den Wichtel gesprochen zu haben. Er log, also wog sie seine Worte Silbe für Silbe ab. Sein stahlgrauer Blick heftete sich in den ihren. »Du weißt, meine Jaher haben die Lebensachse.«

Er ergriff Rajahs Hand und zog die Schlangenfrau mit einem Ruck zu sich heran. In schmeichelndem Tonfall fuhr er fort: »Wir werden herrschen! Du und ich! Doch bevor es so weit ist, müssen wir die Kämpfer der Avantgarde gefangen nehmen – und töten.«

Rajah machte sich von ihm los. In ihr tobte eine Mischung aus Hass und Freude, doch davon sollte er vorerst nichts merken. Die Vorstellung, bald die mächtigste Frau des Landes zu sein und über alle zu herrschen, ließ ihr kaltes Blut schneller pulsieren. »Sobald er seinen Plan erfolgreich vollendet hat, werde ich ihn töten, dann habe ich die gesamte Macht über Thalam und Sinistrien. Und dann kümmere ich mich um das Menschenland.« Sie lächelte falsch. »Ich werde dir immer treu dienen.« Der Verrat floss ihr wie Honig von den Lippen.

Jechube kannte ihre Niedertracht und legte seine Hände um ihren Hals. Hart und elend langsam drückte er zu, dass Rajah gerade noch die allernötigste Luft zum Atmen blieb. »Du weißt, ich bin stärker als du. Und du weißt, was ich mit dir mache, wenn du mir in die Quere kommst.« Sie klimperte nervös mit den Augenlidern. »Du wirst mich nie belügen und dich mir gegenüber ergeben zeigen bis zum Tod«, raunte er drohend und dachte dabei an ihren, nicht an seinen Tod. Die Schlangenfrau nickte demütig. Mit einem Ruck schleuderte Jechube sie von sich. Rajah stolperte, verlor den Halt und stürzte auf den harten Steinboden. Für einige Sekunden verwandelte sie sich in eine Schlange, die sich wütend auf dem Boden ringelte. Doch sofort kam die Frau wieder zum Vorschein und rieb sich hustend den Hals. »Ich werde dich ins Jenseits befördern, du Hundesohn«, versprach sie ihm in Gedanken.

Jechube wandte sich unbeeindruckt ab, ging zum Tisch, griff nach einer geöffneten Flasche und goss sich ein Glas Wein ein. Als hätte es den Kampf zwischen den beiden nie gegeben, prostete er ihr zu. »Sind die Avantgarde erst in unserer Hand, gehört uns Thalam und damit die Welt.« In seiner Stimme zitterte die Glut der Begierde. Auch Rajah überflutete die Welle der Gier nach Macht erneut und sie beschloss, den Streit mit ihm vorerst beizulegen. Langsam erhob sie sich. Jechube leerte das Glas in einem Zug und warf es mit Wucht auf die Erde, wo es klirrend zersprang. »So soll es den vier Avantgarde ergehen!«

Er griff Rajah grob beim Arm und zog sie hinter sich her. »Komm mit, wir müssen uns vorbereiten.«

Widerwillig befreite sich die Schlangenfrau aus seinem Griff. »Ich kann allein laufen!«

Die beiden gingen schweigend durch die Gänge der Burg. Hier und da beleuchtete Kerzenlicht den Weg und malte düstere Schatten, die zuckend über sie hinweg huschten. Sie verhielten sich vorsichtig, bis sie in den hinteren Teil des Burggartens gelangten.

»Wohin gehen wir?«, flüsterte Rajah.

»Warte ab, du wirst begeistert sein«, antwortete Jechube.

Nach einigen Schritten blieb er vor einem großen Tor aus Baumwurzeln stehen. Rajah betrachtete das grobe Geäst mit Abneigung. Der Einlass bot gerade so viel Platz, dass eine Person hindurchgehen konnte. Die Wurzeln ringelten sich dem Himmel entgegen und das Tor sah aus, als hätte es Hörner.

»Wohin führt es?«

Jechube grinste überlegen. »Es führt uns zu Tenebrae.«

Die Schlangenfrau zuckte merklich zusammen. »Was hast du mit Tenebrae zu schaffen?«

Der Angat-Führer grinste geringschätzig. »Vor einigen Tagen stattete sie mir einen Besuch ab. Sie ist nicht annähernd so, wie sich alle erzählen.«

»Was wollte sie? Was habt ihr geredet?« Rajah verzog beleidigt das Gesicht. »Ich habe sie noch nie gesehen …« Sie ärgerte sich über die Gunst, die Jechube zuteil geworden war.

»Das erzähle ich dir später. Aber eines kann ich dir verraten: Sie möchte, dass wir sie in ihrem Schloss in der Unten-Welt aufsuchen. Und das kann nur bedeuten, dass sie auf unserer Seite ist.«

Rajah bremste seinen Eifer. »Sei dir da nicht so sicher. Man sagt, sie würde sich nie auf die Seite eines Herrschers oder eines Landes stellen. Warum sollte sie ausgerechnet bei dir eine Ausnahme machen?«

Jechube packte entschlossen Rajahs Arm. »Halt einfach den Mund und tu, was ich dir sage! Und jetzt geh voran!« Sie schüttelte verneinend den Kopf. »Lass es lieber,

Jechube. Du weißt doch: Alle, die sich mit ihr eingelassen haben, sind auf dem Feld der verlorenen Seelen gelandet.«

»Wovor hast du Angst? Dass sie dich verfluchen könnte?«

»Sie ist eine mächtige Zauberin. Glaubst du, dass sie es nötig hat, sich mit uns zu verbünden? Ha! Niemand kann genau sagen, auf welcher Seite sie steht. Das Feld der verlorenen Seelen, das ihr als ewiges und unentrinnbares Gefängnis für Widersacher dient, ist voll von Trotteln, die ihr vertraut haben!« Rajahs Stimme überschlug sich vor Aufregung, während sich in ihren Augen blanke Angst zeigte. Hart stieß Jechube sie in Richtung Tor.

»Nein! Diesen Weg kannst du allein gehen!«

»Verdammt! Wir sind dem Ziel so nah! Ich lasse es nicht zu, dass du aus Feigheit alles zerstörst!«

Entschlossen zerrte er Rajah mit sich. Grünlicher Nebel waberte ihnen entgegen. Blitze sprangen durch den Torbogen, es roch nach Weihrauch. Ein hohes Singen erfüllte die Luft, das beiden in den Ohren schmerzte. Jechube schleuderte die überrumpelte Rajah in die grüne Nebelwand und sprang hinterher. Der Nebel saugte die beiden auf. Das Singen verstärkte sich, wurde schriller und durchdrang jede Faser ihrer Körper. Beide pressten die Hände auf ihre Ohren, während sie wie Spielbälle durch einen langen Tunnel gesogen wurden. Kurz bevor ihnen die Sinne schwanden, wurden sie von den pulsierenden Wellen des Energiefeldes wieder ausgespien. Sie fielen auf einen steinigen Waldweg. Das Tor schloss sich, es wurde still. Nur die großen Wurzeln mit ihren geschwungenen Hörnern erinnerten daran, dass dies nicht einfach nur ein Weg war, sondern der Zugang zur Unten-Welt. Die beiden erhoben sich.

»Glaubst du, wir können durch dieses Tor zurück?«

Jechube zuckte mit den Schultern. »Keine Ahnung, das können wir später herausfinden.«

Sie sahen sich um. Dunstschleier zogen träge über den Waldweg. Fauler Geruch von verwelkendem Laub streifte ihre Nasen. Es blieb ihnen nichts anderes übrig, als dem Weg zu folgen.

»Irgendwie habe ich mir die Unten-Welt anders vorgestellt. Hier ist es wie in einem Grab.« Rajah war unbehaglich zumute.

»Hör auf zu jammern. Ich habe dir gesagt, dass es hier nicht nur schöne Dinge gibt. Dann sind wir eben in dem ungemütlichen Teil gelandet. Das heißt aber auch, dass uns nur noch Gutes bevorsteht, wenn wir das hier hinter uns gebracht haben.«

Jechube war gereizt, denn Rajah hatte genau das ausgesprochen, was er empfand. Als sie an eine Lichtung gelangten, registrierten sie eine Talsenke, die aussah, als läge in ihrer Mitte ein zugefrorener See, der von toten Bäumen gesäumt wurde. Kahle Äste zeigten in den Nachthimmel. Ein eisiger Wind wehte unbekannte Laute zu ihnen herüber. Rajah drängte sich dichter an den Angat. »Was ist das? Wo sind wir?«

»Woher soll ich das wissen, wir sind irgendwo in der Unten-Welt.«

Kurz bevor sie den See erreichten, schwebte aus dem Nichts eine Gestalt auf sie zu. Rajahs Gesichtszüge entgleisten. Die Erscheinung starrte mit toten, tiefliegenden Augen auf die beiden Besucher. Ihre bleiche Haut schimmerte wächsern. Der ausgemergelte Körper wurde nur von einem dreckigen Fetzen Stoff bedeckt. »Seid gegrüßt, Wanderer«, krächzte sie mit hohler Stimme. »Was wollt ihr an diesem Ort der verlorenen Seelen?«

Jechube ergriff mit fester Stimme das Wort. »Wir sind Freunde von Tenebrae und möchten ihr einen Besuch abstatten.«

Die Gestalt betrachtete sie durchdringend. »Folgt mir. Doch ich muss euch warnen. Kommt nicht vom Weg ab, haltet euch dicht beieinander. Dies ist das Feld der verlorenen Seelen. Sie werden versuchen, euch zu sich zu nehmen, falls ihr zu nah an den Rand der Begrenzung tretet.«

Jechube nickte und schob Rajah auf die Seite nahe des Feldes. Argwöhnisch fixierte sie die Böschung. »Es ist besser, wenn du am Rand gehst. Wenn sie dich greifen, habe ich genug Kraft, dich zu retten«, erklärte er.

»Ich denke nicht dran«, keifte sie zurück.

»Geh du am Rand, dich werden sie gar nicht erst angreifen.«

Zwischen den beiden entstand eine heftige Rangelei, in der Rajah erneut unterlag. »Sollten sie mich erwischen, sorge ich dafür, dass es dich ebenfalls trifft«, drohte sie Jechube.

Aufmerksam folgten sie der Furcht einflößenden Gestalt. Der Boden des schmalen Pfades war schlammig und feucht, sodass die beiden nur langsam vorankamen, wenn sie nicht ins Rutschen geraten wollten. Hin und wieder sah Rajah, wie knorrige Hände mit langen Fingern aus dem Dunkel nach ihren Knöcheln griffen. Röchelnde Laute wurden ausgestoßen, wenn die Greifer ihr Ziel verfehlten. Ekel und Angst schnürten der sonst so unerschrockenen Schlangenfrau die Kehle zu. Hin und wieder zuckte ihre gespaltene Zunge in Richtung der Angreifer. Jechube folgte mit starrem Blick ihrem Führer. Geriet Rajah ins Stocken, zog er sie wortlos mit sich. Nach einiger Zeit gelangten sie an das Ende des Feldes. Die Gestalt wandte sich um. »Ab hier müsst ihr allein weitergehen. Nehmt den direkten Weg durch den Wald, weicht nicht vom Pfad ab.«

»Was ist so schlimm daran, wenn wir vom Pfad abweichen?«, fragte Rajah, die keine Lust auf weitere gefährliche Abenteuer hatte.

Die Gestalt kicherte dumpf. »Das müsst ihr schon selbst herausfinden. Meine Aufgabe ist erfüllt. Ich habe euch an das Ende des Feldes gebracht.« Sie stieß ein grauenhaftes Jaulen aus und verschwand im Feld der verlorenen Seelen.

Rajah schüttelte sich. Was für ein unheimlicher Ort! Vor ihnen lag ein einladender Wald, hinter ihnen lauerte das Grauen. »Kann das sein? Auf der anderen Seite des Feldes ist tiefe Nacht und auf dieser hier heller Tag?«, fragte sie verdutzt.

Jechube, der verstand, was sie meinte, schaute ratlos umher. »Woher soll ich das wissen, ich war noch nie hier. Vielleicht sind wir auch viel länger unterwegs gewesen, als wir gedacht haben.«

Rajah schaute in den Himmel. »Wir sind doch keine ganze Nacht gewandert?«

»Das glaube ich auch nicht, aber vielleicht ist an dem Ort der verlorenen Seelen immer Nacht?« Jechube fiel keine bessere Erklärung ein.

»Ja, vielleicht hast du recht.«

Sie gingen los, wie es ihnen der Geist empfohlen hatte. Doch kaum hatten sie eine Lichtung erreicht, stoppte Rajah. »Ich kenne diesen Ort«, raunte sie.

Jechubes Augen verengten sich. »Du willst mir doch jetzt nicht erzählen, dass du schon einmal hier warst.«

Die Schlangenfrau schüttelte energisch den Kopf und zeigte auf einen mächtigen Berg, dessen oberer Teil wie der gezackte Rückenkamm eines Drachens aussah. »Das ist der Berg, in dem sich meine Höhle befindet. Dort gibt es einen Weg, den man in meinem Reich den Pfad der Verwirrung nennt, weil er direkt über eine große Wiese in einen Wald führt, in dem man sich angeblich schnell verlaufen kann. Der Weg liegt in der Nähe meines Gemachs und führt auf diese Lichtung. Es muss sich um eine Verbindung zwischen Sinistrien und der Unten-Welt handeln.«

»Du dummes Ding, warum hast du mir nicht früher davon erzählt! Wir hätten eine Menge Zeit sparen können!« Jechube stieß die Schlangenfrau hart zur Seite. »Wir müssen Wasser finden und dann weiter zur Burg Tenebraes«, befahl er in bissigem Tonfall. Rajah unterdrückte ihre Wut und atmete tief durch. »Wenn wir dem Pfad folgen und an der dicken Eiche nach links gehen, kommen wir an einen Bach.«

»Woher weißt du das? Warst du schon mal dort?«, bohrte Jechube, an ihren Worten zweifelnd, nach.

»Nein, nur bis zur Mitte der Lichtung. Man sagt, Tenebrae ist häufiger am Bach zu sehen. Außerdem hatte ich Angst, mich zu verirren. Aber meine Fledermäuse erzählten mir, dass es dort hinten Wasser gibt. Sie fliegen die Strecke oft, um Insekten und kleinere Tiere zu jagen.«

»Dann los.«

Jechube stapfte davon in Richtung Bach. Rajah lief ihm hinterher. Nach einiger Zeit blieb der Angat-Führer stehen und schaute sich suchend um. »Wo genau soll der Weg sein, der uns zum Bach führt?« Rajah deutete nach vorn. »Dort.«

Mittlerweile müde und durstig, rannten sie einfach querfeldein. Schon erreichten sie eine kleine Waldschneise. Süßer Blumenduft und saftiges Gras luden zu einer Rast ein. »Wo ist denn nun der Bach?«, schrie Jechube entnervt. »Was weiß ich, hier irgendwo!«, schrie Rajah zurück. Ihre lauten Stimmen schallten über die Wiese. Wüste Beschimpfungen flogen wie Bälle hin und her. Während einer kurzen Pause meldete sich ein dünnes Stimmchen. »Halloooo …!«

Die beiden Streithähne sahen sich um.

»Hallo ihr … warum … streitet ihr … so heftig?«

Rajah lachte erleichtert auf. »Schau mal, Jechube, auf dem Baumstumpf – eine asthmatische Raupe.«

Was hatte der Winzling von ihrem Streitgespräch gehört? Jechube überlegte, ob er wertvolle Informationen preisgegeben hatte, die nicht für fremde Ohren bestimmt waren. Die Raupe richtete sich auf. »Ich bin … Eugen«, lachte sie freundlich. »Und … wer seid … ihr?«

»Wir sind harmlose Wanderer, die sich verlaufen haben«, erklärte Jechube in unschuldigem Tonfall.

»Es ist … schön … hin und wieder … Besuch … zu bekommen. Ihr seid … heute schon … die zweiten … die … ich treffe«, keuchte der Wurm.

»Wer war denn vor uns hier?«

»Och, niemand … Besonderer, nur ein … Wichtel.« Der Kleine begann, seinen Pelz zu putzen. Mit schnellem Griff packte Jechube die Raupe. Eugen schrie vor Schreck auf. »Was hast du da gerade gesagt? Ein Wichtel war hier? Kennst du zufällig seinen Namen?«

»Eeees … war, glaube ich … Michi … oder … Mechi«, stotterte Eugen nervös.

»Könnte es auch Melchior gewesen sein?« Die Raupe nickte eilig.

»Wo ist er hin?« Eugen wand sich unter der groben Behandlung. »Lass mich ... runter«, jammerte er.

»Hör auf zu brüllen, das ist lächerlich, wenn man so ein piepsiges Stimmchen hat wie du«, höhnte Jechube.

»Sag mir auf der Stelle, wo dieser verdammte Wichtel hin ist!« Dem Wurm standen die Raupenhaare zu Berge. »Er … kann nicht … weit gekommen … sein. Er … wollte zum … Bach, aber … er … er … hat … nicht hören wollen … die Warnung …«

»Was für eine Warnung?«

»Das Wasser … ein feineres … Gehör … die Schlafpilze … ihr süßer Gesang … ein Bann … tiefer Schlaf … keine Rettung … nur wenn … einer … kommt und … einen dort … wegholt …«

Jechube überlegte einen Moment. »Das heißt, wenn ich nicht von dem Wasser trinke, kann ich die Pilze nicht hören?«

»Man kann sie … immer hören … mit Wasser … noch besser.« Zufrieden mit sich und seiner Erklärung grinste der Pelzwurm Jechube an, während seine Augen ihn anflehten, ihn zurück auf den Baumstumpf zu setzen. Der Angat ignorierte die unausgesprochene Bitte des Kleinen. Stattdessen setzte er ihn auf seine Handfläche. »Und wie können wir uns schützen?« Sein Lächeln war zuckersüß.

Eugen streckte sich der Länge nach und schüttelte sich einmal durch. Schon wieder entspannt, antwortete er fröhlich: »Haltet euch … die Ohren … zu und … atmet durch … die Nase.«

Jechube hatte genug gehört und katapultierte die Raupe weit in die Luft. Nach einer unsanften Landung rappelte sich Eugen benommen im dichten Gras auf. »Danke!«, meckerte er wütend. »Jetzt brauche ich ewig, um auf meinen Baumstumpf zurückzukommen.« Seine grüne Körperfarbe durchzog ein rötlicher Hauch des Zorns. »Das werdet … ihr mir … büßen, denn ich habe … dich und die … Schlangenfrau erkannt … Jechube!«

Jechube und Rajah bekamen von Eugens Wutausbruch nicht das Geringste mit, denn sie waren vollauf damit beschäftigt, sich Moos in die Ohren zu stopfen, um nicht dem Gesang der Pilze zu erliegen. Taub liefen sie eilig durch den vor ihnen liegenden Hain bis zum Ufer des Baches. Hastig schlürften sie das kühle Wasser. Das Moos in ihren Ohren tat seinen Dienst. Kein Laut drang zu ihnen durch. Dadurch überhörten sie auch das Kreischen des roten Raben, der kreisend über ihnen flog. Jechube hatte als Erster genug und suchte die Gegend ab in der Hoffnung, den Wichtel zu entdecken. Und tatsächlich, in einiger Entfernung sah er den reglosen Körper Melchiors. Er stieß Rajah hart in die Seite, die nur mit Mühe verhindern konnte, in den Bach zu fallen. Grimmig blickte sie in die von Jechube gezeigte Richtung. Jetzt erkannte auch sie den Wichtel. Sie pirschten sich heran, doch das hätten sie sich sparen können. Ihn hätte nicht einmal ein Weltuntergang geweckt. Tief betäubt lag er zusammengerollt im Gras neben den Pilzen und schnarchte. Rajah sah, wie die braun beschirmten Röhrlinge ihre Münder verzogen und mit den Augen klimperten. Zu gerne hätte sie den Gesang gehört, doch sie war zu vernünftig, um das Moos aus den Ohren zu nehmen.

Die beiden zerrten an Melchiors kleinem, aber schweren Körper, um ihn aus dem Pilzfeld zu ziehen. Erst als sie eine ausreichend große Distanz zurückgelegt hatten, machten sie Rast und entfernten das Grünzeug aus ihren Gehörgängen. Jechube schüttelte den Wichtel. »Wach auf, du Dummkopf!« Doch Melchior zeigte keine Reaktion.

Nach weiteren Versuchen beschlossen sie, ihren Besuch bei Tenebrae auf später zu verschieben. Sie wollten Melchior auf keinen Fall zurücklassen, ohne vorher mit ihm gesprochen zu haben. Obgleich die Nachmittagssonne noch hoch am Himmel stand, entschieden sie, ein wenig zu schlafen. Rajah bereitete für Jechube und sich selbst ein einfaches Lager aus Moos, Blättern und Gras, doch keiner von ihnen fand die nötige Ruhe. So unterhielten sie sich noch bis spät in die Nacht. Sie schmiedeten Pläne und malten sich aus, wie es sein würde, den ganzen Planeten zu beherrschen. Erst als der Mond sein silbernes Licht wie Irrlichter auf dem Bach tanzen ließ, kehrte die ersehnte Ruhe ein und sie versanken in tiefe Träume. Jeder wurde in seinem Traum zum wahren Herrscher der ewigen Welt gekrönt.

Am Morgen erwachte Jechube durch das laute Knacken eines brechenden Astes. Er weckte Rajah und deutete ihr, leise zu sein. Sie schauten sich um, konnten den Verursacher aber nicht ausmachen. Aus der Ferne kündigten sich Reiter an, deutlich hörten beide die Geräusche von galoppierenden Hufen. Leise zogen sie sich in die Tiefe des schützenden Blattwerks zurück. Der Wichtel lag immer noch im Gras und schnarchte selig.

8

Ich stolperte an Leonas Hand über die Türschwelle ihres Zimmers. Was ich sah, hatte so gar nichts damit zu tun, wie ich mir ein Mädchenzimmer vorstellte. An den grauen Steinwänden hingen kostbare Schwerter und Degen. Auf einer Kommode standen goldene Pokale und silberne Ehrenabzeichen, die ihre Besitzerin eindeutig als Siegerin ruhmreicher Wettkämpfe auswiesen. Es roch nach Lederfett und Sattelzeug. Als sie mein Erstaunen bemerkte, ließ sie meine Hand los und grinste. »Dich kann man aber leicht beeindrucken«, lachte sie. Alles in mir sträubte sich. Was bildete sich dieses Mädchen ein? Ich war zwar nicht von edler Herkunft, aber mein Vater hatte mich Anstand und Ehrgefühl gelehrt. Sie hielt sich offensichtlich für unbesiegbar. Stolz baute ich mich vor ihr auf. »Ich weiß nicht, was du vorhast, Leona, aber lass dir eines gesagt sein: Ich bin kein dummer Junge und auch nicht dein Hofnarr. Es mag sein, dass du besser kämpfst als ich, aber statt auf mir herumzuhacken, könntest du wahre Größe beweisen, indem du schweigst oder mir anbietest, durch dich zu lernen. Ich werde mich weder von dir noch von jemand anderem herumkommandieren oder beleidigen lassen.«

Prompt hörte ich hinter mir das Geräusch Beifall klatschender Hände. Ich schaute mich um und sah in das lachende Gesicht eines jungen Mannes, der vielleicht zehn Jahre älter war als ich. Seine braunen Augen sprühten amüsierte Funken. Blonde Locken fielen weich auf seine starken Schultern.

»Darf ich dich mit Prinz Levinor bekannt machen.« Leona lachte ungeniert. Sofort beugte ich mein Knie und senkte meinen Kopf. »Mein Prinz«, flüsterte ich und musste gleich darauf mit anhören, wie Leona mich vorstellte. »Und dieser merkwürdige Junge ist Gidion, Sohn des Mundus.«

Ich wünschte mich weit weg, denn es war mir peinlich, den Prinzen in so einer Situation kennenzulernen. Seit Leona in mein Leben getreten war – und das war erst eine kurze Zeit –, sah ich ständig aus wie ein Idiot oder fühlte mich verunsichert.

»Steh auf, Gidion«, gebot Levinor mir freundlich und reichte mir die Hand. »Ich glaube nicht, dass diese Ergebenheit zwischen uns angebracht ist.« Ich schaute ihn fragend an, während ich seine Hand zum Gruß ergriff. Sein Verhalten irritierte mich.

»Wir sollten es uns zunächst etwas gemütlicher machen.« Er deutete mir, ihm zu folgen. Meine Unsicherheit überspielte er perfekt. Rasch quetschte sich Leona an uns vorbei und ließ sich undamenhaft in den weichen Ohrensessel fallen, sodass für uns nur die kleineren Sitzgelegenheiten übrig blieben.

»Kennst du die Legende der Avantgarde, Gidion?«, fragte Levinor mich ohne Umschweife.

»Vater Mundus hat mir davon erzählt. Aber er sagte, die Avantgarde würden nur zusammenkommen, wenn Thalam bedroht sei.« Leona und Levinor tauschten einen schnellen Blick.

»Nun, Gidion, bisher war das nicht nötig. Doch jetzt ist unser Planet durch den Raub der Lebensachse in ernsthafter Gefahr. Du und dein Vater seid zu uns gekommen, weil es an der Zeit ist, Thalam die Sicherheit zurückzugeben, die das Land braucht. Unsere Väter werden beratschlagen, was als Nächstes zu tun ist. Wir alle haben bemerkt, dass unser Rhythmus aus dem Gleichgewicht gerät.«

Ich war neugierig und unterbrach ihn. »Woran habt ihr festgestellt, dass etwas nicht stimmt? Ich hätte nichts gemerkt, wenn ich nicht die Jaher gesehen und die Lebensachse nicht so auffällig geschimmert hätte.«

»Wir haben es nicht an der Welt um uns herum bemerkt, aber das Verhalten meines Vaters und das unserer Berater war in den letzten Tagen sehr merkwürdig. Der König schickte einen Spähtrupp zu den Menschen und sie berichteten von heftigen Überschwemmungen und starken Erdstößen, die in unmittelbarem Zusammenhang mit dem Diebstahl der Lebensachse stehen. Dann erklärte er uns, dass es sich bei diesen Phänomenen um Vorzeichen handelt, die darauf hindeuten, dass unser Planet sein Gleichgewicht verliert. Angeblich wird es noch eine lange Zeit dauern, bis tatsächlich Gefahr für die Menschheit und uns selbst besteht, doch keiner will den Angat die Lebensachse zu lange überlassen. Mein Vater meint, es müsse sofort gehandelt werden, um die Schäden zu begrenzen. Ich pflichte ihm bei, denn es ist nicht gut, etwas so Wertvolles und Lebenswichtiges in den Händen der Angat zu lassen. Zumal keiner der Weisen weiß, was ohne die Lebensachse geschieht. Hast du sonst noch Fragen?«

»Ja. Wenn ich ehrlich bin, frage ich mich, warum es meinem Vater wichtig war, dass ausgerechnet ich mit auf das Schloss komme. Nicht dass ich nicht gerne hierher gekommen bin, aber wie ihr wisst, bin ich nur ein einfacher Junge. Ich bin weder ein herausragender Kämpfer noch ein Gelehrter.«

Der Prinz schenkte mir einen ahnungsvollen Blick. »Du weißt, dass die Menschen uns schon vor langer Zeit vergessen haben, bis auf einige wenige. Aber das heißt nicht, dass wir sie deswegen im Stich lassen. Die Erde und ihre Bewohner sind in Not. Und wir, die wir unterhalb der Erde leben und die Welt steuern, sind angehalten zu helfen.«

Levinor machte eine lange Pause und betrachtete mich aufmerksam. Ein mulmiges Gefühl durchzog meinen Magen. Unsicher blickte ich zu Leona. Warum gab der Prinz mir keine klare Antwort auf meine Frage? Und warum erzählte er mir das alles? Ich hatte den Eindruck, dass die beiden etwas von mir erwarteten. Doch ich hatte keine Ahnung, was.

»Warst du schon einmal oben bei den Menschen?«, fragte Leona. Ich schüttelte den Kopf. »Kann denn jeder an diesen Ort?« Wieder erhielt ich keine Antwort, stattdessen kicherte Leona albern. Levinor hob die Hand und gebot ihr, still zu sein. »Lass dich von Leona nicht ablenken.« Er warf ihr einen liebevollen Blick zu, den sie mit genervtem Augenrollen erwiderte.

»Es ist tatsächlich so. Einige von uns, die den Zugang kennen, können, wenn sie es wollen, in die Welt der Menschen reisen. Aber nach dem, was die Ausflügler bisher berichten, ist die Welt kein schöner Ort für uns. Die Menschen haben aufgehört, an Märchen und Wunder zu glauben. Die Wissenschaft will alles enträtseln und erklären, sodass nur wenig Platz für den Zauber und die Geheimnisse unseres Daseins bleibt.«

Schüchtern ergriff ich das Wort. »Und was hat das alles mit mir zu tun?« Ich hatte immer noch keine Vorstellung, warum ich hier war.

Leona stöhnte. »Hast du es denn immer noch nicht begriffen, Gidion? Wir drei sind Avantgarde – Levinor, du und ich. Es fehlt nur noch einer, dann sind wir komplett. Wir werden Thalam und die äußere Welt retten, indem wir uns von den Angat die Lebensachse zurückholen und sie an ihren Platz bringen.«

Ich riss verblüfft die Augen auf, gleichzeitig weigerte sich mein Verstand, das Gehörte zu begreifen. Ich sollte einer der Avantgarde sein? Das war unmöglich! Vater Mundus hätte es mir doch gesagt! In meinem Kopf rasten die Gedanken umher. Um meine blühende Fantasie wieder in den Griff zu bekommen, versuchte ich, mich an den Wortlaut der thalamischen Leitschrift über die Avantgarde in meinem Schulbuch zu erinnern.

Im Ersten Buch Thalams stand geschrieben, dass es sich bei den Avantgarde um eine Spezialeinheit handelte, die nur in ganz besonderen Notfällen zusammentraf. Es waren immer vier. Diese vier »Helden« wurden schon als Avantgarde geboren und zeichneten sich durch Unschuld, Reinheit, ein gütiges Herz und großen Mut aus. Es gab für sie keine spezielle Ausbildung und ihre Identität wurde geheimgehalten, manchmal sogar vor ihnen selbst. Meine Schulkameraden hatten sich über die besonderen Fähigkeiten lustig gemacht. Sie meinten, diese Avantgarde wären allesamt Weicheier, denn ein Held müsse Kraft und Muskeln besitzen und keine Unschuld oder gar ein gütiges Herz. Ich war anderer Meinung, hielt aber lieber den Mund, um nicht von ihnen ausgelacht zu werden.

Oft hatte mir Vater Mundus von vergangenen Taten der Avantgarde erzählt, aber ich hielt die Geschichten für Märchen, die er sich ausdachte, um mich an langen Winterabenden zu unterhalten. Dazu gehörte auch, dass die Avantgarde in seinen Berichten immer jung und häufig unerfahren waren.

Drei? Ich stutzte. »Wer ist der vierte?«

Ich schickte ein Stoßgebet zum Himmel, dass es sich

bei dem ominösen Mitstreiter um einen höflichen Jungen handeln möge. Eine weitere Person wie Leona konnte mein Selbstbewusstsein nicht verkraften. Prinz Levinor legte mir seine Hand auf die Schulter. Als hätte er meine Gedanken erahnt, beugte er sich zu mir. »Mir ist bewusst, dass du überrascht bist, Gidion, aber das waren wir auch, als wir vor einigen Tagen von all dem hörten. Ich denke, unsere Eltern wollten nicht, dass wir in dem Bewusstsein aufwachsen, jemand Besonderer zu sein. Bei Leona und mir war es schon schwer genug, aber bei dir wäre es in deinem Dorf sicher gar nicht möglich gewesen, ein normales Leben zu führen.«

Levinors Erklärung klang logisch, doch ich tat mich mit der Tatsache schwer, einer der Kämpfer der Avantgarde zu sein. »Ja, aber wer ist der vierte?«, fragte ich nochmals nach.

»Wir wissen es nicht, aber wenn die Zeit gekommen ist, wird er oder sie zu uns stoßen.«

»Hm.« Auch diese Antwort befriedigte meine Neugier in keinster Weise.

In diesem Augenblick hörten wir heftiges Klopfen an der Tür. Ohne Aufforderung betrat ein Diener des Königs den Raum. »Es ist an der Zeit zu baden«, sagte er blasiert und entfernte sich mit einer tiefen Verbeugung. Leona und Levinor erhoben sich. »Komm, Gidion, das gilt uns allen.«

Ich stutzte schon wieder. Sollte dies das Bad sein, von dem der Frosch gesprochen hatte? Aber was war das für ein merkwürdiger Brauch? In meinem Dorf war es nicht üblich, seinen Besuch zu einem Bad einzuladen. Trotzig antwortete ich: »Jeder, den ich treffe, verlangt, dass ich baden muss. Sicher, ich bin nicht gerade sauber, aber so schmutzig bin ich nun auch wieder nicht.«

Leona und Levinor lachten lauthals. »Das Bad dient nicht der äußeren Reinlichkeit, aber wir werden es ganz bestimmt genießen«, erklärte der Prinz. Erschreckt registrierte ich, dass er »wir« gesagt hatte.

»Was heißt denn ‚wir'? Wir baden doch wohl nicht alle zusammen!?«, entfuhr es mir, während ich spürte, wie mir schon wieder heiße Röte ins Gesicht stieg. Erneut lachten die beiden, wobei Leonas glockenhelles Lachen deutlich lauter war. »Doch«, erwiderte sie immer noch kichernd, »wir müssen es gemeinsam tun, damit es uns die volle Kraft und den Schutz gibt, den wir als Einheit benötigen. So steht es geschrieben im Ersten Buch Thalams über die Avantgarde.« Das musste der Teil des Buches gewesen sein, den wir in der Schule ausgelassen hatten.

»Aber muss dann nicht auch unser vierter Mitstreiter mit uns baden?«, hakte ich nach. Levinor überlegte einen Moment, bevor er antwortete: »Natürlich wäre es besser. Aber soweit ich mich an die Worte erinnern kann, ist es nur dann notwendig, wenn keine Verbindung von einem der Badenden zu der jeweils abwesenden Person besteht.«

Ich verstand kein Wort von dem, was der Prinz mir zu erklären versuchte. Doch als er mir aufmunternd zuzwinkerte, erinnerte ich mich wieder an mein bevorstehendes

Problem. Bei uns zuhause badete man nackt – wie vermutlich in allen Familien –, und Leona war ein Mädchen, ich konnte doch nicht …

Levinor erriet meine Sorge. »Nein, Gidion, wir sind dabei nicht nackt.« Mir fiel ein Stein vom Herzen.

»Warum musst du mir immer den Spaß verderben«, kicherte Leona erneut. Erleichtert, dass sich meine böse Vorahnung nicht bewahrheiten würde, grinste ich vergnügt.

»Wir müssen gehen«, mahnte Levinor zur Eile. Sofort stürzte Leona an uns vorbei, jedoch nicht ohne uns mit einem Schlag in den Rücken zu bedenken. Levinor und ich nahmen die Herausforderung an und stürmten hinter ihr her.

9

Im Erdgeschoss angekommen, blieben wir vor drei schlichten weißen Türen stehen, auf denen unterschiedliche Symbole prangten. Sie waren kunstvoll verschnörkelt, aber mit etwas Fantasie erkannte man, dass es sich um drei der Elemente handelte: Feuer, Wasser und Luft. Bevor ich meine neuen Freunde fragen konnte, warum es kein Erdzeichen gab, tauchten drei Diener auf und führten jeden von uns in den für ihn vorgesehenen Raum. Meiner trug das Zeichen des Wassers.

»Bitte tauschen Sie Ihre alte Garderobe gegen die Kleidung, die auf dem Stuhl liegt«, näselte der Diener. »Wenn Sie fertig angekleidet sind, läuten Sie die Glocke und warten.« Er machte eine tiefe Verbeugung und verschwand. Ich betrachtete den Raum in der Erwartung, etwas unglaublich Schönes zu sehen, aber außer einem kleinen Tisch nebst Stuhl, auf dem sich meine neue Garderobe befand, einem Leuchter mit drei brennenden Kerzen, einem Ankleidespiegel und einem blauen Samtvorhang war er kahl. Etwas enttäuscht beeilte ich mich, der Aufforderung nachzukommen. Meine alten Sachen legte ich sorgsam in eine Ecke und stellte meine Stiefel dazu. Ich schlüpfte in die bereitgelegte Kleidung. Die enge schwarze Hose glitt mühelos über meine Beine, das hellgraue Leinenhemd passte hervorragend, schließlich kamen noch Gürtel und Schwert. Weiche, dunkelgraue Lederstiefel schmiegten sich angenehm um meine Füße. Einen Moment betrachtete ich mich in dem großen Spiegel. Etwas mehr Körperspannung konnte nicht schaden. Ich streckte mich und nahm eine steife Haltung an. »Gidion, der Kämpfer der Avantgarde«, flüsterte ich stolz. Gleich darauf sah ich mich verstohlen um, doch da war niemand, der mich hätte verhöhnen können. Sicher, die Worte klangen gut, aber ich fühlte sie nicht. Mein Vater hatte mir beigebracht, dass man die Dinge in seinem Herzen fühlen musste, denn nur wer aus Überzeugung handelte, konnte erfolgreich sein.

»Armes Thalam, arme Welt, ich werde jämmerlich versagen«, murmelte ich betrübt, läutete die Glocke, wie es mir der Diener aufgetragen hatte, und wartete. Der Kerzenschein flackerte über die braunen Steinwände. Feiner Jasmingeruch schmeichelte meiner Nase. Ich betrachtete den Samtvorhang. Was sich wohl dahinter verbarg? Gerade als ich ihn etwas zur Seite ziehen wollte, erschien der Diener. »Schließen Sie die Augen«, bat er mit freundlicher Stimme und schob mich an einen nur ihm bekannten Punkt im Raum. »Halten Sie auf jeden Fall die Augen geschlossen.« Er trat beiseite.

Mein Herz pochte vor Aufregung bis zum Hals. Dann

spürte ich einen warmen Sommerwind. Er trug den intensiven Duft nach Rosen mit sich. Ich hörte Rauschen und Plätschern, als sei ein Bach in der Nähe. Neugierig blinzelte ich durch meine dichten Wimpern. Direkt vor mir befand sich ein Wasserfall aus dem strahlendsten Blau, das ich je gesehen hatte. Doch das Licht, das von ihm ausging, brannte so grell in meinen Augen, dass ich sie sofort wieder schloss. Aufgeregt lauschte ich seinem Sprudeln. Eine kleine weiche Hand legte sich in die meine. Das war auf keinen Fall der Diener. Als das Wesen mein Zögern bemerkte, drückte es sanft meine Hand. »Hab Vertrauen«, raunte eine helle Stimme. Sofort durchflutete mich eine nie gekannte Zuversicht und ich ließ mich widerstandslos führen. Zu gerne hätte ich das Wesen gesehen, an dessen Hand ich langsam durch den Wasserfall ging, aber ich wagte es nicht, die Augen zu öffnen.

Schließlich gab es meine Hand frei. Flatternd hoben sich meine Lider. Mein erster Blick galt meiner Begleiterin. Es war eine Elfe von knapp einem Meter Größe. Ihr langes, blondes Haar umschmeichelte ihr kindliches Gesicht, auf dem sich ein süßes Lächeln zeigte. Zufrieden registrierte ich, dass das zuvor harte Licht einem funkelnden Nachthimmel gewichen war. Zu meinem Erstaunen war ich trocken, obgleich ich das Wasser deutlich auf meiner Haut gespürt hatte.

Die Nacht war erfüllt von Düften. Langsam und mit Genuss atmete ich ein. Trotz der Fülle dominierte eindeutig ein süßer Karamellduft wie von Sahnebonbons.

Mir lief das Wasser im Mund zusammen. Leise Musik schwebte durch die Nacht, hier und da wurde sie von freudigem Gelächter übertönt. Vor Verzückung wusste ich nicht, wohin ich schauen sollte. Ich stand in einem Garten mit unendlich vielen blauen Rosen, sie strahlten, als seien ihre Blüten von Licht durchwirkt. Ihr Aroma war eine Mischung aus Fernweh und Heiterkeit, würzig und verlockend. Mir bot sich ein überwältigendes Farbenschauspiel. Der Himmel, das Gras, das Wasser – alles leuchtete in verschiedenen Blautönen, nur die Lichter der Sterne funkelten in sanften Goldfarben. Bunte Lichtpunkte bewegten sich durch die Luft, als flöge ein Schwarm Glühwürmchen vorbei. Jetzt erst bemerkte ich Leona und Levinor, die mir aus einem riesigen Brunnen zuwinkten. Hunderte von Elfen schwebten mit kleinen Wasserkrügen geschäftig hin und her, um unser Bad zu bereiten.

»Geh in das Wasser der Reinheit, es gibt dir Kraft, Mut und Schutz, es öffnet dein gutes Herz und stärkt deine Seele.« Die Elfe lächelte mir aufmunternd zu. »Hab keine Angst, du bist einer der Avantgarde – wir vertrauen auf dich und deine Gefährten.« Sie schwebte davon.

Fasziniert von dieser unwirklichen Umgebung ging ich zu meinen neuen Freunden. Sorgsam legte ich mein Schwert neben die Klingen der anderen. Suchend tastete mein Blick den zwei Meter hohen Brunnenrand nach einem geeigneten Einstieg ab, doch es gab weder eine Treppe noch eine Leiter. Ich ging leicht in die Hocke, holte Schwung und zog mich mit Kraft an dem Steinrand hoch. So hing ich halb in der Luft. Leona reichte mir die Hand. »Komm, lass dir helfen.« Arglos griff ich zu und schaffte es mit Mühe hinauf. Doch als ich schwankend auf dem Rand hockte, ließ sie los und ich fiel kopfüber ins Wasser. »Eigentlich hätte ich mir so etwas schon denken können«, lachte ich beim Auftauchen. »Und jetzt wirst du deine Tat büßen.«

Ich warf mich auf sie und wir tobten wie die Kinder, drückten uns gegenseitig unter die Oberfläche und schlugen uns Wasserwellen ins Gesicht. Prustend schluckten wir Unmengen von dem herrlichen Nass. Derweil hielt sich Levinor etwas abseits. Nach einer Weile wurden wir müde und lehnten uns an den Brunnenrand. Das Wasser umschmeichelte warm unsere Körper, hauchfeine Nebel stiegen von ihm hinauf in den Nachthimmel. Ich betrachtete meine Mitstreiter und stellte fest, dass wir alle die gleiche Kleidung trugen. Es war genauso, wie Vater Mundus es erzählt hatte. »Die Avantgarde werden sich durch äußere Zeichen und eine gemeinsame innere Haltung ihrem Gegenüber als eine Einheit präsentieren.« Jetzt war ich das, was ich immer sein wollte: ein Kämpfer, Held und Abenteurer!

»Ist es nicht wunderschön hier?«, fragte Leona. Levinor und ich nickten. Ja, es war atemberaubend.

»Wartet erst mal ab, wenn wir die Unten-Welt durchwandern. Dort gibt es so viele geheimnisvolle Dinge zu sehen.«

»Was ist die Unten-Welt?«, fragte ich und erinnerte mich an die Brettertür mit dem hellen Licht.

»Die Unten-Welt ist die Steuerzentrale allen Daseins«, erklärte Levinor.

»So etwas in der Art hat mir Anton auch gesagt, aber ich kann mir darunter nichts vorstellen. War einer von euch schon mal dort?«

»Nein, aber unsere Gelehrten haben erzählt, dass es dort zugeht wie in einem Traum«, antwortete Leona mit Vorfreude in der Stimme. Levinor tippte mir vorsichtig auf die Schulter und zeigte nach oben. »Schau hinauf in den Himmel, Gidion. Was siehst du?«

»Sterne.«

»Woher weißt du, dass es Sterne sind?«

Ich überlegte. »Vater Mundus hat mir gesagt, dass es Sterne sind.«

Levinors Lächeln wurde breiter. »Glaubst du alles, was man dir erzählt?«

»Nein, natürlich nicht, aber …«

Er überlegte, wie er mir die Dinge verständlich machen konnte, doch offensichtlich fehlten ihm die richtigen Worte. »Warte bis nach der Zeremonie und dem Essen. Dann brechen wir auf und durchwandern einen Teil der Unten-Welt. Danach wirst du verstehen, was ich meine.«

»Zeremonie? Was für eine Zeremonie?«, fragte ich beklommen. Leona lachte amüsiert, schwamm auf mich zu und strich mir sanft mit einem Finger über mein vor

Nervosität zuckendes rechtes Auge. In meiner Magengegend regte sich Misstrauen, denn alles, was ich bisher von Leona kennengelernt hatte, war grob oder gemein. Ihre sanfte Geste war untypisch. Vorsorglich ergriff ich ihr Handgelenk und hielt es fest. Levinor unterbrach unser Geplänkel. »Lasst uns mit dem Schwur beginnen.«

Auf Levinors Anordnung holten wir die Schwerter und stellten uns im Brunnen auf, dessen Wasser uns bis über den Bauch reichte. »Hebt die Klingen in die Höhe und kreuzt sie«, befahl er. Wir hielten die Schwerter hoch in den Nachthimmel. Mit leisem Klirren berührten sich ihre Spitzen. Dieses Geräusch lockte die Elfen herbei, die sich in einem Halbkreis um uns formierten. »Sprecht mir nun nach: Wir, die Dreiheit der Avantgarde, schwören feierlich, Thalam und die Welt zu schützen.« Leona und ich wiederholten den Satz. Levinors Stimme schallte wie eine Fanfare durch die Nacht. »Wir bitten dich, große Quelle der Reinheit, um Kraft, Mut und Schutz, auf dass wir unsere Aufgabe zum Wohle aller erfüllen mögen.«

Kaum hatten Leona und ich den letzten Satz wiederholt, ging ein Brausen durch die Luft. Das Wasser zischte und brodelte, kleine Blitze zuckten vom Grund bis hinauf in unsere Schwertspitzen. Fragend blickte ich zu Levinor. Doch er hob nur die Schultern. Die Blitze zuckten immer heftiger und hüllten unsere Körper für den Bruchteil von Sekunden wiederholt in weißes, strahlendes Licht. Erstaunt registrierte ich, dass keiner von uns geblendet wurde. Wie Salzsäulen standen wir im Brunnen, keiner schien fähig, sich zu bewegen. Ich spürte eine intensive Kraft, die meinen Körper durchströmte. Mit ihr wuchsen mein Mut und das Vertrauen, an die richtige Stelle des Universums gestellt worden zu sein. Jetzt hatte ich keinen Zweifel mehr: Ich war ein würdiger Kämpfer der Avantgarde, ich fühlte es!

Auch Leona und Levinor schienen diese Veränderung zu bemerken. Wir waren eine Einheit – wir waren die Kämpfer der Avantgarde!

Nach einer Weile versiegte das Brodeln, die Blitze verschwanden und das Leuchten erlosch, als hätte es nichts von all dem gegeben. Atemlos vor Glück steckten wir die Schwerter an unsere Gürtel. Die Elfen kicherten übermütig. Wortlos kletterten wir aus dem Brunnen. Meine Führerin tauchte neben mir auf und brachte mich wieder zum Wasserfall. »Schließ die Augen, Gidion.«

Behutsam leitete sie mich zurück in das Ankleidezimmer. Ich öffnete die Augen und wandte mich um, einen letzten Blick auf den Wasserfall zu werfen, doch er war verschwunden. Statt seiner sah ich den blauen Samtvorhang. Neugierig zog ich ihn beiseite, doch das Einzige, was ich zu sehen bekam, war die Steinmauer. Verblüfft stellte ich fest, dass ich komplett trocken war. Ein weißes Leuchten wie von einer Wunderkerze umflirrte meinen Körper. Ich trat vor den Spiegel, aber das Leuchten blieb. Ein Wassertropfen fiel aus meinem Haar zu Boden, beim Auftreffen hörte ich ein leises Klingen wie von einer Glocke. Er zersprang in tausend Einzelteile, die in den Ritzen des Steinbodens versickerten.

Vor der Tür rief jemand meinen Namen. Ich stürzte hinaus. Leona und Levinor warteten schon auf mich. »Schaut mich an«, rief ich aufgeregt, »ich leuchte!« »Das ist das Licht der inneren Reinheit«, belehrte mich die ebenfalls leuchtende Leona, »es wird nach kurzer Zeit erlöschen und nur der inwendige, unsichtbare Teil in dir wird übrig bleiben.« Ich überhörte ihren belehrenden Unterton und dachte an den Spruch auf dem Holzbrett, das über dem Tor zur Unten-Welt hing.

»Reinheit und Liebe sind auf ewig untrennbar verbunden. Sie sind der mächtige und strahlende Schlüssel, der in jedes Schloss passt.«

10

Wir liefen zu Leonas Gemach, als uns ein Diener des Königs abfing. »Da sind Sie ja«, rief er erfreut aus, »der König erwartet Sie im Thronsaal.«

»Die Zeremonie«, flüsterte mir Leona ins Ohr.

»Sind Sie bereit?«, fragte er ungeduldig in die Runde. »Sag meinem Vater, dass wir gleich kommen«, antwortete Levinor. Der Livrierte verbeugte sich und ging.

»Hab ich's dir nicht gesagt – du musst erst baden«, quakte eine Stimme von unten. Anton saß vor mir und schielte mit breitem Grinsen zu mir herauf.

»Sei nicht so vorlaut, Frosch«, drohte ich gespielt streng. »Sonst werde ich dich doch noch küssen.« Anton schürzte empört die Lippen. »Bitte erspare dir und mir künftig diese Peinlichkeiten.« Mit beleidigtem Gesicht suchte er schleunigst das Weite. Wir drei lachten aus voller Kehle, es war eine Mischung aus Freude, Belustigung und Anspannung, die sich entlud. Levinor wurde als Erster wieder ernst und wandte sich an Leona. »Hast du dir schon einmal Gedanken darüber gemacht, gegen wen wir da eigentlich kämpfen?«

»Das weiß ich sehr genau. Auch wenn Jechube mit dir wie ein Bruder aufgewachsen ist, dürfen wir nicht vergessen, dass er seine Wahl getroffen hat.«

Levinor seufzte tief. »Tut es dir denn nicht leid?«

Leona verzog das Gesicht zu einer abfälligen Grimasse. »Nein! Wer uns alle in Gefahr bringt, nur um seine Habgier zu befriedigen, hat es nicht anders verdient.«

Der Prinz nickte, obgleich ich ihm anmerkte, dass ihm die Angelegenheit zu Herzen ging. Um seine Gefühle zu überspielen, erinnerte er uns an unsere bevorstehende Pflicht. Wir marschierten zum Thronsaal.

»Kann mir jemand von euch sagen, wie so eine Zeremonie abläuft?«, fragte ich mit Kribbeln im Bauch. Schließlich waren mir die Gebräuche am Hof des Königs und das Dasein eines Avantgarde vollkommen fremd.

»Eigentlich gibt es nicht viel zu erzählen. Normalerweise wird jeder Schritt eines Festaktes von einem Diener verlesen oder mein Vater sagt uns, was zu tun ist. Wir müssen nur feierlich auf den Thron des Königs zuschreiten und vor ihm unser Knie beugen. So harren wir aus, bis man uns gestattet, uns zu erheben.«

»Das ist aber langweilig«, nörgelte Leona. »Können wir Onkel Onuphrius nicht bitten, sich zu beeilen?«

Levinor lachte. »Das ist wieder typisch für dich. Bitte zügele ausnahmsweise dein Temperament und denke an die Stellung meines Vaters. Abgesehen davon schadet es dir nicht, wenn du dich hin und wieder wie ein Mädchen benimmst und nicht wie ein Straßenjunge.«

Er richtete das Wort an mich. »Zur Belohnung gibt es hinterher ein großes Essen mit geladenen Gästen, was dir Spaß machen wird. Stell dir einfach vor, es ist deine Geburtstagsfeier.«

Leona war rot angelaufen und blieb abrupt stehen. Wir stoppten ebenfalls. Sie stemmte wütend die Hände in die Hüften. »Ich muss mich von dir nicht belehren lassen! Ich habe genauso wie du eine gute Erziehung genossen und weiß, wie ich mich zu benehmen habe!«, fauchte sie aufgebracht. Ich musste unweigerlich grinsen. Dieses Mädchen hatte ein so heißes Temperament, kein Wunder, dass sie als Türemblem das Feuerzeichen besaß.

Als wir vor der großen Flügeltür des Thronsaals eintrafen, versperrte uns ein Diener in dunkelblauer Livree den Zugang. »Wartet hier. Ich werde dem König Euer Kommen verkünden.« Wir hörten, wie er mit dem Zeremonienstab dreimal auf den Boden klopfte, um sich Gehör zu verschaffen. Die Gespräche der Besucher verstummten. »Mein König, edle Herrschaften. Hiermit tue ich kund, dass uns drei der vier Kämpfer der Avantgarde ihre Aufwartung machen.«

Levinor gab uns ein Zeichen. Als hätten wir es vorher abgesprochen, nahmen wir Leona in die Mitte. Die Flügel der Tür öffneten sich. Stolz traten wir in den Saal. Ein Raunen ging durch die Menge. Schon bald war nicht einmal mehr ein Räuspern zu hören. Feierliche Musik setzte ein. Wir schritten den tiefgrünen Läufer entlang und erreichten den Aufgang zum königlichen Podest. Ich wagte kaum, mich umzuschauen.

Der Saal wurde durch unzählige Kerzen in ein helles Licht getaucht. Ihr Schein spiegelte sich in den weißen Marmorfliesen. Rechts und links an den Wänden befanden sich große, geschwungene Tische. Der goldene Thron, auf dem König Onuphrius mit mildem Lächeln saß und uns entgegensah, war reich verziert. Wundervolle Edelsteine und teure Hölzer schimmerten um die Wette. Neben dem königlichen Sitzmöbel prangten zwei riesige Greifvögel aus grauem Stein. Ihre Augen schienen mich zu verfolgen, doch sofort schalt ich mich einen Esel. Drei gelbe, dicke Samtkissen lagen vor dem Podest. Erst jetzt bemerkte ich, dass der Thronsaal ein vollkommen runder Raum war.

Der würzige Duft von Speisen kroch kitzelnd in meine Nase und ließ meinen Magen knurren. Leona quittierte das Geräusch mit einem leisen Kichern. Dass auch andere mein Magenknurren gehört haben könnten, trieb mir ein weiteres Mal Schamesröte ins Gesicht. Unauffällig sah ich zu Levinor, aber er verzog keine Miene.

König Onuphrius erhob sich. »Meine Freunde, wir haben uns zusammengefunden, um heute drei der vier Avantgarde feierlich einzuschwören auf eine der größten Aufgaben, die ein Avantgarde in seinem Leben bewältigen muss.« Er machte einen Wink zur Seite. »Mein Schwert.«

Sofort eilte ein Diener mit dem Gewünschten herbei, beugte das Knie, senkte sein Haupt und hielt das prunkvolle Schwert mit dem Griff voran in die Reichweite des Königs, damit dieser es ohne Umschweife aus der Scheide ziehen konnte.

»Kniet nieder, meine Kinder.« Feierlich zog die Stimme des Königs durch den Saal. Wir drei senkten die Köpfe, um dem König unsere Ehre zu erweisen.

»Tapfere Avantgarde, schwöret nun bei allem, was euch heilig ist, Thalam gegen die Sinister und ihre Angat zu verteidigen und getreu zusammenzustehen, die Reinheit des Herzens mit Mut und Kraft zu behüten, den Versuchungen zu widerstehen und euer Leben für unser Königreich einzusetzen, damit wir alle das Gute retten und das Böse besiegen.«

»Wir schwören!«, klangen unsere Stimmen fest wie aus einem Mund.

Der König berührte jeden von uns mit dem Schwert am Kopf und an den Schultern. In die Stille hinein knurrte mein Magen lang und anhaltend. Am liebsten wäre ich vor Verlegenheit im Boden versunken. Vor meinem inneren Auge häuften sich die Bilder einer laut lachenden Leona, eines vor Wut schäumenden Königs und meines schwer enttäuschten Vaters. Leona kicherte hell.

»Erhebt euch, Kämpfer der Avantgarde, in Stolz und Ehre und mit dem Bewusstsein, dass das Geschick Thalams in euren Händen liegt«, sprach König Onuphrius die Schlussformel. Ich kniff meine Augen kräftig zusammen, da ich jetzt ein Donnerwetter erwartete, doch stattdessen hörte ich das wohltönende Lachen des Königs. »Und bringt unseren neuen Helden das Beste, was die Küche zu bieten hat, auf dass sie nicht schon vor Antritt ihrer Aufgabe verhungern.« Er klatschte zweimal laut in die Hände. Wir erhoben uns. Mein Blick kreuzte den des Königs. Er lächelte mir aufmunternd zu.

Fast lautlos trugen die Diener ein opulentes Festmahl auf. Ich sah gebratenes Fleisch, Würstchen, Äpfel und Honig. Berge von Kartoffeln und Pfannkuchen wurden an meiner Nase vorbei auf die Tische gestellt. Sehnsüchtig verfolgte ich die Köstlichkeiten und überlegte mir die Reihenfolge, in der ich mich an ihnen laben wollte.

Der König schritt voran und nahm vor Kopf an der Tafel Platz. Sofort eilten drei weitere Diener herbei, die uns an unsere Plätze führten. Leona und Levinor saßen rechts und links neben dem König, ich musste neben Leona sitzen, während Vater Mundus sich neben Levinor setzte. Mir wäre es lieber gewesen, sie hätten mich neben Vater Mundus platziert, dann hätte Leona weniger Gelegenheit gehabt, mich zu ärgern, doch die Tischsitte verlangte, dass ein jeder seinen zugewiesenen Platz einnahm. Wir schmausten, lachten und redeten die halbe Nacht. Unsere Bäuche füllten sich mehr, als ihnen gut tat. Doch erst als das letzte

Stück Kuchen vertilgt war, löste sich die Schar der Besucher auf.

Vater Mundus lächelte mir zu. »Gidion, mein Sohn, es ist an der Zeit, dass du die ganze Wahrheit erfährst.« Mein rechtes Auge begann heftig zu zucken. Für meinen Geschmack waren es genug Offenbarungen für einen Tag gewesen. Schließlich musste ich erst einmal das Erlebte bewältigen. Mit flauem Gefühl im Magen, das ich nur zu gern auf das viele Essen geschoben hätte, folgte ich Vater Mundus in den Schlossgarten. Die Nacht empfing uns mit ihrer samtenen Dunkelheit. Ich konnte die Weitläufigkeit des Gartens nur erahnen. Er führte mich über einen geschwungen Kiesweg vorbei an großen und kleinen Büschen, die ein Gärtner liebevoll zu Tierfiguren geformt hatte. Normalerweise hätte mich der Anblick eines so schönen Gartens begeistert, doch jetzt interessierten mich nur die Worte meines Vaters. An einer Bank, die unter einer dicken Eiche stand, blieb er stehen. »Nimm Platz, mein Sohn. Ich habe dir etwas Wichtiges zu sagen.« Gehorsam ließ ich mich auf die hölzerne Sitzfläche nieder, er setzte sich neben mich. Ein Blick in seine Augen machte mir klar, dass das, was er mir mitteilen wollte, ernst war.

»Gidion, auch wenn es für deine Ohren fremd klingt, so muss ich dir sagen, dass du nur zur Hälfte ein echter Thalamer bist.« Er sah mich liebevoll an.

»Und was ist mit der anderen Hälfte?« Ich betrachtete meine Hände und suchte nach einer Andersartigkeit, die mich von den Thalamern unterschied, doch ich konnte nichts Ungewöhnliches erkennen. »Was bin ich? Ein Angat vielleicht?«

Vater Mundus lehnte sich zurück. »Nein, zur anderen Hälfte bist du ein Mensch.«

Die Worte trafen mich hart. Vor Entsetzen klappte mir der Mund auf. »Aber … und … wie …?«

Er legte mir seine Hand auf den Arm. »Reg dich nicht auf, Gidion, daran ist nichts Schlimmes. Hier in Thalam sind viele von uns zur Hälfte Menschen. Diese Verwandtschaft resultiert noch aus grauer Vorzeit, als die Thalamer und Menschen friedlichen Umgang miteinander pflegten und sich gegenseitig besuchten. Das heißt nicht, dass du weniger wert bist. Und es stimmt keinesfalls, dass eine Verbindung zwischen einem Thalamer und einem Menschen automatisch ein Angat-Kind zur Folge hat. Nur wenn mindestens ein Elternteil Böses in sich trägt, wird das Kind zu einem Angat, und bei dir ist alles in Ordnung.«

Er deutete mit dem Zeigefinger seiner rechten Hand zum Himmel. »Und es hat noch ein weiteres Gutes, denn ich darf dir jetzt endlich verraten, dass du dort oben Verwandte hast.«

Meine Augen wurden groß wie Mühlräder. »Ich … ich bin also gar keine Waise?«, fragte ich beklommen. Er schüttelte verneinend den Kopf. »Nur zum Teil.« Das Geständnis fiel ihm schwer. Er zog hörbar die Luft ein.

»Gidion, ich liebe dich, wie es nur ein Vater kann. Als

du noch ein Baby warst, haben die Angat deinen Vater getötet. Dein Vater war ein echter Thalamer. Er war ein Kämpfer und gleichzeitig ein Friedensbotschafter, der zwischen den Welten pendelte. Bei einer seiner Missionen lernte er deine Mutter kennen. Sie waren jung und sehr verliebt.« Er lächelte, als hätte er ein Bild der Erinnerung vor seinem geistigen Auge.

»Ja und?«

»Deine Mutter gebar zwei Kinder. Zuerst kam die kleine Dawn und zehn Jahre später kamst du.« Er machte eine Pause.

»Ich habe eine Schwester, die Dawn heißt?« Heiße Freude schoß mir durch den Körper. »Wo ist sie? Wie sieht sie aus? Weiß sie, dass es mich gibt?«

»Langsam, Junge. Ich kann ja verstehen, dass du sofort alles erfahren möchtest, aber wir wollen es so wie immer machen. Ich werde dir eine Frage nach der anderen beantworten, bis deine Wissbegier gestillt ist.«

Ich nickte. Natürlich hatte er recht, doch die Tatsache, plötzlich eine Familie zu haben, brachte mich völlig durcheinander. Er strich mir über den Arm. »Gidion, es gibt noch eine weitere freudige Nachricht.«

Was kam jetzt? Ein Bruder vielleicht?

»Deine Mutter lebt.«

Seine Worte trafen mich mitten ins Herz. Tränen schossen mir in die Augen. Meine Mutter war nicht tot? Mit vor Aufregung trockener Kehle schrie ich ihm meine Sehnsucht entgegen. »Wo ist sie?«

Vater Mundus' Stimme blieb ruhig. »Deine Mutter lebt nicht in Thalam. Sie ist ein Mensch und lebt an der Oberfläche.«

Enttäuscht sackte ich wie ein Häufchen Elend auf der Bank zusammen. »Meine Mutter … sie lebt auf der Erde …« Heißer Schmerz brannte in meiner Brust, das Feuer der Hoffnungslosigkeit drohte meine Liebe zu verbrennen. Ich hatte sie also ein zweites Mal verloren. Niemals würde ich an die Oberfläche gehen können. Ich kannte den Zugang nicht und ich kannte niemanden, der ihn mir zeigen konnte. »Und wo ist meine Schwester?« Erwartungsvoll sah ich ihm ins Gesicht.

»Es ist zwar schon eine Weile her, dass ich mit Dawn gesprochen habe, aber sie ist hier.«

Ein Kribbeln schoss über meinen Körper. »Hier? Hier im Schloss?« Erneut überfiel mich maßlose Unruhe. Ich sprang auf und rannte ein Stück durch den Garten, kehrte aber nach kurzer Zeit zu Vater Mundus zurück.

»Nein, Gidion, hier bedeutet, sie ist in der Unten-Welt. Aber ich verspreche dir, ihr werdet euch schon bald treffen.«

Wieder überfiel mich die Enttäuschung: Beide, meine Mutter und meine Schwester, waren für mich unerreichbar weit fort. Als ob er meine innerliche Zerrissenheit am eigenen Leib spüren würde, zog Vater Mundus mich an sich. »Hab Vertrauen, Gidion, du wirst deine Mutter kennenlernen.«

Ich befreite mich aus seiner Umarmung. »Meinst du, das geht?«

»Ja, das verspreche ich dir. Eines Tages wirst du zu ihr gehen. Aber zunächst musst du dein Versprechen einlösen, das du als Avantgarde dem König gegeben hast.«

Ich nickte einsichtig.

»Also, mein Junge, freu dich darauf, zunächst deine Schwester zu sehen. Sie vermisst dich ebenso sehr, wie du dich nach ihr sehnst.«

»Warum hat sie mich nie besucht?«

Vater Mundus lächelte schelmisch. »Dawn hat dich besucht, aber heimlich. Bevor dein Vater starb, mussten deine Mutter und ich ihm versprechen, dass du in Thalam aufwächst. Er wollte nicht, dass du das hier unten«, er machte eine ausladende Handbewegung, »vielleicht zu Gunsten des Erdenlebens vergisst. Denn es war schon bei deiner Geburt festgelegt, dass du ein Avantgarde sein würdest. Und er wollte nicht, dass dir eine innere Zerrissenheit zuteil wird, solltest du es wagen, zwischen den Welten zu pendeln. Er wusste aus eigener Erfahrung, wie schwer es ist, so zu leben. Deine Mutter und Dawn respektierten seinen Willen und überließen mir deine Ausbildung. Dazu gehörte auch, dass du keinerlei Kontakt zu den beiden haben solltest. Da dein Vater deiner Mutter nicht beide Kinder nehmen wollte, wurde Dawn das Schicksal einer Pendlerin zuteil. Als Dawn älter wurde, konnten wir ihr den Kontakt zu dir nicht mehr ausreden. Sie vermisste dich so sehr, dass sie beschloss, das schwere Leben der Weltenwanderung auf sich zu nehmen. Sie war lange an deiner Seite und hat dein Aufwachsen begleitet.«

Still saß ich neben meinem Vater und lauschte seinen Worten. Er erzählte von meiner Kindheit, dem Heranwachsen und wie glücklich ich gewesen war, doch so sehr mich all das interessierte, ich konnte ihm kaum folgen. Immer wieder schweiften meine Gedanken zu Dawn, deren Gesicht ich nicht kannte, und zu meiner Mutter, an die ich mich nicht erinnerte. Wie sie wohl aussahen? Würde ich ihnen tatsächlich irgendwann begegnen? Als kleiner Junge hatte ich die anderen Kinder um ihre Mütter beneidet und oft davon geträumt, auch eine Mutter zu haben, die mich liebevoll in den Arm nahm und tröstete, wenn es mir nicht gut ging. Ich hatte mir vorgestellt, wie ihr Haar roch und dass sie wunderschön war, die schönste aller Mütter. Sie konnte Kuchen backen und Geschichten erzählen, ihr Lachen war hell und gleichzeitig warm, ihre Hände sanft und weich. Und ich wollte, dass sie mir vorsang, wenn sie mich am Abend zu Bett brachte, und mich zärtlich zudeckte, damit ich nicht fror. Ich wollte meine Mutter. Mehr als alles auf der Welt.

Abrupt kehrte ich zurück in meine Wirklichkeit. Was hatte Vater Mundus über Dawn gesagt? Sie hatte mich besucht? In meinem Kopf ließ ich die Gesichter der Mädchen Revue passieren, die ich kannte, und verglich ihre

Gesichtszüge mit meinen, aber mir fiel keine ein, die auch nur annähernd mit mir verwandt hätte sein können.

Vater Mundus räusperte sich verhalten. »Es ist zwar schon eine Weile her, aber du kennst Dawn, und ich bin mir sicher, dass du dich an sie erinnerst, denn du hast einige Zeit mit ihr verbracht.«

»Ich? Wieso? Wann? Wo?«

»Denk doch mal an deine Schulzeit.«

Ich war ein schlechter und sehr ungezogener Schüler gewesen, der schon damals lieber mit den anderen Jungen den Schwertkampf erproben oder seine Kräfte auf andere Art mit ihnen messen wollte. Die Schule empfand ich als lästig und unnötig, was konnten die Lehrer mir schon Spannendes beibringen. Keiner von ihnen war ein Kämpfer oder sportlich, bis auf …

Ich starrte den Alten an. Er grinste. »Erinnerst du dich an sie?« Natürlich! Ich hatte bei all meinen Überlegungen vergessen, dass meine Schwester wesentlich älter war. Es gab damals eine neue Lehrerin an unserer Schule, die von allen nur Helin genannt wurde. Sie war eine junge Frau mit dicken, braunen Haaren, das meinem glich. Ihre Haut war sonnengebräunt, denn sie interessierte sich sehr für Gartenarbeit und Pflanzen. Ich fühlte mich auf eine eigenartige Weise zu ihr hingezogen und verbrachte viele Stunden mit ihr auf den Feldern und in den Wäldern. Sie brachte mir alles bei, was sie über Pflanzen und ihre Wirkungsweise wusste. Wenn wir sehr übermütig waren, erprobten wir uns heimlich in Schwert- und Degenkämpfen oder machten ein Eselwettrennen. Oft schlug sie mich mit einer Leichtigkeit, die mir damals noch fehlte. Ich liebte und bewunderte sie dafür, aber was ich noch weitaus tiefer zu schätzen wusste, war, dass sie mich nie tadelte oder verhöhnte. Im Gegenteil. Sie verstand es geschickt, mich immer wieder neu zu motivieren, sodass ich mit der Zeit immer besser wurde. Mit dem Ende meiner Schulzeit kam auch das Ende unserer gemeinsamen Ausflüge. Ohne sie hätte ich die Aufnahmeprüfung für die Schwertkampfschule nicht geschafft.

Das war gerade mal ein Jahr her. Ein Jahr ohne Dawn, die ich nur als Helin kannte. Vater wartete geduldig, bis sich meine Gedanken beruhigt hatten. »Nun ist es an der Zeit, Gidion, dass ihr gemeinsam, Seite an Seite, das größte Abenteuer eures Lebens bestreitet.«

Seite an Seite? Ein strahlendes Lächeln ging wie ein Sonnenaufgang über mein Gesicht. »Willst du mir damit sagen, dass Dawn die geheimnisvolle Vierte von uns ist?«

»So ist es.« Er hüstelte. »Darf ich dich überhaupt noch meinen Sohn nennen?« In seinen Augen lagen Sorge und tiefer Schmerz, sodass ich einfach nicht anders konnte: Ich schloss ihn fest in die Arme und drückte ihn an mich. »Du bist und bleibst mein Vater – ich kann mir keinen besseren wünschen. Ich liebe dich und danke dir, dass du mich liebst, wie es nur ein Vater kann.« Ich schob ihn auf Armeslänge von mir und schaute in sein faltiges Gesicht. Mir selbst traten Tränen des Glücks und der Trauer in die Augen und rollten über meine Wangen. Auch Vater Mundus' Augen glitzerten verdächtig. Sanft tätschelte er meine Wange. »Ich habe dich sehr lieb.«

Ohne Hast kroch der sanfte Schein des nahenden Morgenrotes über den Himmel und vertrieb das Dunkel der Nacht. Mich überkam eine große Müdigkeit. Langsam gingen wir zurück ins Schloss. Ein Diener führte mich in ein Zimmer, das mir als Quartier dienen sollte. »Schlafen Sie wohl, Herr«, wünschte er und schloss leise die Tür. Im Zimmer war es dunkel, nur eine Kerze flackerte. Für eine Weile blieb ich stehen und blickte durch das große Fenster in den Schlossgarten. Ich entdeckte die alte Eiche, unter der Vater Mundus und ich noch vor ein paar Minuten gesessen hatten.

Dawn. Der Name wehte wie ein sanfter Hauch durch meine Gedanken. Leises Rascheln brachte mich wieder zurück in die Wirklichkeit. Vorsichtig wandte ich mich um. »Levinor?«, wisperte ich überrascht. Der Prinz sah mir aus seinem Bett entgegen. »Na, hast du dich von deinem Vater verabschiedet?«

»Ja.« Ich kleidete mich aus, legte mich ins Bett und zog mir die Decke bis ans Kinn. Mir war nicht nach reden. Glücklich schloss ich die Augen.

»Wir brechen in wenigen Stunden auf, also schlaf gut.« Levinor blies die Kerze aus. Ich hörte, wie er sich in seinem Bett zurechtlegte und tat es ihm gleich.

»Mutter … Dawn«, rutschte es mir über die Lippen.

»Was hast du gesagt?«

»Nichts, schlaf weiter«, flüsterte ich in die Dunkelheit. Mit letzten Gedanken an meine neu gewonnene Familie versank ich in einen schönen Traum.

11

Rajah und Jechube hockten im dichten Blattwerk und warteten auf das Erscheinen der Reiter. »Wo sind sie?«

»Egal wo sie sind, dieser kleine Idiot wird uns durch sein Getöse noch verraten. Man hört ihn kilometerweit«, raunte Jechube. Keine drei Meter von ihnen entfernt lag Melchior nach wie vor schnarchend und gut sichtbar.

»Ich frage mich, was Reiter so früh am Morgen in dieser Gegend zu suchen haben?«, flüsterte die Schlangenfrau zurück. Der Angat reagierte nicht, sondern bewarf den Wichtel mit kleinen Steinen. Jedes Mal, wenn einer der Steine traf, unterbrach der Kleine seine gleichmäßigen Atemzüge, grunzte und schlug mit einer Hand um sich, als wollte er ein lästiges Insekt vertreiben.

»Lass ihn doch einfach liegen.«

»Und wenn er etwas verrät?«

»Was soll er schon sagen?«, antwortete Rajah. »Dass er dir Bericht erstatten sollte. Na und? Er weiß doch gar nicht, dass wir hier sind.«

Jechube überlegte. Ihm missfiel es, den Wichtel einfach so zurückzulassen. Nicht weil ihm das Schicksal des

Kleinen sonderlich am Herzen lag, sondern weil er wissen wollte, was Melchior in Thalam erlebt hatte. Doch er wusste, dass es das Risiko nicht wert war, ihn mitzunehmen und es darauf ankommen zu lassen, den fremden Reitern zu begegnen. »Du hast recht, lass uns gehen.«

Rajah lächelte still in sich hinein, sie würde Jechube nicht verraten, was sie von Melchior wusste. Sollte er doch schmoren. Schließlich war es ihr sehnlichster Wunsch, Herrscherin zu werden, da würde sie doch nicht solch wertvolle Informationen an ihren Konkurrenten weitergeben.

Geduckt schlich das ungleiche Paar tiefer in den Wald. Mühsam kämpften sie sich durch das dichte Unterholz, bis sie auf die andere Seite des Waldes gelangten. Wieder standen sie auf der Lichtung, auf der sie erst vor Kurzem die Bekanntschaft der Raupe Eugen gemacht hatten. Als der Wurm erkannte, wer sich seinem Baumstumpf näherte, kroch er hektisch hinter den dicken Stamm. »Nicht die … schon wieder«, stotterte der kleine Pelzwurm ängstlich.

Jechube schlug zielstrebig eine bestimmte Richtung ein.

»Wohin gehen wir?«, fragte Rajah.

»Wir gehen zu William, dem Waldgeist.«

Der Schlangenfrau entfuhr ein böses Fauchen. »Wozu soll das gut sein? Du weißt, ich kann ihn nicht leiden!«

Jechube drehte sich zu ihr um. »Niemand kann William leiden, aber ich brauche seine Zauberkugel. Ich muss wissen, ob sich die Avantgarde schon gefunden haben und auf dem Weg in die Unten-Welt sind. Du kannst ja hierbleiben und auf die Reiter warten oder allein zu Tenebrae gehen.«

Rajah schüttelte stumm den Kopf. Jechube fasste nach ihrer Hand und presste ihre Finger hart gegeneinander. »Wir alle müssen Opfer bringen, wenn wir die Avantgarde besiegen wollen. Es ist nötig, dass wir ihnen immer einen Schritt voraus sind.« Rajahs Zunge zuckte nervös in seine Richtung. »Du tust mir weh! Lass mich los!« Doch Jechubes Finger blieben fest. »Liebe Rajah, du wirst tun, was ich will, und du wirst dorthin gehen, wo ich hingehe. Hast du das verstanden?« Rajah nickte, während ihr Tränen aus den Augen rollten. Jechube ließ ihre Hand los. »Ab jetzt benimmst du dich so, wie ich es von dir erwarte.« Sein drohender Unterton duldete keinen Widerspruch.

»Ich weiß, dass William sehr eigenwillig ist, aber es gibt keinen Besseren, um Verwünschungen wahr zu machen, Fährten aufzuspüren oder in der Kugel der Mysterien zu lesen. Wenn ich weiß, wie es um die Avantgarde steht, weiß ich, wie viel Zeit mir für den Besuch bei Tenebrae bleibt. Die Avantgarde dürfen auf keinen Fall vor mir in meiner Burg sein. Denn dann fällt die Lebensachse in ihre Hände und mein ganzer Plan wäre gescheitert.«

Sanft fasste er Rajahs Kinn.

»Schau mich an«, flüsterte er charmant. Als Rajah nicht sofort reagierte, drehte er ihren Kopf zu sich herum, dass sie ihm genau in die Augen sehen musste. Widerwillig entzog sie sich seinem Griff und warf den Kopf zur Seite. Ihr Blick war eisig. »Ich hasse ihn und ich hasse dich.«

Jechube verzog das Gesicht zu einem spöttischen Grinsen. »Aber nicht doch.« Noch ehe er reagieren konnte, verwandelte sie sich in eine Schlange und drohte ihm mit weit aufgerissenem Maul, dass ihre Giftzähne glänzten. Für eine Sekunde war Jechube überrascht. Diesen Moment nutzte die Schlange, stieß vor und biss ihm in die Wade. Im gleichen Moment hätte sie sich selbst ohrfeigen können. Was hatte sie sich nur dabei gedacht? Jechube brüllte auf. »Was erlaubst du dir!« Seine Augen weiteten sich vor Schmerz. Rajah, die aus Angst vor Jechubes Vergeltung ihre Reflexe nicht mehr im Griff hatte, schnellte erneut vor, doch sie verfehlte ihr Ziel. Jechube, der mit dieser Attacke gerechnet hatte, trat ihr mit seinem harten Stiefel gegen den Kiefer. Es knackte leise. Die Schlange versuchte zu entkommen, doch der Angat griff sie brutal gleich hinter ihrem Kopf und schüttelte sie, dass ihr Hören und Sehen verging. Sie ringelte sich mit einer schnellen Bewegung um seinen Arm und drückte mit aller Kraft zu. »Lass los!«, schrie Jechube wutschnaubend.

»Lass du doch los!«, schrie die Schlange zurück.

In den Augen des Angat-Führers flammte ein gefährliches Glitzern auf. »Das werde ich.« Er schleuderte die Schlange mit wilden Bewegungen von seinem Arm. Sie vollführte eine skurril aussehende Drehung in der Luft und krachte der Länge nach gegen einen dicken Baumstamm. Als sie am Boden aufschlug, hatte sie sich bereits wieder verwandelt.

»Du Biest! Sieh, was du angerichtet hast!« Jechube deutete auf sein Bein. Die Schwellung war schon deutlich unter dem eng anliegenden Hosenbein zu erkennen. Ohne weiter auf Rajah zu achten, hinkte er los. Sie beeilte sich, ihn einzuholen. Auch wenn sie den Waldgeist leidenschaftlich hasste, musste sie ihrem vermeintlichen Partner folgen, wollte sie Teil seines Plans, die Herrschaft zu erringen, bleiben.

Während sie ihm hinterhertrottete, erinnerte sie sich mit Groll an die letzte Begegnung mit William. Damals – sie hatte sich in der Steinwüste verlaufen – war er plötzlich vor ihr aufgetaucht. Warum es ihr nicht gleich komisch vorgekommen war, dass er aus der Unten-Welt zu ihr nach oben kam und ihr großmütig seine Hilfe anbot, konnte sie sich bis heute nicht erklären. Jedenfalls ließ sie sich arglos auf ihn ein. William erzählte Rajah, dass sie den alten Pfad auf keinen Fall weitergehen dürfe, da dort ein böser Djinn sein Unwesen treibe, der ein Opfer suche, um es durch das Tor der Unendlichkeit zu werfen. Rajah, die nicht die geringste Lust auf Ärger hatte, bedankte sich bei ihrem Informanten und zog des Weges. Das Lachen Williams hätte sie misstrauisch machen sollen, doch sie dachte sich nichts dabei. Sie folgte seiner Beschreibung und landete geradewegs in einer seiner neu ausgehobenen Fallen. Drei Tage musste sie warten, bis einer der

Angat sie fand und befreite. Heute wusste Rajah, dass der Waldgeist für seine schlechten Scherze in ganz Sinistrien bekannt war. Sie trug es ihm immer noch nach, sie so hereingelegt zu haben.

Nach einiger Zeit gelangten die beiden über einen Trampelpfad an eine versteckte Wiese, auf der eine alte Blutbuche ausladend ihre dicken Äste nach allen Seiten streckte. »Ich bin geschafft«, japste Rajah müde. Jechube deutete ihr, still zu sein, denn er glaubte, so etwas wie Musik zu hören. Er lauschte in alle Richtungen. Auch Rajah spitzte die Ohren. Jetzt hörten sie es ganz deutlich: Liebliche Flötenmusik zog zu ihnen herüber. Schließlich entdeckten sie William, der vor einem Naturaltar tanzte. Eigentlich war es nur ein morscher Baumstumpf einer gefällten Eiche, aber der Waldgeist hatte ihn mit allerhand Gegenständen und Blumen geschmückt, sodass er feierlich aussah. Sein Gesicht wirkte runzlig in der Sonne. Er reckte seine dünne Nase gegen den Himmel, was sein spitzes Kinn noch mehr betonte. Sein grüner Rock wippte wild bei jeder Bewegung, die immer ekstatischer wurden. Der Zipfel seiner grünen Kappe schwang um seinen Kopf. Mit einem Mal verstummte die Musik und der Waldgeist fiel, als hätte jemand die Fäden einer Marionette losgelassen, in die Hocke.

Die beiden Zuschauer nutzten die Gelegenheit und schlichen sich unbemerkt näher heran. »Ich will sehen, was er so ohne mich treibt«, flüsterte Jechube. Er legte verschwörerisch seinen Zeigefinger auf die Lippen und deutete Rajah erneut, leise zu sein. Er war sich sicher, den Waldgeist bei einem Ritual erwischt zu haben, von dem er nichts wissen sollte. Sie beobachteten, wie William sich im Schneidersitz ins Gras setzte, seine Hände vor seine Brust hob und den Mund weit öffnete. Sein markerschütternder Schrei heulte über die Lichtung. Rötliche Nebel stiegen aus seinen Handflächen auf, in denen ein violettes Licht schwelte, das stärker wurde und aus seinen Händen floss wie ein Wasserfall. Immer schneller ergoss es sich über die Landschaft. Er murmelte eine Beschwörungsformel und sie spürten, wie der Boden unter ihren Füßen vibrierte. Der Waldgeist schloss die Augen. Monoton glitt seine Stimme über die Lichtung. Das Vibrieren wurde kurzweilig zum Rütteln und der Waldboden bekam lange Risse, aus denen gelblicher Nebel aufstieg.

»Riechst du das auch?«, fragte Rajah leise, während sie unsicher den Boden betrachtete.

»Es riecht doch gut und das bisschen Gerüttel kann so schlimm nicht sein«, antwortete Jechube. Die Schlangenfrau rümpfte die Nase. »Es riecht nach Ammoniak. Und was soll bitte daran nicht so schlimm sein, wenn sich der Boden unter uns auftut?«

William hielt konzentriert die Augen geschlossen. Immer noch murmelte er unverständliche Worte. Ein starker Wind kam auf, trieb die Nebel über die Lichtung und vermischte sie mit dem hellen Glühen. Die Umgebung schien zu brennen. Dann wurde es stockfinster. Rajah hielt sich schützend eine Hand vor Mund und Nase. Sie versuchte einen tiefen Atemzug, doch die Ammoniakschwaden zogen beißend durch ihre Kehle. Hustend wandte sie sich ab. Auch Jechube war bleich um die Nase, doch er kämpfte tapfer gegen den Ekel an, der ihn zu übermannen drohte. Es brauste und heulte um sie herum. Jämmerliche Laute entwichen Williams Mund. In diesem Moment stürzte sich Jechube voller Zorn auf den Waldgeist und begann, ihn wie von Sinnen zu schütteln. »Hör sofort auf mit diesem Blödsinn!«

Langsam erwachte William aus seiner Trance und starrte mit ausdrucksloser Miene in das Gesicht Jechubes. Als er begriff, wer vor ihm stand, fiel er der Länge nach auf den Bauch. »Oh Herr, Führer der Angat, sei mir gegrüßt und verzeih mir meinen Frevel«, jammerte er scheinheilig.

»Was tust du da!?« Jechube war außer sich.

»Ich? Nichts! Rein gar nichts!« William machte ein unschuldiges Gesicht.

»Halte mich nicht für dumm! Ich weiß genau, dass du etwas Hinterhältiges im Sinn hast!«

Der Waldgeist lächelte falsch. »Haben wir das nicht alle, Herr?«

Jechube und Rajah wechselten einen vielsagenden Blick.

»Das ist zwar richtig, aber den Zeitpunkt zur Übernahme der Macht bestimme immer noch ich«, trumpfte Jechube böse auf. William stand auf und verneigte sich.

»Es war nur eine Probe, ein winzig kleines Erdbeben«, grinste er schief. »Ab und an möchte ich ein bisschen Unheil auf die Erde bringen, sonst vergessen die Menschen, dass sie sterblich sind.«

Angewidert sah Jechube auf den Waldgeist. »Du lügst, sobald du den Mund auftust, aber das soll mich jetzt nicht interessieren. Ich möchte unser Vorhaben so lange wie möglich geheimhalten. Und wenn du Idiot glaubst, deine Spielchen treiben zu müssen, haben wir die Avantgarde schneller am Hals, als uns lieb ist. Verstanden?« Jechube packte William an einem seiner langen, eckigen Ohren, sodass dieser sich auf die Zehenspitzen stellen musste, um dem Schmerz zu entgehen.

»Du weißt genau, dass ich die Lebensachse habe. Du hattest doch nicht etwa vor, mich zu betrügen, oder, William?« Der Angat zog fester an dem Ohr. Der Waldgeist schrie, als ob Jechube ihn in Stücke reißen würde. »Aaahhhhh, lass mich los! Hör auf! Ich habe nichts getan, was du nicht auch tun würdest!«

Jechube ließ ihn los. »Lass dir das eine Lehre sein. Du bist der Diener und ich bin dein Herr! Vergiss nie, dass ich alles weiß und überall bin. Solltest du je eine Verschwörung gegen mich anzetteln, töte ich dich grausam und qualvoll.« William nickte. »Ja, Herr! Dessen bin ich mir bewusst.«

»Gut!« Jechubes Stimmung wurde etwas versöhnlicher. »Ich bin gekommen, um mich deiner Fähigkeiten zu bedienen.«

»Gibt es also doch etwas, was du nicht ohne mich kannst?« Jechube ignorierte die Bemerkung.

»Schau in deine Kugel und sag mir, ob die Avantgarde schon vollzählig sind.«

William wandte sich mit böse funkelnden Augen von seinen Besuchern ab. »Ich werde noch auf deinem Grab tanzen«, schwor er Jechube stumm.

12

Die Lichtung lag friedlich in der Morgensonne, als wäre nichts geschehen. Die drei Verbündeten liefen quer über die Wiese auf das Gelände des alten Friedhofs, in dessen Kapelle William hauste. Graue Grabsteine steckten windschief in harter Erde. Manche von ihnen besaßen eine dicke Patina aus Grünspan, andere waren von Moos überwuchert. Mehrmals bemerkte Rajah einen huschenden Schatten oder hörte ein leises Kichern, doch wenn sie die Stelle fixierte, kam es aus der entgegengesetzten Richtung.

William führte seine Gäste bis vor die Flügeltür der alten Kapelle. Umständlich fingerte er nach einem großen Schlüssel unter seinem Rock und zog ihn hervor. Rasselnd drehte er ihn im Schloss und öffnete eine der Türen, die quietschend nach innen aufschwang. Er machte eine einladende Geste. »Bitte tretet ein in mein bescheidenes Reich.«

Jechube schubste Rajah voran. Er wollte vermeiden, dass sich der Waldgeist und sie stritten, bevor er seine Informationen erhalten hatte. Ihm brannte die Zeit unter den Nägeln. Es konnte nicht mehr allzu lange dauern, bis die Avantgarde zusammentrafen und in der Unten-Welt auftauchten. Hatten sie sie erst durchwandert, war der Weg zu seiner Burg nicht mehr weit. Bis dahin musste er Tenebrae getroffen haben und wieder zuhause sein, um die Lebensachse zu verteidigen.

In der Kapelle hingen dicke Spinnweben in den Ecken. Ratten rannten über Abfallreste, um sich vor den Eindringlingen in Sicherheit zu bringen. Fliegen surrten durch den Raum. Teile der Mosaikfenster waren gesprungen oder fehlten. Staub wirbelte im einfallenden Licht durch die Luft.

William zündete eine Kerze an, die den einst prächtigen Altar in diffuses Licht tauchte. Aus einer der Nischen holte er die Kugel der Mysterien und stellte sie auf den Altartisch. Sie hatte die Größe einer dicken Orange und wurde von einem fleckigen, weißen Tuch aus Leinen geschützt. Rajah schaute unwirsch um sich. Hier gab es nichts, was ihr gefiel. Außer den Ratten, die sahen recht gut genährt und schmackhaft aus. William, der ihren Hunger bemerkte, deutete mit einer Kopfbewegung nach vorn. »Auf dem Tisch ist noch kaltes Stinktier von vor zwei Wochen«, bot er ihr an, wohl wissend, dass sie so etwas nie essen würde. Schlangen fraßen Lebendfutter, sie waren keine Aasfresser. »Danke, ich habe keinen Hunger.« Rajah wandte sich ab.

»Können wir weitermachen?«, meldete sich Jechube ungeduldig zu Wort.

»Gleich, Herr, ich muss nur noch das Buch der Dämmerung und ein Schüsselchen Blut holen.«

William verschwand durch eine Seitentür. Kurz darauf hörte man den Todesschrei einer Ratte und ein Schmatzen. Der Waldgeist hatte dem Tier die Kehle durchgebissen. Er kam zurück und ließ langsam den roten Lebenssaft der Ratte in eine Schale rinnen. Blutstropfen hingen in seinen Mundwinkeln. Rajah schluckte hart bei diesem Anblick. Zu gerne wäre sie jetzt auf die Jagd gegangen, doch sie hielt sich zurück. Jechube würde wütend werden, wenn sich das Ritual verzögerte.

William warf den toten Rattenkörper achtlos weg, schlug das Buch der Dämmerung auf, um den Ritualtext ablesen zu können, und zog das Tuch von der Kugel, die sofort zu glühen begann. Er stellte sie in die Schüssel mit dem Blut und das Glühen intensivierte sich. Der Waldgeist hob seine Hände und begann etwas zu murmeln. Das Blut in der Schüssel brodelte und verdampfte innerhalb von Sekunden. Schon war die Kugel klar und zeigte eine Landschaft. Drei Gestalten auf Pferden galoppierten einen Sandweg entlang, sie trugen hellgraue Hemden und schwarze, eng anliegende Hosen, die in grauen Stiefeln steckten. Ihre Schwerter reflektierten die Sonne. Jechube stieß hart den Atem zwischen seinen Zähnen hervor. »Das sind drei Avantgarde!«, fauchte er nervös. »Wo ist der vierte?« Noch ehe er eine Antwort auf seine Frage erhielt, wurde das Bild im Inneren der Kugel undeutlich und verschwand. »Verdammt!« Auf Jechubes

Gesicht zeigte sich eine Mischung aus tiefer Wut und Unsicherheit.

William erwachte aus seiner Trance. »Alles zu deiner Zufriedenheit, Herr?«

Jechube ignorierte den Waldgeist und wandte sich an Rajah. »Wir müssen sofort zurück ins Schloss.« Rajah bejahte, obgleich sie die Eile des Angat-Führers nicht verstand. Schnell verabschiedeten sie sich von William und verließen die Kapelle. Der Waldgeist sah ihnen mit Zorn in den Augen nach.

Jechube zerrte Rajah hinter sich her, doch nachdem sie den Friedhof verlassen hatten, blieb er wie angewurzelt stehen. »Ich weiß nicht mehr, in welcher Richtung das Eintrittstor liegt.« Rajah, die mit seiner Vollbremsung nicht gerechnet hatte, rempelte ihm in den Rücken. Verwirrt schaute sie um sich. »Ich glaube, wir sind von da hinten gekommen …« Sie drehte sich im Kreis. »Oder von da?«

Es war früher Abend. Langsam verschwand die Sonne am Horizont und die zwei hatten wieder nicht das erreicht, was Jechube sich vorgenommen hatte.

13

»Uha.« Melchior reckte sich genüsslich und rieb sich den Schlaf aus den Augen. »Wo bin ich?« Sein Schädel brummte, als hätte er zu viel Wein getrunken. War da nicht gerade Jechubes Stimme zu hören gewesen? Das konnte unmöglich sein, er musste geträumt haben. Die Luft roch nach frischem Tau und Wiesenblumen, alles um ihn herum schien friedlich, doch etwas ließ ihn aufhorchen. Deutlich vernahm er das dumpfe Stampfen von Hufen, die sich schnell näherten. Da er seinen Tag nicht mit einer unangenehmen Begegnung beginnen wollte und nicht wusste, wer oder was sich ihm näherte, zog er es vor, unerkannt zu bleiben. Er wollte gerade ins Unterholz kriechen, als er den harten Griff einer kräftigen Hand an seinem Kragen spürte und in die Luft gerissen wurde. Melchior schrie auf und sah, wie der Boden unter ihm vorbeihuschte. Noch ehe er begriff, was mit ihm geschehen war, starrte er in das Gesicht eines rotbärtigen Mannes, der aus vollem Hals lachte. »Was habe ich denn da an diesem noch jungen Morgen für einen fetten Fang gemacht?« Er betrachtete den Wichtel eingehend.

»Lass mich runter! Ich will sofort runter!«, brüllte der mit vor Wut rot anlaufenden Wangen. Den Reiter schien diese Empörung zu amüsieren, denn statt Melchior wie gefordert auf den Boden zu setzen, lachte er erneut und stieß einen lauten Pfiff aus, der dem Wichtel durch Mark und Bein fuhr. Der Kleine blickte besorgt auf die großen weißen Zahnreihen seines Gegenübers. In seinem Bauch tummelte sich das ungute Gefühl, gleich ein Mittagsbraten zu werden.

»Männer! Zurück zur Burg!«, rief der Reiter im Befehlston.

Zur Burg? Melchior kannte nur eine Burg in der Unten-Welt, und das war die von Tenebrae. Sein Wichtelherz begann zu rasen, denn die Angst, ein Mittagsbraten zu werden, war nichts im Vergleich zu seiner Angst vor Tenebrae.

Das Pferd des Reiters machte einen riesigen Satz und streckte sich in vollem Galopp. Pfeilschnell jagte die Gruppe über das vor ihr liegende Stoppelfeld. Melchior versuchte, nach dem Arm des Reiters zu treten, um sich zu befreien, doch er verfehlte sein Ziel. Der Reiter grinste. »He, du kleiner Teufel. Bist aber ganz schön mutig.«

Melchior seufzte und ergab sich in sein Schicksal. So gut er es aus seiner Position vermochte, musterte er den Mann. In Gedanken zählte er auf: ein roter, zotteliger Bart, ein dickes Gesicht mit wachen, braunen Augen, ein Helm. Darunter riesige Muskelberge unter einem Kettenhemd. Kettenhemd? Melchiors Augen weiteten sich. Tatsächlich. Matte, feinmaschige Stahlglieder zu einem Ganzen geschmiedet ergaben ein Kettenhemd. Das trugen für gewöhnlich Ritter, kombinierte er schlau. Als Nächstes registrierte er den langen, weißen Überwurf, den dieser Kerl über dem Metallhemd trug. In der Mitte des Überwurfs sah er … Ihm gefror das Blut in den Adern. Sein Kidnapper war nicht einfach irgendein Reiter, er war einer der Ritter der Tenebrae. Mitten auf seiner Brust prangte die mächtige rote Eule, die in ihren scharfen Krallen die Weltkugel hielt. Sie blickte mit grimmigem Gesichtsausdruck jedem entgegen, der dem Träger des Überwurfes gegenübertrat. »Bestimmt will sie mich bestrafen, weil ich für Jechube spioniert habe … Oh je, vielleicht bestraft sie mich, indem sie mich in das Feld der verlorenen Seelen wirft … Oh, wehe mir … ich armer, kleiner Wichtel. Jetzt ist es aus mit mir«, jammerte er leise.

Sein Entführer schien nichts von seinen Qualen zu bemerken. Er gab einen lang gezogenen, ruhigen Ton von sich, sofort wurde das Pferd langsamer. Die anderen Reiter taten es ihm nach.

Melchior schaute sich um. Jetzt erst erkannte er, dass es sich um insgesamt vier Männer handelte. Nacktes Entsetzen packte ihn, als er sah, dass sie bereits in der Nähe der Burg waren. Im nächsten Moment preschten sie in den Innenhof und hielten erst, als sie sich in gleicher Höhe mit dem Burgeingang befanden. Mit einem Satz sprang der Anführer aus dem Sattel, ohne sich um den zappelnden Wichtel zu kümmern, den er immer noch gepackt hielt. Er tätschelte den Hals seines Pferdes.

»Gut gemacht, mein Alter.«

Vor Melchiors Gesicht tauchten die vor Anstrengung zitternden Flanken des Pferdes auf. Jetzt erst schien sich der Ritter an ihn zu erinnern. Er hob den Kleinen dicht vor sein Gesicht. »So, Wichtelmännchen, jetzt statten wir der Hausherrin einen Besuch ab.«

Mit kraftvollem Schritt durchmaß der Ritter den Burghof und sprang die Stufen zur Tür der Empfangshalle empor. Selbstsicher trat er ein und durchquerte die Halle so eilig, dass Melchior den Eindruck gewann, er fühle sich hier wie zuhause. Vor einer großen Flügeltür, die von Wächtern in dunkler Kleidung flankiert wurde, blieb er stehen. »Meldet mich Eurer Herrin.«

Sofort ging einer der Posten in den nächsten Raum. Nur Sekunden später öffneten sich die Flügel und gaben den Blick in das Innere frei. Melchior, immer noch im Griff des Ritters hängend, äugte unsicher umher. Licht fiel durch die großen Glasfenster. Ein roter Teppich führte durch den Saal bis zu einem Podest, auf dem Tenebrae saß. Ihr strahlender Umhang leuchtete, als sei er aus purem Gold. Ein roter Rabe saß auf ihrer rechten Schulter. Sie strich dem Tier sanft über das Gefieder und flüsterte mit ihm. Der Wichtel wusste, wie Tenebrae aussah, denn er hatte sie schon oft auf Gemälden gesehen, doch aus der Nähe war sie noch Furcht einflößender. Der Ritter hob den Wichtel wie eine Trophäe in die Luft, als sie die erste

Stufe des Podestes erreichten. Dann stellte er ihn auf die Füße und beugte die Knie vor seiner Herrin, wobei er die rechte Faust auf sein Herz legte. »Meine Gebieterin.«

Melchior, der unsicher war, was er tun sollte, beugte ebenfalls das Knie. Mit gesenkten Köpfen warteten sie auf Tenebraes Worte. Nichts geschah. Der Kleine schielte zur Seite und erkannte, dass sie mit Tenebrae vollkommen allein waren, nicht einmal ein Diener befand sich im Raum. Er suchte nach einer Möglichkeit zu fliehen, doch der Saal war groß und seine Beine zu kurz. Der Ritter hätte ihn schneller eingefangen als er »Sauerampferfasskrautsuppe» hätte sagen können. Es gab noch nicht einmal ein Möbelstück, um sich dahinter zu verstecken.

»Erhebt euch.«

Melchior schaute auf. Doch Tenebrae ignorierte ihn.

»Nun, mein treuer Heron. Was hast du mir zu berichten?« Der Ritter nickte Tenebrae zu. »Herrin, es ist genau, wie es der rote Rabe gesagt hat. Jechube und die Schlangenfrau sind auf dem Weg zu Euch. Sie wollten den Kleinen hier für ihre dunklen Machenschaften missbrauchen, aber ich bin ihnen zuvorgekommen.«

Tenebrae lächelte. Ihr Plan war perfekt aufgegangen. Als sie Jechube mit seiner Begleiterin auf ihre Burg eingeladen hatte, bediente sie sich einer List, denn sie wusste um das Geltungsbedürfnis der beiden Unruhestifter und baute darauf, sie so von der Lebensachse fort in die Unten-Welt locken zu können. Da sie nur in Ausnahmefällen in das Geschehen der Welten eingriff, hatte sie nie vorgehabt, sich mit Jechube oder Rajah zu verbünden. Ihr Interesse galt dem Erhalt des Planeten und dem Fortbestand ihres Reiches. Da Tenebrae Blutvergießen ablehnte, rechnete sie damit, dass sich Jechube und Rajah vom Pfad im Wald der Verwirrung entfernen würden. Ehe sie bemerkten, dass sie sich verlaufen hatten, würde es für eine rechtzeitige Rückkehr zur Burg von Jechube zu spät sein. Dies gab den Avantgarde den nötigen Vorsprung, um die Lebensachse wieder in ihren Besitz zu bringen.

»Weißt du, wo sich Jechube und seine Begleiterin aufhalten?« Heron antwortete: »Ich vermute, sie sind durch das Dickicht zu William, dem Waldgeist, geflohen, als sie meine Reiter und mich hörten.«

»Sie sind also vom Pfad abgekommen.« Tenebrae erhob sich. Der rote Rabe flatterte von ihrer Schulter und nahm auf der Armlehne ihres Throns Platz. Würdevoll stieg sie die Stufen hinab und legte dem Ritter ihre Hand auf die Schulter. »Gut gemacht, Heron. Ich danke dir für deine Treue. Allerdings muss ich dich und deine Leute um einen weiteren großen Gefallen bitten.«

»Alles, was Ihr wollt, Herrin.«

»Ich wünsche, dass so schnell wie möglich zwischen den Welten das alte Gleichgewicht wieder hergestellt wird. Daher halte ich es für nötig, dass du mit deinen Männern den Avantgarde bei ihrer Mission, die Lebensachse wieder in ihre Halterung zu legen, zur Seite stehst. Nur wenige kennen den Berg, in dem die Lebensachse ihren

Dienst verrichtet. Ihr sollt den Rücktransport begleiten und achtsam sein.«

Heron richtete sich auf. »Ja, Herrin, ich werde achtgeben, dass uns niemand folgt.« Sie nahm die Hand von seiner Schulter und lächelte. »Heron, alter Freund und Gefährte. Ich bin des Kampfes müde, doch die Angat geben keine Ruhe. Es würde mir gefallen, wenn du ihnen einen Denkzettel verpassen könntest, der sie für die nächsten einhundert Jahre einschüchtert.«

»Ich werde Euch treu mit meinen Männern dienen, Herrin.« Der Ritter verbeugte sich erneut und wandte sich zum Gehen. Tenebrae wedelte mit der Hand. Sofort flog der rote Rabe zu ihr und nahm auf ihrer rechten Schulter Platz. Zart berührte sie sein Gefieder. »Und du, mein Späher, machst dich auf, um mir Bericht zu erstatten.« Der Rabe stieß einen krächzenden Laut aus und schlug heftig mit den Flügeln, bevor er pfeilschnell durch den Saal flog.

Melchior, der sich in diesem Augenblick unbeobachtet glaubte, ergriff die Gelegenheit und wollte zum Ausgang schleichen, doch Tenebrae hielt ihn zurück. »Du nicht!«, schnitt ihre Stimme laut durch den Saal. Der Kleine bremste ruckartig. Unbehagen kroch ihm die Kehle hoch. »Komm her!« Melchior drehte sich zu ihr herum. »Beweg dich!« Der verängstigte Wichtel schaffte nur kleine Schritte, zu mehr war er nicht in der Lage. Schließlich erreichte er den Thron und wagte einen scheuen Augenaufschlag. Tenebraes strahlender Umhang blendete ihn, als würde er in helles Sonnenlicht blicken. »Oh, Tenebrae«, jammerte er.

»Schweig!« Ihr eisiger Blick wanderte über seinen kleinen Körper und ließ ihn frieren.

»Du wirst verstehen, dass ich dich, nachdem du Zeuge dieses Gesprächs geworden bist, nicht gehen lassen kann, Wichtel!« Melchior zuckte zusammen. »Ich? Ich … hhhabe doch gar nichts gehört.« Tenebraes Blick heftete sich hypnotisch in den seinen.

»Wenn dir dein Leben lieb ist, bleibst du in meinem Palast, bis wieder Ruhe zwischen den Welten eingekehrt ist. Es wird dir an nichts fehlen. Meine einzige Bedingung ist, dass du unter keinen Umständen die Burg verlässt, um Jechube zu warnen.« Sie neigte sich zu ihm hinunter. Der Wichtel zitterte und wagte nicht, sich zu rühren. »Aber ich werde mich nie wieder zuhause blicken lassen können.« Tenebrae lächelte ungerührt. »Das ist dein Problem, Wichtel. Niemand hat gesagt, dass du dich mit den dunklen Mächten einlassen musst. Es stand dir jederzeit frei, dich zu entscheiden, doch du selbst hast den Weg zu den Angat gewählt. Nun wundere dich nicht, dass dir die Wahl zum Verhängnis wird.«

Sie sah ihm ernst in die Augen. »Wähle, Melchior. Aber wähle dieses Mal klug. Ein Weilchen hier bei mir oder der sichere Tod.«

»Ich bleibe hier bei Euch«, erklärte er kleinlaut.

»Wachen! Bringt ihn hinunter!«

Sofort erschienen zwei riesige Männer mit Brustpanzern. Ihre Schritte dröhnten wie Donnerschläge in den kleinen Wichtelohren. Ehe er sich versah, schleppten die

Männer ihn eine endlose Treppe hinunter und warfen ihn in ein Verlies. Scheppernd schlug die Tür hinter ihm ins Schloss. Er hörte das rasselnde Geräusch des sich drehenden Schlüssels. Wütend schlug er mit seinen Fäusten auf das Stroh ein. Die Halme rochen nach hellen Weizenfeldern und waren sauber, doch er wollte lieber auf einem kalten, dreckigen Waldboden schlafen als hier gefangen zu sein. Nach einer Weile wurde er ruhiger, setzte sich auf und nahm sein Gefängnis in Augenschein. Freudig registrierte er, dass die Gitterstäbe nicht allzu nah beieinander standen. »Jetzt müsste ich nur klein genug sein, um hindurch zu schlüpfen.« Er kniff die Augen zusammen und konzentrierte sich. Schrumpfen, schrumpfen, hämmerte es in seinem Kopf, doch so sehr er sich auch anstrengte, es wollte ihm nicht gelingen. Verzweifelt versuchte er, sich durch die Stäbe zu pressen, doch er war zu groß. Suchend erkundete er den hell erleuchteten Gewölbegang, in dem Pechfackeln brannten. Sein Blick fiel auf die gegenüberliegende Wand, an der auf einem Nagel der große Schlüsselbund des Wächters hing. »Wenn ich ihn nur erreichen könnte.«

Flink streckte er seinen rechten Arm durch das Gitter, doch ihm fehlten gute zwei Meter, um den Schlüsselbund zu greifen. Er kramte in seinen Hosentaschen und beförderte einen Bindfaden sowie einen rostigen Angelhaken ans Licht. Geschickt knüpfte er den Zwirn an die Öse des Hakens und zog daran, um sein neues Werkzeug auf Haltbarkeit zu testen. So müsste es gehen. Er grinste zufrieden.

Melchior trat nah an das Gitter und warf den Angelhaken mit Schwung in Richtung Schlüsselbund. Kratzend prallte der Haken von der Wand zurück. Doch nach einigen Versuchen hatte er es geschafft, der Schlüssel hing am Haken. Vorsichtig straffte er den Bindfaden und zupfte rhythmisch, bis sich der Bund bewegte. Kurze Zeit später rutschte das Metall rasselnd zu Boden. Er lauschte in die Stille, niemand schien das Geräusch bemerkt zu haben. Behutsam zog er die Schlüssel zu sich heran. Besser in Freiheit sterben als in einem Verlies begraben zu sein, grunzte er selbstzufrieden. Nach und nach probierte er alle Schlüssel, doch erst der letzte ließ die Tür klackend aufspringen.

Der Wichtel hechtete in den Gang, wandte sich nach rechts und lief los. Er wusste nicht, wohin ihn der Weg führte, er wusste nur, dass er von links gekommen war. Das Kellergewölbe schien endlos, denn es dauerte eine kleine Ewigkeit, bis er eine Abzweigung erreichte. Unschlüssig blieb er stehen. Plötzlich hörte er ein Geräusch wie von Stiefeln, aber er konnte nicht feststellen, ob sich die Schritte näherten oder entfernten. Er musste rasch handeln, wenn er nicht entdeckt werden wollte. Also hielt er sich weiterhin rechts und lief, so schnell ihn seine kurzen Beine trugen, bis er bemerkte, dass dieser Weg eine Sackgasse war. Vor ihm war eine schwere Holztür, mit dicken Eisen beschlagen, die ein echtes Hindernis darstellte. Hastig fingerte er nach den Schlüsseln, die er mitgenommen hatte, und probierte mit zitternden Händen einen nach dem anderen aus. Jetzt war es deutlich zu hören: Die Schritte näherten sich.

»Er ist weg! Der Wichtel ist weg!«

Melchior erschrak. Wenn dieser Schlüssel nicht passte, war er erledigt. Bibbernd vor Angst machte er einen letzten Versuch und hatte Glück: Der Schlüssel drehte sich im Schloss und die Tür schwang nach innen auf. Er zögerte, denn aus dem Raum starrte ihm Dunkelheit entgegen. Doch er hatte keine andere Wahl, wollte er nicht von einer der Wachen erneut gefangen werden. Mit dem Mut der Verzweiflung sprang er mitten hinein ins Dunkle und warf die Tür hinter sich zu. Sofort suchte er auf der Innenseite das Schlüsselloch, um seinen Häschern den Zugang zu versperren. Als er schon glaubte, sie würden jeden Moment die Tür aufstoßen, gelang es ihm, den metallenen Bart in der Öffnung zu versenken. Erleichtert drehte er den Schlüssel herum. Mit einem leisen ‚Klack' verriegelte sich das Schloss. Keuchend vor Nervosität lauschte er in die Dunkelheit.

»Hier ist er nicht!«, brüllte eine Männerstimme.

Nach einer gefühlten Ewigkeit verhallten die Schritte der Wachen und es war mucksmäuschenstill. Aber der Wichtel traute dem Frieden nicht. Also lehnte er sich weiter an die Holztür und lauschte. Schließlich drehte er sich um. Seine Augen hatten sich an die Düsternis gewöhnt und entdeckten am anderen Ende des Zimmers einen weichen Lichtschein, der durch einen Spalt fiel. Langsam bewegte er sich auf das Schimmern zu, doch das war leichter gesagt als getan. Zunächst rempelte er vor einen Stuhl, der krachend auf die Seite stürzte, danach eckte er an einer Tischkante an, wobei eine Vase scheppernd auf den Boden fiel. Starr vor Schreck hielt er inne. »Jetzt bin ich dran«, wisperte er in Erwartung seiner Entdeckung. Im gleichen Moment vernahm er eine freundliche Stimme. »Komm ruhig näher.«

Wer konnte das sein? Die Frauenstimme lachte. »Was willst du in meiner Rumpelkammer, wo es hier am Kamin viel gemütlicher ist.«

Nachdenklich neigte der Kleine den Kopf zur Seite. Er konnte nicht zurück, wenn er nicht in die Arme der Wachen laufen wollte, und aus dem hellen Spalt drang ein süßer Duft zu ihm und kitzelte seine Nase. Was war besser? Die Wachen und das Verlies oder Licht und Wärme? Er nahm all seinen Mut zusammen. »Ich traue mich nicht. Du wirst mich bestrafen.«

»Niemand will dich bestrafen. Das alte Zeug in der Kammer ist wertlos. Aber wenn du so ein großer Feigling bist und es dir dort zwischen all dem alten Gerümpel so gut gefällt, dann bleib halt da.«

Der Wichtel wagte sich einige Schritte nach vorn.

»Strafe gibt es hier nicht«, lockte die Stimme, »stattdessen kann ich dir Zimtplätzchen und Kakao anbieten.«

Ja, genau, Schokolade, Vanille und Zimt, das war der Duft, der ihn anlockte. Ihm lief das Wasser im Mund zusammen. Was sollte es, die Stimme wusste ja eh, dass er hier war. Am Türspalt angekommen, lugte er in den

Raum. Er sah ein hübsch eingerichtetes Zimmer, das ihn an die gute Stube seiner Großmutter erinnerte. In einem Kamin brannte ein warmes Feuer, das seinen weichen Schein an die Wände warf, an denen viele sehr alte Bilder hingen. Aus den Rahmen lachten ihn glückliche Gesichter an.

»Nun komm schon. Hab keine Angst, ich werde dir nichts tun.«

»Wieso sollte ich dir glauben?«, fragte Melchior mit banger Stimme. Warmherziges Lachen drang zu ihm. »Na ja, du hast die Wahl zwischen den Wachen und mir.«

Leicht schlurfende Schritte näherten sich der Tür. Ehe der Wichtel die Flucht ergreifen konnte, wurde ein Teller mit einem herrlich duftenden Plätzchen vor sein Gesicht geschoben. Jetzt war Melchior nicht mehr zu halten. Gierig streckte er seine Hand nach dem Keks aus. Er angelte sich die runde Köstlichkeit und schob langsam die Tür auf. Vor ihm stand eine alte Frau. Sie trug einen Kranz aus geflochtenen Blumen auf ihrem grauen Haar. Das Gewand, das ihren Körper umschmeichelte, war aus feinem Stoff, der weich wie eine Wolke am Nachmittagshimmel wallte.

»Nun komm schon und setz dich zu mir.«

Der Wichtel nickte zustimmend, während er den Rest des Plätzchens schluckte. Die beiden setzten sich in gemütliche Sessel nahe an den Kamin. »Ich bin die Hexe Tascha«, stellte sich die Alte dem Kleinen vor. Als sie seine Nervosität sah, tätschelte sie mit ihrer runzligen Hand sein Knie. »Keine Angst, Kleiner, ich bin eine gute Hexe, die niemandem etwas zuleide tut.« »Das stimmt«, krächzte eine Stimme aus dem Gewand. »Ja, so ist es«, piepste eine weitere aus den Falten des Rocks. Tascha lachte. »Kommt heraus, meine Freunde, wir haben Besuch.«

Ihre Kleiderfalten bewegten sich. Melchiors Augen wurden groß vor Staunen. Zum Vorschein kam eine kleine, braune Eule, die wie selbstverständlich auf Taschas rechter Schulter Platz nahm. Ihr folgte eine graue Maus, die es sich in ihrem Schoß gemütlich machte. Melchior sah sich sechs Augenpaaren gegenüber. »Iiiiich bbbbin Mmmelchior«, stotterte er verwirrt. »Hallo, Melchior«, grüßten die drei im Chor.

Tascha goss dampfenden Kakao in eine große Tasse. »Hier, die ist für dich.«

»Kann ich noch Plätzchen bekommen?«, fragte er artig. »Aber sicher. Nimm, so viel du willst, und dann erzähl uns, was dich hierher führt.« Tascha schob ihm den Plätzchenteller in Reichweite. Melchior aß fast alles auf, während er berichtete, wie es zu dem Schlamassel gekommen war. Die drei hörten ihm aufmerksam zu. Als er geendet hatte, schlug er schuldbewusst die Augen nieder. »Ich weiß, dass ich alles falsch gemacht habe, und ich schäme mich dafür.«

Taschas fast schwarze Augen schauten liebevoll auf den zerknirschten Wichtel. »Sicher, Melchior, es ist alles schlimm und dein Benehmen war nicht immer richtig. Aber ich halte dir zugute, dass du die Tragweite deines

Handelns nicht erkannt hast. Doch jetzt solltest du aus deinem Unglück gelernt haben, nicht wahr?« Der Wichtel nickte bestätigend.

»Na, dann solltest du schleunigst das Schloss verlassen und den Avantgarde beistehen.« Sie erhob sich vorsichtig, damit ihre Freunde nicht aus ihrem Kleid purzelten.

»Ich möchte aber noch etwas bleiben. Außerdem hast du mir noch gar nicht erzählt, was du hier unten machst. Warum bist du nicht oben bei Tenebrae?«

Die Hexe lachte. »Du willst es aber ganz genau wissen.«

Selbst die kleine Eule und die Maus lachten piepsend. Melchior wurde verlegen. »Es ist nur, weil ich so jemanden wie dich noch nie getroffen habe.«

»Also gut. Die Zeit, deinen Wissensdurst zu befriedigen, habe ich.« Sie goß ihm und sich Kakao nach. Auch die Eule und die Maus bekamen von dem süßen, heißen Schokoladentrunk.

»Hier in meinem kleinen Heim gibt es einen verborgenen Ausgang, der direkt in die Welt der Menschen führt.« Tascha machte eine kleine Pause.

»Wer will denn zu den Menschen?«, fragte er überrascht. Die Hexe lächelte gütig. »Die Menschen brauchen mich, vor allem die Kleinen. Die Welt dort oben ist so nüchtern, es gibt kaum noch Platz für Märchen und Träume. Ich besuche oft die Kinder und die jung gebliebenen Erwachsenen, um ihnen von unserer Welt zu erzählen.«

»Ist das nicht gefährlich?«

»Aber nein. Ich erzähle ihnen Geschichten und sie glauben, es seien Märchen. So schenke ich ihnen ein paar glückliche Stunden, belebe ihr Herz und beflügele ihre Fantasie. Du solltest ihre Augen sehen, wie sie strahlen, und das Lachen, das sich auf ihren Gesichtern zeigt, wenn sie durch meine Geschichten in eine Welt eintauchen, nach der sie sich unbewusst sehnen.«

Der Wichtel lauschte gebannt, denn er wusste nicht, wie es bei den Menschen zuging, er hatte sich noch nie nach oben gewagt. Schließlich erhob sich Tascha. »Komm mit, ich zeige dir, wie du hier herauskommst.« Sie ging zur anderen Seite des Zimmers und schob einen dicken, braunen Vorhang zur Seite. »Lauf die Stufen hinauf und du bist frei. Und wenn du wieder einmal in der Gegend bist, würde ich mich über deinen Besuch freuen.«

Melchior stieg gehorsam auf die unterste Stufe und drehte sich noch einmal um. »Danke«, war das einzige, was ihm einfiel. Tascha lächelte. »Ist schon gut, Melchior.« Sie ließ den Vorhang fallen und der Wichtel begann die vielen Treppenstufen bis zu seiner Freiheit zu zählen.

14

Rajah blieb stehen. »Wir haben uns verirrt.«

Jechube, der geraume Zeit nicht auf seine Umgebung geachtet hatte, hob den Kopf. »Erzähl keinen Unsinn, wir sind …« Die Worte blieben ihm im Hals stecken. Er betrachtete ungläubig die vor ihm liegende fremde Landschaft. Das war unmöglich. Er wusste genau, dass er noch vor fünf Minuten auf dem richtigen Rückweg zum Tor gewesen war. Mittlerweile war es Abend geworden und die Nerven des Angats waren zum Zerreißen gespannt. Sie hatten wertvolle Zeit verloren für nichts. Und nun noch dieser Zauber mit der sich ständig verändernden Landschaft. Er musste zurück auf seine Burg, sonst würden die Avantgarde vor ihm eintreffen und die Lebensachse finden. Hektisch drehte er sich nach allen Seiten. Irgendwo musste es doch einen Anhaltspunkt geben, der ihn wieder auf den richtigen Weg brachte.

Unerwartet stürmte er in eine Richtung, die ihm einladend erschien. Rajah war es egal, auf welchem Weg er sie wieder nach Sinistrien führte, Hauptsache, sie kamen bald an. Der ausladende Schritt, dem die Schlangenfrau kaum folgen konnte, ließ vermuten, dass es Jechubes Bein besser ging. Hoffentlich hatte er ihre Verfehlung vergessen.

Sie liefen durch einen Wald, der in den unangenehmen Geruch von verrotteten Bäumen und feuchtem Boden eingehüllt war. Nach einiger Zeit standen sie wieder auf einer Lichtung. Der Angat hatte tatsächlich den richtigen Weg gefunden. Aufgeregt zupfte Rajah ihn am Ärmel. »Da ist der Berg, in dem meine Höhle liegt!«

Jechube ignorierte ihren Zwischenruf und legte an Geschwindigkeit zu. Er rannte den Pfad entlang. Rajah beeilte sich so sehr, dass ihre Zunge hechelnd aus dem Mundwinkel hing. Ihre Beine taten weh und irgendwie hatte sie den Eindruck, dass mit dem Weg etwas nicht stimmte. »Auf dem Hinweg kam mir der Fußmarsch viel kürzer vor.«

»Sei still«, knurrte Jechube, dem es ebenfalls komisch vorkam, dass sich die Distanz zwischen ihnen und dem Berg, der zum Greifen nah war, nicht verringerte. Rajah sank stöhnend neben einer Eiche ins Gras. »Ich kann nicht mehr.«

Jechube machte kehrt und blieb unschlüssig vor ihr stehen. Sollte er sie antreiben oder sich auch einen Augenblick Ruhe gönnen? »Wir werden eine Rast machen«, beschloss er und streckte sich neben ihr aus. »Hast du Hunger?« Rajah schüttelte den Kopf. »Ich bin viel zu müde, um auf die Jagd zu gehen, wir können ja später einen Hasen fangen.« Der Angat nickte, auch er war erschöpft. Noch bevor die Dämmerung einsetzte, schliefen die beiden tief und fest.

Als sie erwachten, hatte die Sonne ihren Platz mit dem Vollmond getauscht, der die Landschaft in ein weiches Silberlicht tauchte. Ein Käuzchen schrie und in den Sträuchern und Bäumen um sie herum raschelte es, als würde jemand durch das Unterholz schleichen. Rajah rutschte näher zu Jechube und legte ihren Kopf an seine Schulter. Er ließ sich die Vertrautheit wortlos gefallen, wenig später schliefen sie erneut ein.

Rajah erwachte als Erste. Der Morgen dämmerte. Jechube lag ruhig schlafend neben ihr. Sie war froh, dass er sich nicht heimlich davongeschlichen und sie zurückgelassen hatte. Da hörte sie das Geräusch stampfender Füße. Blitzschnell wurde sie zur Schlange. Reiter würden viel mehr Erschütterungen verursachen, überlegte sie und ließ ihre Zunge suchend über das Gras zucken. Der Geruch war nicht der eines Zweibeiners. Es war kein Mensch, es war kein Tier. Was war es dann? Irritiert wagte sie nicht, sich aufzustellen, sondern kroch langsam durchs Gras. Der Geruch wurde stärker. Bald hörte sie ein meckerndes Kichern. Gegen jede Vorsicht hob sie ihren Kopf aus den schützenden Halmen und starrte in zwei schräge, giftgrüne Augen. Darüber standen Haare wie Igelborsten von einem Kopf ab, an dem zusätzlich zwei Hörner wie verdorrte Äste hingen. Die Schlange fauchte auf. Das Wesen lachte und grabschte mit Astfingern nach ihr. Sie zuckte zurück.

»Ich hab Schlangen zum Fressen gern.«

Sie riss ihr Maul auf und ließ ihre Giftzähne drohend aufblitzen. Das Wesen kicherte überlegen. »Das nutzt dir gar nichts.« Wieder schnappte es mit seiner knorrigen Hand nach ihr. Der Kopf der Schlange zuckte nach vorn, sie wollte ihm in die Hand beißen, doch sie verfehlte knapp ihr Ziel. Das Wesen lachte boshaft. »Versuch es nur, beiß kräftig zu.« Auffordernd hielt es ihr seinen Arm hin. Die Schlange schnappte zu. Ein bitterer Geschmack wie alte Baumrinde breitete sich in ihrem Maul aus und ließ sie stutzen. »Du bist ein Baumgeist«, stieß sie angeekelt hervor. Erst jetzt bemerkte sie die zerfurchte Haut, die aussah wie schmutziger Baumgrind. Der Baumgeist lachte.

Sein Johlen drang an Jechubes Ohren, der zuerst an einen Alptraum glaubte und dann, als er Rajah nicht neben sich sah, nach ihr Ausschau hielt. Sie wand sich um den Arm eines merkwürdig aussehenden Geschöpfes. Undeutliche Wortfetzen wehten zu ihm herüber. Doch erst als er Rajahs hilfloses Fauchen hörte, wurde ihm klar, dass sie sich in Gefahr befand. Er sprang auf und rannte auf die beiden zu.

»Lass sie los!«, herrschte er mit gezogenem Schwert den überraschten Baumgeist an, der nur widerwillig seiner Aufforderung nachkam und ihren Kopf freigab. Die Schlange plumpste auf den Boden und verwandelte sich sofort in ihre Frauengestalt. »Er wollte mich fressen«, keuchte Rajah und schnappte nach Luft. Der Baumgeist knurrte. »Sei mir gegrüßt, Jechube. Was bringt euch auf meine Lichtung?« Der Angesprochene ließ sein Schwert zurück in die Scheide gleiten. »Was geht es dich an, du moderndes Stück Holz.« Sein Gegenüber verzog den Mund zu einem spöttischen Grinsen. »Ihr solltet nicht hier sein.«

»Ich brauche deine Belehrung nicht!«, entgegnete Jechube.

»Na, wenn es sich so verhält, habt ihr sicher nichts dagegen, dass ich weiterziehe, um mir mein Morgenmahl zu fangen.« Er warf einen letzten Blick auf Rajah. »Du bist ein leckerer Happen.« Der Baumgeist wandte sich ohne Gruß ab und verschwand mit großen Sprüngen im Unterholz. Rajah seufzte erleichtert auf und ergriff Jechubes Hand. Doch er entzog sich barsch dieser ungewollten Geste. »Lass es dir eine Lehre sein und schleiche dich nie wieder von meiner Seite«, nörgelte er zornig.

Wortlos setzten sie ihren Weg fort. Sie liefen und liefen, doch sie näherten sich ihrem Ziel keinen Zentimeter. Entmutigt blieben sie stehen. »Erinnerst du dich noch an die Worte des Geistes, der uns an dem Feld der verlorenen Seelen vorbeigeführt hat?«, fragte Rajah leise.

»Ja.«

»Er hat gesagt, dass wir nicht vom Pfad abkommen dürfen. Wir sind aber vom Weg abgewichen und jetzt finden wir vielleicht nie wieder zurück.«

Jechube, in dessen Wortschatz das Wort »aufgeben« nicht existierte, studierte die Umgebung und entschied sich für einen sandigen Pfad, der in einen Wald führte. »Was hältst du von einem Richtungswechsel? Vielleicht haben wir Glück und dieser Weg führt uns endlich zurück zu unserem Tor.«

Mühelos erreichten die beiden den Hain, der schattig und einladend aussah. Sie liefen über das weiche, samtene Moos. Jechube bemerkte mit wachsender Besorgnis, dass der Wald immer dichter und die Bäume höher wurden. Blaugraue Pilze schimmerten unter niedrigem Blattwerk hervor, hier und da schien die Sonne durch das Grün. Was Rajah als angenehm empfand, machte ihn stutzig. Die Luftfeuchtigkeit hatte zugenommen und trieb ihm den Schweiß auf die Stirn. Hinzu kam, dass die Gegend still war – viel zu still.

Misstrauisch betrachtete er die Umgebung. Dichter, hoher Farn säumte den immer sumpfiger werdenden Weg, es roch nach Baumharz und Waldmeister. Und dann spürte er es: eine unsichtbare Bedrohung. Unvermittelt blieb er stehen. »Lass uns umkehren!«

Rajah sah ihn entgeistert an. »Was?«

»Frag nicht. Lass uns einfach umkehren.«

»Sag mir erst warum.«

»Weil ich es sage!«, donnerte Jechubes Stimme durch den Wald. Rajah wich unter seinem Gefühlsausbruch einige Schritte zurück. In diesem Moment hörten sie ein lautes Knirschen, dem das Geräusch reißender Baumwurzeln folgte. Ein großer Baum neigte sich in ihre Richtung. Jechubes Muskeln spannten sich zu einem gewaltigen

Sprung. Er flog förmlich auf Rajah zu und riss sie mit sich. Der Schlangenfrau entfuhr ein überraschter Aufschrei. Beide stürzten zu Boden. Donnernd krachte ein riesiger Baum der Länge nach auf die Stelle, an der Rajah zuvor noch gestanden hatte. Blattwerk, Geäst und Sand wirbelten wie eine Sturmböe über die beiden hinweg. Jechube erhob sich und wischte über seine Kleidung. Rajah rührte sich nicht. Wieder hörten sie das Krachen von trockenen Ästen. Der Boden vibrierte erst leicht, dann immer stärker. Das muss etwas Großes sein, schlussfolgerte Jechube und kniete nieder, um Rajahs Wangen zu tätscheln in der Hoffnung, dass sie wieder zur Besinnung kam. Als sie keine Reaktion zeigte, sprang er auf, hob ihren leblosen Körper in die Höhe und hievte ihn mühsam auf die Schulter. Ohne zu wissen, wovor sie flüchteten, rannte er los, doch Rajahs Gewicht erschwerte das Fortkommen. Der Schweiß rann ihm in Strömen über den Körper, in seinen Schläfen hämmerte der Puls. Panisch sah er sich um und erblickte etwas Grauenhaftes.

Ein Korr! Es war ein Korr, der sie verfolgte! Für den Bruchteil einer Sekunde achtete er nicht auf den Weg und stolperte über einen Ast. Rajah rutschte von seiner Schulter und beide kugelten in rasantem Tempo eine steile Böschung hinunter. Jechubes Schwung wurde von einem großen Felsen gestoppt. Mit blutender Kopfwunde rappelte er sich auf und zog sein Schwert. »So billig bekommst du mich nicht!«, schrie er dem Reptil kampfbereit entgegen. Der riesige Korr verlangsamte seine Geschwindigkeit, als hätte er die Worte verstanden, und blieb am Rand der Böschung stehen. Jechube wartete. Die hohe Luftfeuchtigkeit machte das Atmen schwer, bunte Kreise tanzten vor seinen Augen. Der Korr riss das Maul auf, sein Kampfschrei gellte über die Böschung. Der Angat war hin- und hergerissen zwischen Kampf und Flucht. Wenige Meter hinter ihm befand sich ein zwanzig Meter breiter Bachlauf. Dahinter stieg eine schlammige Böschung steil an. Doch was war das? Rajah war verschwunden.

Langsam tastete sich der Korr den Hang hinunter. Mit Zaudern erkannte Jechube die volle Größe seines Gegners. Das Tier maß wenigstens zwölf Meter vom Kopf bis zur Schwanzspitze, seine Pranken glichen riesigen Schaufeln und sein mächtiger Schwanz war ein tödliches Instrument. Er entschied sich zur Flucht.

»Raajahhh!«, schrie Jechube nach der Schlangenfrau, die er auf keinen Fall zurücklassen wollte. Außer dem geifernden Hecheln des Riesenreptils und dem leisen Glucksen des Baches war nichts zu hören. Der Angat stieß das Schwert in die Scheide und sprang mit einem großen Satz ins Wasser. Nur eine Armlänge von ihm entfernt trieb Rajah im Bach. Er packte sie und watete dem gegenüberliegenden Ufer entgegen, kam aber nur zäh voran. Mit einer Hand hielt er die Schlangenfrau fest, mit der anderen ruderte er, um Schwung zu bekommen. Seine Beine leisteten Schwerstarbeit, Strudel drohten ihn von den Füßen zu reißen. Irgendwann hatte er es geschafft. Keuchend warf er seine Last auf den schlammigen Untergrund und kletterte hinterher. Das böse Knurren des Korrs begleitete sein Tun.

Er tätschelte erneut Rajahs Wangen, er musste es schaffen, sie zu wecken, sonst war er gezwungen, sich hier auf dem glitschigen Untergrund dem Angreifer zu stellen. Noch während er überlegte, wie er es anstellen konnte, sie aus der Bewusstlosigkeit zu holen, schlug Rajah stöhnend die Augen auf. Ihr Schädel brummte, ihr war kalt und sie wusste nicht, was geschehen war.

»Los, zieh dich an meiner Hand hoch, wir müssen fliehen!«, schrie Jechube. Er zerrte sie auf die Beine. Doch während er bereits die Böschung hinaufkroch, kam sie nur langsam in Bewegung. Erst ein schauriges Knurren, nach dem sie sich umsah, und die Entdeckung des Korrs lösten die Starre ihrer kalten Muskeln. Aber jedes Mal, wenn sie ein gutes Stück geschafft hatte, wurde ihr der lockere Untergrund zum Verhängnis.

»Ich schaffe es nicht!«

Der Korr war ihnen dicht auf den Fersen. Er hatte den Bach bis zur Hälfte durchquert. Jechube rutschte auf allen Vieren zu Rajah hinunter, packte ihre Hand und feuerte sie an. »Los, nicht aufgeben, wir schaffen das! Verwandle dich in deine Schlangengestalt!« Sie schloss die Augen und konzentrierte sich. Kurz darauf ringelte sie sich am Boden. Jechube warf sich die Schlange um den Hals und machte sich erneut an den kräftezehrenden Aufstieg.

Der Korr hatte an Wegstrecke aufgeholt. Der Angat

überlegte fieberhaft, wie er den drohenden Angriff des Tieres abwehren konnte. Mitten in seine Gedanken stieß der Riese erneut einen mächtigen Schrei aus. Jechube lief es eiskalt über den Rücken, schnell wagte er einen Blick über die Schulter. Zu seiner Überraschung sah er, wie der Korr den Halt verlor und in die Tiefe stürzte. Sofort konzentrierte er sich wieder auf sein Fortkommen, schließlich sollte es ihm nicht so ergehen wie dem Reptil. Oben angekommen, sah er, wie das Tier wieder Anlauf nahm. »Wenn du es schaffst, wirst du dich wundern, Freundchen.«

Er zog sein Schwert und wartete. Aber noch bevor das grüne Untier den Rand der Böschung erreichte, verlor es aufs Neue den Halt, seine Krallen zogen tiefe Furchen in den Schlamm, aus seinem Maul kam ein wütender Aufschrei. Jechube ließ das Schwert sinken. Teilnahmslos sah er zu, wie der Riese am Ufer aufschlug. Das Biest rappelte sich auf und sah wütend zu ihm hinauf. Auch Jechube konnte seinen Blick nicht von dem Jäger wenden. So standen sie für einen Augenblick vollkommen unbeweglich. Dann machte der Korr eine Kehrtwendung und watete zurück. Jechube konnte es kaum fassen. »Geschafft!«, rief er der Schlange zu, die vollkommen erschöpft zu seinen Füßen lag.

15

Mit dem Morgengrauen erwachte ich. Weiche Sonnenstrahlen zeichneten helle Flecken an die Wände unseres Gemachs. Mein erster Blick galt Levinor, der schlafend auf den weichen Kissen lag. Ich war viel zu aufgeregt, um weiterzuschlafen, und ließ den letzten Abend an mir vorbeiziehen: die Zeremonie, mein knurrender Magen, das stolze Gesicht meines Vaters. Und dann traf mich die Erinnerung. Mutter, Dawn … Ich hatte eine Familie, eine echte Familie! Mein Herz hüpfte vor Freude und Sehnsucht.

In diesem Moment tauchte Levinors Kopf über dem Bettrand auf. »Hallo, Gidion. Heute beginnt unser Abenteuer«, grinste er mich an.

»Guten Morgen«, antwortete ich hellwach. Wir hörten ein leises Klopfen an der Eingangstür und schon betrat ein Diener den Raum. »Haben Sie gut geruht? Man erwartet Sie im Speisesaal.«

Beflissen füllte er unsere Waschschüsseln mit warmem Wasser. Wir sprangen aus den Betten und rannten zu den Waschtischen. Es entstand ein kleiner Wettkampf, wer von uns eher fertig wurde. Lachend schlüpften wir in unsere Kleidung und liefen durch das Schloss. Anton kreuzte hüpfend unseren Weg. Als er uns kommen sah, duckte er sich. »Das gehört sich nicht für edle Kämpfer«, meckerte er.

»Guten Morgen, Anton«, riefen wir im Chor, während Levinor gerade noch einen Haken um den Frosch schlagen konnte und ich über ihn hinweg sprang. Erst kurz vor dem Speisesaal wurden wir langsamer. Zwei Diener öffneten uns die Türen und grüßten mit einer tiefen Verbeugung. Mit erhitzten Gesichtern nahmen wir an der Tafel Platz. Leona grinste uns entgegen.

»Sie sieht aus, als hätte sie etwas ausgeheckt«, flüsterte ich Levinor zu, der meine Worte mit einem schalkhaften Blick quittierte. König Onuphrius und Vater Mundus, die in ein Gespräch vertieft dasaßen, verstummten. »Langt reichlich zu, Kinder, es wird für euch eine lange Zeit nichts von diesen Köstlichkeiten geben«, richtete der König das Wort an uns. Obwohl wir gestern reichlich gegessen hatten, überkam uns ein Bärenhunger. Es gab herrlich duftendes Weißbrot, Marmelade, Würstchen, kleine Blaubeerpfannkuchen und Berge von Rührei mit Schinken. Dazu tranken wir kalte Milch und warmen Kakao. Die Stimmung bei Tisch war heiter, trotzdem kam es mir vor, als würde jeder vermeiden, über unsere Reise zu sprechen. Dabei hätte ich gern etwas mehr über die Dinge erfahren, die uns erwarteten.

Als die Diener die Tafel wieder abdeckten, sagte König

Onuphrius: »Meine Kinder, ihr begebt euch heute auf eine Reise, von der niemand weiß, wie sie ausgehen wird. Euer gemeinsames Ziel ist die Rettung von Thalam und der gesamten Welt, doch möchte ich euch bitten, gut aufeinander achtzugeben, denn kein Risiko ist es wert, das Leben eines Kameraden zu opfern. Denkt immer daran, dass ihr unser größter Schatz seid. Du, Levinor, bist mein Sohn, mein eigen Fleisch und Blut, und du, Leona, bist mir so ans Herz gewachsen wie eine eigene Tochter. Ich liebe euch und mein Leben wäre nicht mehr dasselbe, wenn einer von euch nicht mehr heimkehren würde.«

Des Königs Augen schimmerten auffällig, doch er versuchte, die aufsteigenden Tränen zu verbergen. Lächelnd richtete er das Wort an mich. »Auch du, Gidion, hast einen Vater, der deinen Verlust tief betrauern würde.« Ich wagte einen schnellen Blick auf Vater Mundus, dessen Augen ebenfalls voller Tränen waren. Vor Ergriffenheit saß ein dicker Kloß in meiner Kehle. Ich sah in die Gesichter meiner Freunde und erkannte, dass es ihnen so erging wie mir. Sogar Leona grinste nicht. Würden wir erfolgreich sein und gemeinsam wieder nach Thalam zurückkehren?

Der König unterbrach das Schweigen durch lautes Klatschen. Sofort eilten drei Diener mit großen Kissen herbei, auf denen jeweils eine kleine Schachtel lag. Er erhob sich. »Meine Kinder, jeder von euch besitzt Fähigkeiten, die er erst im Laufe der Reise erkennen wird. Daher erhält jeder von euch eine besondere Gabe. Die

Gegenstände, die ich euch schenken möchte, sind durch die Magie der Unten-Welt geschützt. Doch merkt euch: Nur in den Händen des rechtmäßigen Besitzers können sie ihren Zauber entfalten.«

Er nahm eine Schatulle von einem der Kissen und stellte sich vor Leona. »Du bist die Tochter der Hitze und des Feuers. Ich übergebe dir ein Päckchen, dessen Inhalt dir zum jetzigen Zeitpunkt merkwürdig erscheinen mag, doch bitte ich dich, es immer bei dir zu tragen und in Ehren zu halten. Ich weiß, du wirst diese Gabe weise einsetzen, wenn es an der Zeit ist.«

Leona nahm schweigend ihr Geschenk entgegen. Es besaß die Länge eines Schuhkartons, aber seine Höhe war viel geringer. Neugierig zog sie den Deckel auf und bestaunte den Inhalt. Levinor und ich reckten unauffällig die Hälse, doch wir konnten nichts sehen außer der deutlichen Verwunderung, die sich auf ihrem Gesicht ausbreitete. Schnell schob sie den Deckel zurück und legte zur Sicherheit eine Hand darauf.

Der König nahm die nächste Schachtel und stellte sich vor Levinor. »Du bist der Sohn der Luft und der Stürme. Ich übergebe dir dieses Päckchen, dessen Inhalt dir zum jetzigen Zeitpunkt ebenso merkwürdig erscheinen wird, wie es bei deiner Cousine der Fall ist. Auch dich bitte ich, den Inhalt stets bei dir zu tragen und ihn in Ehren zu halten. Natürlich weiß ich, dass du diese Dinge weise einsetzen wirst, wenn es an der Zeit ist.« Levinor schaute schnell in das Kistchen, sagte aber nichts.

Nun war ich an der Reihe. Gespannt sah ich dem König entgegen, der auf mich zutrat. »Auch du bist ab heute ein Teil meiner Familie, Gidion, denn du teilst das Schicksal meiner Blutsverwandten. Und wie die zwei vor dir besitzt auch du einzigartige Fähigkeiten, von denen du noch nichts ahnst. Lass dir gesagt sein, du bist der Sohn des Wassers und der Meere. Wie du sicher weißt, ist gerade dieses Element nicht nur allgegenwärtig, sondern auch in großem Maß vorhanden. Somit enthält diese Schachtel vielleicht die schwerste aller Gaben. Doch ich weiß, dass du mit ausreichend Reife und Gefühl ausgestattet bist, um sorgsam mit ihr umzugehen. Der Inhalt wird dich verwundern, aber es ist das Kostbarste, das ich dir anvertraue. Also bitte ich dich, den Inhalt in Ehren zu halten und stets bei dir zu tragen. Natürlich weiß ich, dass auch du diese Dinge weise einsetzen wirst, wenn es an der Zeit ist.« Er überreichte mir die Schatulle, die ich vorsichtig entgegennahm. Das Erste, was ich bemerkte, war, dass sie sich so leicht anfühlte, als sei sie leer. Langsam schob ich den Deckel ein wenig zur Seite. Ich erkannte eine kleine silberne Flöte, zwei Notenblätter und ein Ledersäckchen. Mein rechtes Auge begann vor Nervosität zu zucken. Sofort deckte ich den Inhalt wieder ab.

»Es ist an der Zeit, Abschied zu nehmen. Ich bitte euch, gut aufeinander zu achten und eure schwere Aufgabe mit Herz, Mut und Verstand anzugehen. Vergesst bitte nie, dass Liebe stärker ist als Hass und dass das Gute nur über das Böse siegen kann, wenn man bereit ist, ein Opfer aus tiefster Seele zu bringen.«

Die ganze Zeit war ich tatendurstig gewesen, doch nun überkam mich ein großer Abschiedsschmerz. Auch meine Weggefährten machten ernste Gesichter. Der König nahm Leona und Levinor in die Arme und drückte sie fest. Vater Mundus und ich umarmten uns ebenfalls lange und herzlich.

»Gidion, mein Sohn, niemand von uns weiß, was dort auf der anderen Seite auf euch wartet. Darum will ich dir jetzt sagen, dass ich dich mehr liebe als mein Leben. Ich bin froh und dankbar, dich fünfzehn Jahre an meiner Seite gehabt zu haben. Bitte sorge dafür, dass du heil zu mir zurückkehrst, denn eine andere Botschaft würde ich nicht verkraften.« Er strich mir zum Abschied über mein Haar. Obwohl ich mir vorgenommen hatte, tapfer zu sein, flossen mir Tränen über die Wangen. Nur mit Mühe und sehr viel Selbstbeherrschung konnte ich meine Fassung bewahren. »Vater! Ich werde gesund heimkehren, das verspreche ich bei allem, was mir heilig ist.« Es war das erste Mal, dass ich unser Dorf und Vater Mundus für eine lange Zeit verließ.

»Bitte bestell Dawn einen lieben Gruß von mir, wenn du sie triffst«, flüsterte er. Kurz darauf wurden wir von einem Diener gestört. »Sie müssen gehen«, sagte er zurückhaltend, während er jedem von uns eine braune Umhängetasche aus Hirschleder aushändigte. Dankend nahmen wir sie entgegen, verstauten sorgsam unsere Geschenke darin und hängten uns die Taschen über die Schulter. Wir waren zum Aufbruch bereit. Ohne uns noch einmal umzusehen, folgten wir dem Diener durch die Gänge des Schlosses. Bald standen wir vor der Bretterpforte, die ich gestern noch heimlich hatte öffnen wollen. War das wirklich erst gestern gewesen? Ich erkannte das schiefe Holzbrett und las erneut seine Inschrift:

»Reinheit und Liebe sind auf ewig untrennbar verbunden. Sie sind der mächtige und strahlende Schlüssel, der in jedes Schloss passt.«

Der Diener machte eine tiefe Verbeugung. »Ab hier gehen Sie allein weiter.«

Wir nahmen uns fest bei den Händen. Jeder von uns holte noch einmal tief Luft. »Bereit?«, fragte Levinor, heiser vor Anspannung.

»Ja!«, erklangen unsere Stimmen, fremd vor Aufregung, im Chor.

16

Die Pforte öffnete sich wie von Geisterhand. Das weiße Licht war so hell, dass wir die ersten Schritte blind bewältigen mussten. Leise glitt die Pforte wieder ins Schloss. Abwartend blieben wir stehen. Nach einer Weile gewöhnten sich unsere Augen an das Strahlen, sodass wir unsere neue Umgebung nach und nach immer besser wahrnehmen konnten. Wir befanden uns auf einem runden Sandplatz, von dem sternenförmig verschiedene Pfade in alle Richtungen führten.

»Weißt du, wie wir zu Jechubes Schloss kommen?«, fragte ich Levinor.

»Nein, als mich mein Cousin einlud, ihm nach Sinistrien zu folgen, wurde es mir von meinem Vater verboten. Ich weiß nur, dass es im Norden liegt. Also werden wir durch die Unten-Welt laufen und nach einem Tor Ausschau halten, das uns in die Richtung bringt. Alles Weitere wird sich hoffentlich ergeben«, erklärte er und zog einen goldenen Kompass aus seiner Hosentasche. Er sah auf die Kompassnadel, drehte sich und zeigte mit dem Finger auf einen Weg. »Die Richtung.«

Tatendurstig liefen wir los. Die sandigen Pfade sahen alle gleich aus und die Gegend schien ausgestorben zu sein, jedenfalls trafen wir niemanden, den wir nach dem Weg fragen konnten. Langsam wurden unsere Beine müde, unser anfänglicher Optimismus schwand dahin.

»Ich habe Durst«, klagte Leona. »Denk einfach nicht darüber nach, wir werden sicher bald auf Wasser treffen«, versuchte Levinor sie zu trösten.

»Wieso haben wir keinen Proviant mitgenommen?«, fragte ich Levinor, denn auch ich hatte Durst. Zudem bescherte uns die Sonne hohe Temperaturen.

»Mein Vater sagte, das wäre alles nur unnützes Gewicht und dass wir alles antreffen würden, was wir benötigen.«

»Da hat er sich wohl geirrt«, zickte Leona und trat gegen einen Stein. Er hüpfte dicht an meinen Füßen vorbei und landete in einer Blatthecke, die neben dem Sandweg verlief. Tock! Das trockene Geräusch ließ mich aufhorchen. Ich entdeckte ein altes Holzschild mit einem Pfeil, der in die Richtung wies, in die wir gingen.

»Strengt euch ein bisschen an, wir haben jetzt keine Zeit für eine Pause«, bemerkte Levinor leicht ungehalten. Müde und gehorsam trotteten wir den breiter werdenden Pfad entlang, während der Prinz in Abständen immer wieder einen prüfenden Blick auf seinen Kompass warf. Ich suchte mit den Augen die Hecke ab in der Hoffnung, ein weiteres Schild zu entdecken. Zwar wusste ich nicht, auf was dieses Schild die Wanderer aufmerksam machen sollte, aber es musste etwas Besonderes sein, sonst hätte sich niemand die Mühe gemacht, einen Hinweis aufzustellen. Plötzlich sah ich ein zweites, stark verwittertes Holzschild unter dem dichten Blattwerk. ‚See der Ruhe' stand in verschnörkelten Buchstaben darauf.

Mit großen Schritten holte ich Levinor ein. »Haben wir nicht vielleicht doch ein bisschen Zeit für eine kleine Pause?«, fragte ich vorsichtig. »Eigentlich würde ich gerne noch heute die Grenze zu Sinistrien erreichen.« Ich machte mich lang und flüsterte ihm ins Ohr: »Ich weiß, wo wir Wasser finden.« Überrascht wendete er sich mir zu. »Wo?« Ich zeigte rechts an ihm vorbei. »Dort hinter dem Hügel muss ein See sein. Ich habe gerade ein Hinweisschild entdeckt und der Pfad weicht nur ganz leicht von unserer Route ab.« Levinor überlegte einen Moment, bevor er zustimmend nickte. »Gut, dann geh du voran.«

»Worüber tuschelt ihr zwei da?«, mischte sich Leona neugierig ein. »Dort gibt es Wasser, gleich hinter dem Hügel müsste ein See sein«, erklärte ich und wies mit der Hand nach vorn. In Leonas Augen trat ein übermütiges Blitzen. »Was stehen wir dann noch hier herum? Los! Wer als Erster im Wasser ist!«, schrie sie und rannte davon. Damit war unsere Müdigkeit verflogen. Wir spurteten hinter ihr her und hatten Mühe, sie einzuholen, erst kurz vor einer Hügelkuppe lagen wir auf gleicher Höhe. Auf der Anhöhe angekommen, bot sich uns ein märchenhaftes Bild. Der See war so klar, dass man tief auf seinen Grund blicken konnte. Auf seiner Oberfläche schwammen zarte Seerosen, hier und da ragte ein flacher Felsbrocken aus dem Wasser, der nur darauf wartete, dass wir auf ihm ausruhten.

Wir stürmten den Hügel hinunter und warfen noch während des Laufens unsere Schwerter und die Umhängetaschen achtlos ans Ufer, um uns in das kühle Nass zu werfen. Es entbrannte sofort eine Wasserschlacht, die von Lachen und Schreien begleitet wurde. Mitten im Kampf hielt ich inne. »Ich muss euch etwas mitteilen.« Die beiden sahen mich neugierig an. »Wir sollen doch irgendwann auf den vierten Avantgarde treffen. Dieser vierte ist meine Schwester Dawn.«

Jetzt war es raus und ich war erleichtert, dieses Geheimnis nicht länger für mich behalten zu müssen. Für eine Sekunde herrschte Stille, dann schrie Leona auf. »Das ist ja toll! Und ich dachte schon, ich wäre die einzige Frau unter euch Kerlen!« Sie stürzte sich lachend auf mich. Ich wehrte ihren Angriff ab und drückte sie unter Wasser.

Plötzlich hörte ich hinter mir eine helle Stimme. »Gidion! Sohn des Mundus! Wie immer kann man dich nicht aus den Augen lassen, ohne dass du etwas anstellst!«

Leona tauchte prustend auf. Levinor, der seiner Cousine gerade zu Hilfe eilen wollte, erstarrte in seiner Bewegung, während ich mich wie in Zeitlupe umdrehte. Eine weibliche Gestalt stand abwartend am Ufer, ihre langen, braunen Haare wehten im Wind. Unsere Blicke versanken ineinander, während ich zunächst langsam, dann immer schneller durchs Wasser watete.

»Dawn! Bist du es wirklich?«, rief ich meiner Schwester aufgeregt entgegen. Sie nickte heftig. »Ja, Gidion, ich bin es.« Wir fielen uns in die Arme und drückten uns herzlich. »Warum … warum … hast du mir … nie gesagt …« Sie legte mir ihren Zeigefinger auf die Lippen. »Du weißt, ich durfte es dir nicht sagen, aber ich war froh, bei dir zu sein.«

Leona und Levinor kletterten aus dem Wasser und hielten sich taktvoll etwas abseits, um unser Wiedersehen nicht zu stören. Nach einer Weile winkte ich ihnen, näherzukommen. »Darf ich dir unsere Mitstreiter vorstellen? Das ist Leona und das ist ihr Cousin Prinz Levinor.« Leona umarmte Dawn überschwänglich. »Ich bin so froh, dass du eine Frau bist.« Levinor war etwas zurückhaltender und drückte Dawns Hand. Ich bemerkte, dass er sie einige Sekunden länger hielt, als es für eine Begrüßung angebracht war. Statt ihm die Hand zu entziehen, reagierte meine Schwester mit einem Lächeln, was Levinor eine leichte Röte in die Wangen trieb.

Dann führte sie uns zu einer kleinen Baumgruppe. Unter den Ästen einer schattigen Eiche hatte sie ein Picknick für uns bereitet.

»Warum warst du nicht bei unserer Zeremonie auf dem Schloss?«, fragte Leona vorwitzig.

»Ich lebe schon seit einiger Zeit hier in der Unten-Welt und es war nicht nötig, weil ich schon im Brunnen gebadet habe. Außerdem musste ich noch etwas für eure Ankunft vorbereiten.«

»Das ist einleuchtend. Und was hast du für uns vorbereitet?« Dawn lächelte. »Nachher habe ich für euch alle eine Überraschung.«

Ich zog meine Schwester auf die Seite. »Weißt du etwas über Vater und Mutter?« Dawn strich mir liebevoll über die Wange. »Du weißt, Vater ist tot …«

»Aber das hat man bisher von Mutter auch behauptet, und dich hat man mir ganz unterschlagen«, fiel ich ihr ins Wort.

»Ja, du hast recht. Sicher fühlst du dich um deine Familie, gerade in deiner Kindheit, betrogen, doch glaube mir, es war besser für dich.« Meine Schwester umarmte mich und ich genoss das Gefühl, ein Stück Familie bei mir zu haben. »Bitte erzähl mir etwas über unsere Mutter«, hakte ich noch einmal nach. Dawn schob mich von sich. »Unsere Mutter lebt auf der Erde.«

»Und wie sieht sie aus? Was macht sie? Wie alt ist sie?«

»Schau mich an, Gidion, dann siehst du sie. Mutter hat genau wie du und ich braunes, dickes Haar. Sie ist fünfundvierzig Jahre alt, aber das Beste an ihr sind ihre wunderschönen eisblauen Augen. Hattest du bei Vater Mundus einen Spiegel?« Ich nickte aufgeregt. »Du hast ihre Augen.« Weinend warf ich mich in Dawns Arme, sanft wiegte sie mich und mir tat diese Behandlung gut. »Werde ich sie je kennenlernen?« Meine Stimme war ein ersticktes Flüstern. »Aber ja, Gidion, wenn du es wirklich willst. Aber jetzt sollten wir wieder zu den anderen gehen. Uns bleibt noch viel Zeit.«

Bis zum Nachmittag redeten, lachten und aßen wir. Keiner von uns erwähnte, dass wir nicht aus reinem Vergnügen hier saßen. Schließlich kam meine Schwester wieder auf den Zweck unserer Reise zu sprechen. »Wenn ich richtig informiert wurde, hat König Onuphrius jedem von euch ein Geschenk gemacht.« Sie schaute in drei überraschte Gesichter. Dawn ignorierte unser Erstaunen und stellte stattdessen eine wichtige Frage: »Habt ihr euch mit dem Inhalt schon vertraut gemacht?« Wohl wissend, dass es nicht so war, schmunzelte sie.

Ich warf einen schnellen Blick auf meine Freunde und sah, dass sie aufgeregt in ihren Taschen kramten. Ich tat es ihnen gleich, doch meine Gedanken waren bei Dawn und nicht bei meinem Geschenk. Als Erste holte Leona ihre Schachtel hervor. Dawn setzte sich zu ihr. »Weißt du, was das ist?« Leona schüttelte den Kopf. »Nein, aber es sieht nicht sehr stabil aus. Also wird es sich weder um einen Morgenstern noch um eine andere Waffe handeln.« Prüfend drehte sie ein langes Etwas zwischen ihren Fingern. Dawn nahm ihr das Gebilde, das wie eine grobe Kette aussah, aus der Hand und hielt es hoch, damit jeder von uns es sehen konnte. »Diese Dinge stammen von der Erde.«

Wir staunten. Für uns war die Welt der Menschen eine schöne und exotische Region, die wir nicht in Verbindung bringen konnten mit so einem hässlichen Ding, das da vor unserer Nase baumelte. Ratlos nahm ich es in die Hand. Die groben Kettenglieder fühlten sich rau an, zögernd roch ich daran. Irritiert durch den beißenden Geruch reichte ich das Teil an Dawn zurück.

»Diese Dinger nennt man Knallfrösche.« Kaum hatte meine Schwester das Wort ausgesprochen, brach Leona in Gelächter aus. »Hi, hi, Frösche, die knallen«, kicherte sie amüsiert. Ausführlich erklärte uns Dawn den Umgang mit dem Feuerwerkskörper.

»Und wozu soll so etwas gut sein?«, fragte Leona.

»Der Einsatz dient zur Verteidigung. Überleg doch mal, wie erschrocken ein Angreifer reagiert, wenn so ein Knallfrosch laut vor ihm explodiert«, gab Dawn ihr einen Denkanstoß. Sie hob ein Päckchen Streichhölzer in die Luft. »Das kennt ihr sicher alle und der Gebrauch dürfte jedem von euch bekannt sein.« Wir drei bejahten, denn selbst Vater Mundus, der sonst nichts von neumodischem Kram hielt, wie er manche Dinge nannte, benutzte die Hölzchen, um das Feuer in seinem Kamin anzuzünden. Dawn nahm einen der langen Holzstäbe, an denen dicke, rote Röhrchen befestigt waren, und hielt ihn hoch. »Wisst ihr, was das ist?«

»Ein großer Knallfrosch«, prustete Leona mit dicken Wangen.

»Nein, man nennt es Rakete.«

»Ra… was?«, stotterte Levinor.

»Rakete«, wiederholte Leona in altklugem Tonfall.

Dawn fuhr trotz Leonas vorlauter Art unbeeindruckt mit unserer Schulung fort. »Diese Dinger fliegen recht weit, also sind sie eine gute Distanzwaffe. Außerdem zaubern sie hübsche bunte Sterne in den Nachthimmel. Auf der Erde gibt es sogar Feste, bei denen man diese Raketen zum Abschluss als Höhepunkt entzündet. Für uns ist die Schönheit allerdings zweitrangig.«

Das klang spannend, aber vorstellen konnten wir uns das alles nicht.

»Sie dienen als Angriffswaffe und sind nicht zu eurem Spaß bestimmt«, fügte meine Schwester warnend hinzu, als sie Leonas Gesichtsausdruck sah, der sich daraufhin schlagartig verfinsterte. Wortlos sammelte sie ihre Habseligkeiten ein und legte sie sorgfältig in die Schachtel zurück. Dawn blickte aufmunternd zu Levinor. »Jetzt bist du dran.« Er öffnete seine Schatulle und griff hinein. Bedächtig zog er eine kleine bronzefarbene Glocke, einen dunkelgrauen Fächer und ein braunes, pralles Säckchen hervor.

»Weißt du, was du mit den Dingen tun musst?«, fragte meine Schwester, doch Levinor schüttelte den Kopf. Leona schnappte sich die Glocke und begann sie wild zu schütteln. Kein Ton drang an unsere Ohren. »Die ist kaputt«, beschwerte sie sich. Dawn lachte über das ganze Gesicht. »Nein, Tochter des Feuers. Wenn du etwas nicht hörst, heißt das nicht, dass es ein anderer auch nicht hören kann.«

»Und wer kann es hören?«, fragte Levinor neugierig.

»Versuch es selbst und du wirst sehen, was passiert.«

Levinor schüttelte das Glöckchen und schaute in die Runde. Auf unseren Gesichtern zeigte sich Neugier, aber nichts geschah. Dann jedoch, als wir schon dachten, das Geschenk sei wertlos, hörten wir das Kreischen eines Raubvogels, der ruhig auf unsere Gruppe zuflog und elegant in der Nähe des Prinzen landete. Es war ein großer Weißkopfseeadler. Aufmerksam betrachtete er jeden von uns. Als er Levinor erkannte, schrie er zur Begrüßung. Dieser nahm ein Stück Schinken in die Hand und lockte den Vogel, der sich sofort näherte und den leckeren Brocken an sich riss. Wieder schrie er, doch dieses Mal war es eine Art Triumphgeschrei.

»Das ist dein Späher, du kannst ihn jederzeit rufen. Er versteht deine Befehle und zeigt dir den Weg nach Hause oder zur nächsten Wasserstelle. Er kann für euch jagen und eure Widersacher angreifen.«

Levinor hielt das pralle Säckchen in die Luft. »Und das ist bestimmt sein Fressen.« Er begann das Band zu lösen, doch Dawn hielt ihn zurück. »Nein, dieser Inhalt entspricht deinem Element Luft.« Sie nahm den Fächer in die Hand und begann zu wedeln, erst leicht, dann immer schneller. »Dieses Säckchen ist magisch. Es trägt den Sturm in sich. Wenn du es öffnest, entweicht ihm ein mächtiger Wind. Je nachdem, wie wild du mit dem Fächer diesen Wind beeinflusst, wird es ein laues Lüftchen oder ein gewaltiger, alles zerstörender Sturm.«

»Wow«, kam es von Leona. »So etwas hätte ich auch gern.«

Levinor war beeindruckt von diesem prächtigen Geschenk. »Wie oft kann ich es benutzen?«

»Ein, vielleicht zwei Mal, dann dürfte es leer sein.« Enttäuscht blickte er auf das Säckchen. »Setze es weise ein«, gab sie ihm mit auf den Weg. Der Prinz überlegte einen Moment, bevor sich seine Mundwinkel vergnügt verzogen. Ihm gefiel der Gedanke, Herr über so etwas Mächtiges wie einen Sturm zu sein, selbst wenn er ihn nur wenige Male entfachen konnte.

»Und du, Gidion? Was hat dir der König mit auf den Weg gegeben?« Ich öffnete mein Kästchen und zog ebenfalls ein braunes Säckchen hervor. Da der Rest mir peinlich war, wollte ich ihn nicht zeigen, doch Dawn sah mir forschend ins Gesicht. »Das kann nicht alles sein. Also, Bruder, was verbirgst du vor uns?« Langsam beförderte ich die kleine Silberflöte und zwei Notenblätter unter die Augen meiner Freunde. Leona kicherte sofort los. »Was soll denn das sein? Gehst du unter die Musiker?« Unter ihrem Spott senkte ich meinen Blick, denn tatsächlich besaßen in Thalam nur Spielmannsleute so ein Instrument.

Meine Schwester strich mir sanft über den Arm. »Du brauchst dich nicht zu schämen, denn König Onuphrius hat dir das schönste Geschenk von allen gemacht. Dieses Säckchen enthält ein Kraut, dessen Kraft dich zum Herrn über das Wasser macht. Weil der Regen aus Wasser besteht, besitzt du damit die Macht über einen kleinen Schauer ebenso wie über eine Sturmflut«, erklärte sie und hielt das Säckchen in die Luft, um es den anderen zu zeigen. »Um seine Wirkung zu entfalten, muss es jedoch brennen.« Sie schaute mit schnellem Blick auf Leona, die sofort begriff, dass ich ohne ihre Streichhölzer diese Gabe nicht anwenden konnte.

Meine Schwester nahm die Flöte in die Hand und führte sie an ihre Lippen. Leise erklang eine zarte Melodie, die uns alle berührte. Als sie geendet hatte, nahm sie das Silber von ihren Lippen und reichte es mir. »Versuch du es jetzt. In der Schule hast du das Lesen von Noten gelernt und kannst als Einziger von uns die Melodie vom Blatt spielen.« Ich hob das Instrument an meine Lippen. Ob ich wohl auch eine derart schöne Musik zustande brachte? Kraftvoll pustete ich in die Flöte, doch statt einer wohlklingenden Melodie piepste und pfiff das Ding, als wollte es mich verhöhnen.

Meine Freunde rissen ihre Hände an die Ohren. »Großer Musikmeister, verschone uns mit einer Zugabe«, rief Leona amüsiert.

Dawn nahm mir das Instrument aus den Händen. »Sieh, wie ich sie halte.« Weich lagen ihre Finger auf dem Silberrohr, während sie sanft in die vordere Öffnung blies. Sofort entstand ein lieblicher Ton. Sie reichte mir die Flöte und wieder verdeckten meine Freunde ihre Ohren. Ihr Grinsen wurde breiter, als ich dem Silber den ersten quiekenden Ton entlockte.

»Noch weicher pusten.« Ich versuchte es und dieses Mal war der Ton warm und weich. Nach und nach spielte ich die Noten vom ersten Blatt. Mittlerweile hörten mir auch Leona und Levinor aufmerksam zu. Ich wiederholte die Melodie. Sie klang noch schöner und vor allem flüssiger als bei meinen ersten Versuchen.

»Und was habe ich von der Musik?«

»Schau hinüber zum See und spiel noch einmal ganz langsam und gefühlvoll die erste Melodie.«

Ich wandte mich um und hob die Flöte. Entzückt von den Tönen vergaß ich, aufs Wasser zu schauen. Auf einmal hörte ich, wie Leona ein überraschtes »Oh« über die Lippen kam. Ich blickte auf und sah drei Wassernixen, die sich aus dem See erhoben. Vor Überraschung hörte ich auf zu spielen. Die schönen Fischfrauen winkten mir zu und tauchten ab.

»Du bist der Herr des Wassers und damit hast du die Macht, dir Hilfe aus dem Meer zu holen. Die erste Melodie lockt die Wassernixen zu dir, mit der zweiten kannst du Delfine zu dir rufen.« Mit vor Freude glänzenden Augen lauschte ich Dawns Erklärung und war sicher, das beste Geschenk von allen erhalten zu haben.

»Und welche Geschenke hast du erhalten, als du in die Unten-Welt gegangen bist?«, fragte ich meine Schwester. »Als ich vor einem Jahr Thalam verließ, waren derlei Geschenke nicht wichtig, und heute habe ich euch. Eure Fähigkeiten und mein Wissen werden sich zu einem starken und mächtigen Ganzen verbinden, auf dass unsere Aufgabe von Erfolg gekrönt sein wird.«

Ich seufzte. So überzeugt wie meine Schwester wäre ich auch gerne gewesen. Doch bevor wir darüber fachsimpeln und rätseln konnten, wie wir die erworbenen Möglichkeiten untereinander kombinieren sollten, erinnerte uns Dawn an unsere eigentliche Pflicht. »Wir sollten langsam aufbrechen. Der Weg ist noch weit und wir haben viele Stunden vertrödelt.«

»Ja, du hast recht«, pflichtete Levinor ihr bei. Eilig sammelten wir die Reste ein. Erst jetzt fragte ich mich, wie Dawn es geschafft hatte, das Essen hierher zu bringen. Als ob sie meine Gedanken erraten hätte, winkte sie mich zu sich. »Gidion, sei so freundlich und hol die Pferde, die ich hinter dem Hügel versteckt habe.«

»Pferde!?«, rief ich erfreut.

»Pst.« Sie deutete mir an, leise zu sein. »Verrate es den anderen noch nicht, das ist meine Überraschung für euch.«

Während Dawn die beiden in ein Gespräch verwickelte, lief ich hinter den Hügel. Vier prächtige Pferde hoben bei meinem Eintreffen ihre edlen Köpfe, ein Rappe wieherte leise. Ich nahm die Zügel und führte sie, je zwei an einer Hand, über die Kuppe. Leona schrie vor Begeisterung laut auf, was eines der Pferde als Begrüßung ansah und ihr antwortete.

»Ihr dürft euch das Tier aussuchen, das euch gefällt, nur der Rotschimmel ist meiner«, sagte Dawn und nahm mir die Zügel ihres Pferdes ab. Leona schnappte sofort nach der Führleine der braunen Stute, die ihr geantwortet hatte. Ich wollte nicht unhöflich sein und überließ Levinor die Wahl zwischen dem Rappen und dem Schimmel, obgleich ich hoffte, dass er sich für den weißen Hengst entscheiden würde. Der Prinz strich den Pferden sanft über die Nüstern, wobei der Rappe leicht nach ihm schnappte. Der Prinz lachte. »Ich glaube, der Schwarze will lieber von dir geritten werden, also nehme ich den Schimmel.« Glücklich über seine Wahl, überließ ich ihm das Pferd. Schnell stiegen wir in die weichen Sättel und galoppierten Richtung Norden.

Als der Abend kam, hatten wir die Grenze zu Sinistrien immer noch nicht erreicht. Also beschlossen wir, uns ein Nachtlager zu suchen und erst am nächsten Morgen weiterzureisen. In einem kleinen Wald fanden wir ein geschütztes Fleckchen. Wir befreiten die Pferde von ihrem Sattelzeug, bauten uns weiche Betten aus Laub und benutzten die Sättel als Kopfkissen. Obwohl es noch nicht richtig dunkel war, wünschten wir uns gegenseitig eine gute Nacht und schliefen sofort ein.

Einige Zeit später wurde ich durch ein Zupfen an meinem Hemd geweckt. Verschlafen öffnete ich die Augen. Leona schaute mich an und legte den Finger auf die Lippen. »Gidion, wach auf, ich muss dir etwas zeigen.«

Ein Blick zu Dawn und Levinor, die ich in der Dunkelheit nur schemenhaft erkennen konnte, sagte mir, dass die beiden fest schliefen. »Was willst du?«, fragte ich irritiert, doch sie schüttelte den Kopf. »Weck sie nicht. Ich habe etwas entdeckt, das ich dir unbedingt zeigen muss.«

Neugierig erhob ich mich von meinem Nachtlager.

Die Nacht duftete nach Wiesenblumen und warmer Erde. Wir schlichen zu einem grasbewachsenen Erdhügel. Leona deutete mir, mich auf den Boden zu setzen, und wies auf eine kleine Höhlenöffnung. »Du musst dorthin sehen.«

Zunächst sah ich nur ein dunkles Loch. Doch dann schwebte ein flackerndes Licht wie von einer Kerze aus der Öffnung. Ich klimperte heftig mit den Augenlidern, da ich den Lichtpunkt für reine Einbildung hielt, die ich meiner Übermüdung zuschrieb. Doch er verschwand nicht. Stattdessen sah ich noch einen und noch einen und dann eine ganze Schar. Überrascht riss ich die Augen weiter auf, es mussten Hunderte sein. Gemächlich bewegten sich die Lichter aus dem Eingang ins Freie. Ich erkannte bunt schillernde Elfen mit kleinen Lampen in den Händen, deren Schein die Umgebung in sanftes Licht tauchte. Gebannt hielt ich den Atem an und verfolgte aufmerksam jede ihrer Bewegungen. Die kleinen Geschöpfe flogen kichernd in den Nachthimmel. Je höher sie stiegen, desto heller brannte das Licht ihrer Lampen, bis sie schließlich den für sie bestimmten Platz eingenommen hatten und als Sterne zu uns herunterleuchteten. Jetzt fielen mir die Worte von Levinor wieder ein, der mich am Tag der Zeremonie nach den Sternen gefragt hatte.

»Ist das in Thalam und auf der Erde bei den Menschen genauso wie hier in der Unten-Welt?«, flüsterte ich Leona zu. »Was glaubst du?«

Wir saßen noch lange Zeit da und schauten in den funkelnden Himmel. Irgendwann bemerkte ich, dass Leonas Kopf an meiner Schulter lag und sie eingeschlafen war. Sanft nahm ich sie auf meine Arme und trug sie zurück auf ihr Lager. »Schlaf gut, kleine Träumerin«, wisperte ich, während ich sie sorgsam zudeckte. Leise ging ich zu meinem eigenen Lager. Mein letzter Blick galt den Elfenlichtern.

17

Levinor erwachte in aller Frühe. Er sah zu Dawn hinüber, die verschlafen in seine Richtung blinzelte. Er machte ihr ein Zeichen und erhob sich leise, um die anderen nicht zu wecken. Dawn folgte ihm. Sie nahm aus einer ihrer Satteltaschen einen Beutel mit den Vorräten des gestrigen Picknicks und begann, daraus ein Frühstück zu bereiten. Levinor beschäftigte sich mit seinem Kompass, er prüfte die Himmelsrichtungen und besah sich die Landschaft. Irgendwann trat er an Dawns Seite, sein Blick glitt über die schlafenden Körper der Mitstreiter. »Die beiden werden offensichtlich nicht von allein wach.«

»Aufstehen, ihr Murmeltiere«, rief sie laut. Doch außer einem unwilligen Grunzen zeigten weder Leona noch ich eine Reaktion. Verwundert machte sie einen zweiten Versuch. »He, ihr Langschläfer, das Frühstück ist fertig. Zeit zum Aufstehen.« Gähnend schälten wir uns aus unseren Decken. Leona zwinkerte mir verschwörerisch zu, was ich mit einem leichten Kopfnicken quittierte.

»Was ist los mit euch? Ihr werdet doch nicht krank?«

Meine Schwester schaute in unsere müden Gesichter. »Nein«, grummelte ich, bereits wieder hungrig beim Anblick der Speisen, die auf der Picknickdecke auf uns warteten. Leona setzte sich neben ihren Cousin, der schon herzhaft in das erste Marmeladenbrot biss. Eilig folgte ich ihr und nahm auf der gegenüberliegenden Seite von ihr Platz. Während des Essens kamen meine Lebensgeister zurück und ich erzählte schwärmerisch von unserem nächtlichen Erlebnis. Alle lauschten aufmerksam meiner Ausführung, selbst Leona unterbrach mich nicht. Als ich geendet hatte, sah Dawn begeistert in die Runde. »Ihr werdet hier noch einige Dinge entdecken, die ihr nicht für möglich haltet. Dies ist ein Ort, an dem gute Wesen leben. Aber denkt daran, nur auf diesem Teil unserer Reise seid ihr sicher. Wenn wir die Grenze zum gefährlichen Teil der Unten-Welt überschreiten oder gar in Sinistrien sind, möchte ich nicht, dass ihr allein auf Entdeckungstour geht.«

Ich warf einen schnellen Blick zu Leona. Sie verdrehte wie so oft genervt die Augen, weil ihr jemand etwas verbot, während Levinor die Worte meiner Schwester mit ernster Miene unterstützte. Da Dawn mehr Lebens- und Reiseerfahrung besaß als wir alle zusammen, nahm ich ihre Ermahnung ohne Widerworte hin.

»Sag, du hast doch in Thalam und auch auf der Oberfläche bei den Menschen gelebt. Gibt es überall Sterne?«

»Aber ja, es gibt keinen Nachthimmel ohne dieses Funkeln.«

»Und wenn die Menschen in den Himmel sehen, was sehen sie?«

Meine Schwester überlegte einen Moment. »Was glaubst du, was sie sehen?«

»Ich weiß nicht. Gibt es einen Unterschied zwischen der Welt hier und der da oben?«

Sie strich mir sanft über den Arm. »Der einzige Unterschied ist der, dass die Menschen nicht mehr an uns und an Wunder glauben.«

Schweigend aßen wir weiter. Die Leichtigkeit des Morgens war verflogen und machte dem Ernst unserer Aufgabe Platz. Schon bald brachen wir auf und ritten wieder Richtung Norden.

Gegen Mittag erreichten wir eine kleine Lichtung mit einer einladenden Blumenwiese. »Hier sollten wir rasten«, schlug Levinor vor. Er sprach mir aus dem Herzen, denn der hintere Teil meines Körpers war schon seit mindestens zwei Stunden nicht mehr vorhanden und meine Beine kündigten einen dicken Muskelkater an. Selbst für einen geübten Reiter waren diese langen Stunden im Sattel anstrengend.

»Ich gehe Wasser holen«, rief Leona Dawn zu und wandte sich an mich. »Kommst du mit?«

Wir liefen an das Ende der Wiese in der Hoffnung, dort auf einen Bach zu treffen, doch unverhofft standen wir vor einer Hütte. Sie hatte Ähnlichkeit mit einem Bienenkorb und ihre wulstigen Windungen, die aus Flachs oder Sisal sein mussten und nach oben kleiner wurden, strahlten in sattem Gelb. Süßer Honigduft lag in der Luft. Leona schlich näher heran und rüttelte an der Tür.

»Lass das lieber, vielleicht sind wirklich Bienen darin«, warnte ich, doch sie winkte übermütig ab. »Was du nur immer hast. Wenn wirklich Bienen da drin wären, würde es brummen. Abgesehen davon kenne ich keine Biene, die einen Haustürschlüssel besitzt.« Sie zeigte mit dem Finger auf eine winzige Öffnung unterhalb der Türklinke, die aussah, als würde ein Schlüssel hineinpassen. Ich musste zugeben, dass ihre Erklärung eine gewisse Logik hatte, aber ich zog es vor, die Sache langsam anzugehen.

Plötzlich hörte ich eine kauzige Stimme hinter mir. »Hallo, ihr zwei.« Erschrocken wirbelte ich herum. Vor mir stand ein Zwerg mit einer großen, gelben Zipfelmütze. Seine Wangen waren voll und leuchteten rot, als hätte er sie angemalt.

»Ha... hallo«, stotterte ich verlegen und sah betreten auf meine Stiefelspitzen, denn mir war unsere Neugier peinlich. Leona jedoch lief an mir vorbei und streckte dem Zwerg die Hand zum Gruß entgegen. »Hallo, ich bin Leona und das ist Gidion. Ist das Ihr Haus?«

Der Zwerg nickte. »Ich bin Josch, Wächter der Raupen. Aber ich denke, wir sollten unsere Unterhaltung drinnen weiterführen.« Er blickte prüfend in den Himmel. »Es beginnt bald zu regnen.«

»Regen? Aber ich sehe keine Regenwolken«, widersprach Leona.

Josch lachte. »Du kannst mir ruhig glauben. Ich komme gerade von den Raupen und ich habe gesehen, dass sie sich putzen.«

Der Zwerg ging an uns vorbei und hielt an der Eingangstür des Bienenkörbchens inne. »Ich kann mich darauf verlassen. Wann immer sie sich putzen, regnet es. Und das ist schon seit achthundert Jahren so.«

»Seit achthundert Jahren?«, wiederholte ich ungläubig.

»Wollen Sie damit sagen, dass Sie schon so alt sind?«, kombinierte Leona taktlos. Josch kratzte sich den Hinterkopf. »Lass mich nachdenken, Kindchen. Ich glaube, so in etwa achthundert Jahre, aber genau weiß ich das nicht mehr. Schließlich darf man in meinem Alter schon mal vergesslich sein.« Er sah erneut in den Himmel. »Was ist, wollt ihr nun mit hinein oder lieber nass werden?«

Wir sahen uns unentschlossen an. »Was ist mit Levinor und meiner Schwester? Sie werden uns suchen«, gab ich zu bedenken.

»Gibt es etwa noch mehr von euch?«, fragte Josch überrascht. Ich nickte eilig. »Ihren Cousin Prinz Levinor und meine Schwester Dawn.«

Bei der Erwähnung des Namens ‚Dawn‘ hellte sich Joschs Gesicht auf. »Du bist Dawns Bruder?«, fragte er erfreut.

»Ja. Sie kennen sie?«

»Aber ja! Los, lauf schnell zu den beiden und bring sie zu mir.«

Ohne ein weiteres Wort überließ ich Leona seiner Obhut und rannte zurück zu unserem Rastplatz.

Als ich mit den anderen zurückkehrte, hatten es sich die beiden bereits in dem Bienenhäuschen gemütlich gemacht. Josch goss gerade eine bunt schimmernde Flüssigkeit in fünf Becher. Als er Dawn sah, umarmte er sie herzlich. Die beiden tauschten gerade die üblichen Höflichkeiten aus, als ohne jede Vorwarnung ein starkes Gewitter über uns hereinbrach. Blitze zuckten fauchend vom Himmel, der Donner grollte wütend über die kleine Hütte hinweg. »Na, habe ich es euch nicht gesagt«, grinste der Zwerg. Verwundert über die Treffsicherheit seiner Aussage blieb ich stumm.

Josch war auf so viel Besuch nicht eingerichtet, also überließen wir unserem Gastgeber seinen gemütlichen Sessel und setzten uns auf den Fußboden. Er reichte jedem von uns einen Becher. Der Inhalt duftete angenehm nach Kräutern und Orangen. Vorsichtig wagte ich einen ersten Schluck. Überrascht stellte ich fest, dass der Saft gleichzeitig süß und sauer schmeckte. Er prickelte erfrischend kühl auf der Zunge und brannte beim Schlucken warm in der Kehle. Auch die anderen waren durch die ungewöhnlichen Gegensätze zurückhaltend, immer wieder nippten sie prüfend.

»Was ist das?«, hörte ich Levinors Bariton. Der Zwerg lachte. »Das ist der Saft der Regenbogenraupen.«

Aus dem Augenwinkel sah ich, wie Leona angeekelt den Mund verzog und den Becher schnell beiseite stellte. »Saft von Raupen? Ich wusste gar nicht, dass es so etwas gibt – igitt!« Sie schüttelte sich.

Der Zwerg sah verwundert in die Runde. Auch ich hatte meinen Becher abgesetzt und starrte in die Flüssigkeit, nur Dawn nahm ungerührt einen weiteren Schluck. Als Josch begriff, was in unseren Köpfen vorging, lachte er schallend. »Die Raupen stellen den Nektar nur her. Er besteht aus Pflanzensaft, Honig und Früchten, die sie sammeln, nicht aus der Raupe selbst«, gluckste er amüsiert. Verlegen stimmten wir in sein Lachen ein und plauderten dann vergnügt weiter.

Nach einer Weile hatte sich das Unwetter gelegt. Der Zwerg erhob sich. »Dawn, hast du etwas dagegen, wenn ich deinen Freunden die Raupen zeige?« Als Dawn unsere irritierten Gesichter bemerkte, schmunzelte sie. »Geht nur, es wird euch gefallen«, versprach sie uns. »Na dann kommt, bevor das Beste vorbei ist«, forderte uns Josch auf. »Ihr müsst mir aber versprechen, wenn ich es euch sage, ganz leise zu sein, damit ihr die Raupen nicht stört.«

Neugierig folgten wir dem Zwerg über die noch feuchte Wiese und gelangten nach kurzer Zeit an eine Treppe, die hinab ins Erdreich führte. Umständlich zerrte Josch einen dicken Schlüsselbund aus seiner moosgrünen Hose und betrachtete jeden Schlüssel aufmerksam. Einen nach dem anderen drehte er zwischen seinen kurzen Fingern. Erst als er sich den richtigen herausgesucht hatte, stieg er die großen Stufen hinunter. Wir zählten vierzig davon, bis wir vor einer großen, braunen Holztür standen. Leise schob er den größten Schlüssel in die Öffnung. Knarrend schwang die schwere Tür zur Seite. Josch wandte sich zu uns um. »Ab hier müssen wir ganz leise sein.«

Uns erwartete die geheimnisvolle Öffnung eines unterirdischen Tunnels. Aufmerksam schlichen wir einen kühlen Gang entlang. Ich nahm einen schwachen Honigduft wahr. Der Zwerg führte uns bis an den Eingang zu einer großen, runden Halle. Abrupt blieb er stehen und sah sich um. Da wir nicht darauf vorbereitet waren, rempelten wir leicht aneinander, was Leona ein leises Kichern entlockte.

Behutsam stellten wir uns nebeneinander auf, sodass jeder einen guten Blick in den Innenraum hatte. Neugierig spähte ich hinein und bekam große Augen. Auch Levinor und Leona staunten bei dem ungewöhnlichen Anblick, der sich uns bot. Nirgends war eine Lichtquelle zu entdecken und doch leuchtete der Raum, als käme eine eigene Helligkeit direkt aus dem Mauerwerk. Die Wände funkelten, als bestünden sie aus dunklem Edelstein. Überall standen Spiegel von einem Meter Größe.

»Bleibt hier stehen«, raunte Josch.

»Wer mag so klein und eitel sein?«, ging es mir durch den Kopf. Ich suchte nach weiteren ungewöhnlichen Dingen und entdeckte viele große und kleine Löcher, die sich in der Decke über den Spiegeln befanden.

»Wozu ist das gut?«, flüsterte ich, doch Josch gab mir keine Antwort, er hatte nur Augen für den Raum.

»Siehst du schon was?«, drängelte Leona.

»Nein, nur Spiegel und eine löchrige Saaldecke.«

»Das sehe ich auch.«

Levinor schubste mich sacht an. »Was soll das alles?«

»Keine Ahnung.«

»Mir ist langweilig.« Leona kniff mir in den Arm. »Au! Lass das«, schnaubte ich. »Seid still!«, ermahnte uns Josch streng. Also warteten wir geduldig in dem Halbdunkel, ohne genau zu wissen, worauf.

Plötzlich nahmen wir links von uns eine gleitende Bewegung wahr. Leise knirschend schob sich das Mauerwerk auseinander und gab den Blick in einen dunklen Gang frei. Wenige Augenblicke später erhellte ein Licht, das in den schönsten Regenbogenfarben strahlte, den finsteren Durchlass. Das bunte Strahlen glitt durch den Raum, bis es weich schillernd den gesamten Saal ausleuchtete. Zu dem Farbenspiel gesellte sich ein monotones Summen, das zu immer höheren Schwingungen anschwoll. Mit klopfendem Herzen beobachtete ich den Mauerspalt.

»Jetzt kommen sie, meine lieben, kleinen Freunde«, flüsterte Josch verzückt. Rasch war der Raum von schwerem, honigsüßem Duft erfüllt, das außergewöhnliche Licht pulsierte. Und dann sah ich sie: Hunderte von Raupen, die in den schönsten Regenbogenfarben schimmerten, hielten einen majestätischen Einzug. Sie krochen zu den Spiegeln und warteten so lange, bis auch die letzte Raupe ihren Platz gefunden hatte. Im Vergleich zu den Spiegeln waren die Raupen nur halb so groß, doch die glänzenden Flächen ließen ihr Spiegelbild riesig wirken. Wie auf ein unsichtbares Kommando richteten sie sich gemeinsam auf, schauten in die Spiegel und begannen sich zu drehen, als vollführten sie einen eleganten Tanz. Zunächst hörte ich nur ein helles Klingen, kurz darauf erkannte ich eine Melodie. Ich sah, wie die Raupen ihre Münder öffneten und im Chor sangen. Die Tonfolgen hörten sich fremd in meinen Ohren an und versetzten meinen Körper in Schwingungen.

Die Raupen drehten und bewegten sich immer schneller, als folgten sie einem Ritual. Mal waren ihre Bewegungen synchron, mal absolut gegensätzlich. Während sie sich putzten, rieselte funkelnder Staub aus ihren pelzigen Haaren und erfüllte den Raum. Je eifriger sie sich säuberten, umso mehr strahlten sie. Immer wieder wandten sie sich den Spiegeln zu und betrachteten sich. Ihr buntes Licht traf auf die blanken Flächen, die es kreuz und quer durch den Raum schickten, bis es schließlich in kleinen Bündeln in die Löcher an der Decke gelangte. Der Anblick war so überwältigend, dass ich vor Begeisterung fast das Atmen vergaß. Auch Leona und Levinor folgten entrückt jeder ihrer Bewegungen. Im schönsten Moment deutete uns Josch an, dass es an der Zeit wäre, uns zurückzuziehen. Wehmütig warfen wir einen letzten Blick auf die Raupen, bevor wir umkehrten. Der zuvor dunkle Gang lag jetzt hell vor uns. Schweigend stiegen wir die Treppe hinauf. Auf der Wiese sahen wir in den Himmel. Über uns ergossen sich die prächtigsten

Regenbögen, die wir je gesehen hatten. »Das ist also das Geheimnis des Regenbogens«, schmunzelte ich. »Es ist eben nicht alles nur Physik und Chemie«, grinste Josch. Wortlos machten wir uns auf den Rückweg.

In der Hütte hatte Dawn uns ein leckeres Essen aus den Vorräten von Josch bereitet. Ich fiel ihr um den Hals. »Und du hast das hier alles schon einmal gesehen?« Sie lachte. »Ich durfte doch nicht immer in deiner Nähe sein und auf der Erde bei den Menschen kann es für jemanden wie mich sehr kalt und lieblos sein. Also habe ich beschlossen, den Großteil meiner Zeit hier in der Unten-Welt zu verbringen.«

»Dann kennst du alle ihre Geheimnisse?«

»Ich denke, die schönsten und wichtigsten sind mir bekannt.«

»Und welche sind das?«, hakte ich nach. Dawn fasste mich bei den Schultern. »Die Unten-Welt gibt dir ihre Geheimnisse preis, wenn du dafür bereit bist. Mir steht es nicht zu, den Gesetzen dieser Welt vorzugreifen. Ich verspreche dir, auch du wirst mit der Zeit alle Wunder sehen, die für dich bestimmt sind.«

Nachdenklich zog ich die Stirn kraus. »Für mich bestimmt? Sind Wunder nicht für alle gleich?«

»Einige schon. Aber da die Unten-Welt genauso verschieden ist wie ihre Bewohner und ihre Besucher, könnte ich mir vorstellen, dass sie für jeden von euch andere Wunder bereithält. Es kann ja auch sein, dass etwas, das du für ein Wunder hältst, für jemand anderen ganz normal ist.«

Enttäuscht zog ich die Mundwinkel nach unten. Natürlich leuchtete mir ihre Erklärung ein, aber ich hätte zu gerne gewusst, was es hier alles zu entdecken gab.

18

Nach dem Essen bedankten wir uns bei Josch für den schönen Nachmittag, sattelten unsere Pferde und ritten weiter. Gegen Abend erreichten wir eine bergige Region. Auf einem nahen Hügel erkannte ich schemenhaft eine Art Ausguck. »Was ist das?«, fragte ich und zeigte auf meine Entdeckung.

»Das ist der Turm des Wächters. Dieser Wächter bewacht das Tor, das zum dunklen Teil der Unten-Welt führt«, erklärte Dawn. Sie beugte sich zu mir herüber. »Warte. Wenn wir ihm näher kommen, siehst du ihn.«

Nach einer weiteren halben Stunde gelangten wir in Sichtweite. Ich betrachtete den aus grauem Stein gehauenen Koloss, der als einsames Monument steil in den Himmel ragte. Ein langes, breites Brett ragte wie ein Sprungbrett aus der Turmspitze heraus. Dawn wies auf eine Gestalt. »Da steht der Wächter.«

Mein Blick ging hinauf zum Turm und da war er, am Ende des Brettes. Vollkommen bewegungslos und unbeeindruckt von der Höhe hielt er seinen Kopf geradeaus, als starre er in die Ferne, ohne wirklich etwas wahrzunehmen. Ein dunkler Umhang flatterte um seinen Körper.

»Passt er wirklich auf? Und worauf achtet er?«

»Du kannst sicher sein, dass er aufpasst.«

»Aber warum bewegt er sich nicht? Er müsste uns doch sehen.«

»Er interessiert sich nicht für die Dinge, die auf dieser Seite geschehen. Von hier aus kann jeder unbehelligt in den dunklen Teil der Unten-Welt wechseln, nur umgekehrt ist es nicht erwünscht.«

Ich stellte mich in meinen Steigbügeln auf. Erst jetzt erkannte ich das Tor. »Wird er jemals abgelöst?«, fragte ich, denn sein Anblick stimmte mich traurig.

»Niemals, Gidion, er ist ein Wächter, er kennt nichts anderes. Er ist als Wächter geboren und er wird bis in die Unendlichkeit und darüber hinaus dort oben stehen und wachen.«

Währenddessen trugen uns unsere Pferde bis an den Fuß des Berges. Da meine Wissbegierde noch nicht befriedigt war, fragte ich weiter: »Könnte nicht jemand heimlich an einer anderen Stelle die Grenze übertreten und so das Tor meiden?«

Dawn schüttelte den Kopf. »Wenn man es versucht, verschiebt sich die Grenze bis zur Unendlichkeit.«

Ich nickte, obgleich ich mir unter dem Wort »unendlich» nichts vorstellen konnte. »Wie hält der Wächter einen unliebsamen Besucher von da oben auf?«

»Dem Wächter steht es nicht zu, jemanden aufzuhalten. Seine Aufgabe besteht ausschließlich darin, die Bewohner der guten Unten-Welt zu warnen.«

Ich wusste, ich beanspruchte Dawns Geduld, doch jede Antwort löste bei mir wieder eine Frage aus. Auch Levinor und Leona lauschten den Erklärungen meiner Schwester. »Und wie warnt er die Bewohner?«

Dawn schaute nach oben. »Leider kannst du es von hier aus nicht sehen, aber er trägt ein großes Horn bei sich. Sollte jemand durch das Tor treten, von dem er glaubt, dass er gefährlich ist, bläst er hinein. Dieses Signal, so hat man mir gesagt, soll überall in der Unten-Welt zu hören sein.«

»Und was geschieht, nachdem es die Bewohner vernommen haben?«

Meine Schwester zuckte mit den Schultern. »Ich weiß es nicht, ich habe so etwas noch nicht erlebt. Vielleicht verstecken sich die Bewohner. Auf jeden Fall scheint die Abschreckung durch seine Person zu funktionieren, sonst hätten wir das Signal schon längst gehört.«

»Woher weißt du so viel über das alles hier?«

Dawn lachte über das ganze Gesicht. »Ich lebe bereits fast ein Jahr hier, schon vergessen? Und habe genauso viel gefragt wie du.« Sie zwinkerte mir zu und ich verstand, dass ich ihre Nerven für den Moment genug strapaziert hatte.

»Haaalt!«, rief in diesem Moment Levinor und gab meiner Schwester einen Wink.

»Wir sollten hier ganz in der Nähe die Nacht verbringen. Ich denke, es ist zu gefährlich, die Grenze am Abend zu passieren.«

Ihr Vorschlag wurde von allen mit Begeisterung aufgenommen. Sie setzte sich an die Spitze der Gruppe und nach der nächsten Biegung stoppten wir die Pferde. »Hier können wir bleiben.«

Ich sah eine Wiese, die von Rosenbüschen umgeben war. Der Wohlgeruch ihres schweren Duftes lag in der Luft. Langsam glitten wir aus den Sätteln und versorgten als Erstes unsere Pferde. Als ich mich gerade daran machte, einen Schlafplatz in der Nähe eines Busches zu bereiten, schrie Leona plötzlich auf. »Gidion! Gidion, komm schnell!«

Hastig rannte ich zu ihr. »Was ist los?«

Doch statt mir zu antworten, kicherte sie albern und zeigte auf einen Rosenbusch. Ich starrte konzentriert auf die Blumen, doch da war nichts. Leona kicherte immer noch. »Siehst du sie nicht?«

»Wen soll ich sehen?«

Sie zeigte auf eine der großen Rosenblüten und lachte amüsiert, als wollte sie mir einen Bären aufbinden. Entrüstet wandte ich mich zum Gehen, doch sie hielt mich am Ärmel zurück und deutete ein weiteres Mal auf eine der Rosen. Also steckte ich meine Nase tief in den Kelch der Blume. Im gleichen Moment bekam ich einen heftigen Schlag auf die Nasenspitze. Erschrocken zog ich den Kopf zurück.

Leonas Lachen schallte so laut über die Wiese, dass

Dawn und Levinor auftauchten. »Warum seid ihr so laut?«, fragte meine Schwester in strengem Tonfall und auch Levinor schien über unseren kleinen Tumult ungehalten zu sein. Leona verstummte jäh und schaute betreten zu Boden. »Ich wollte doch nur, dass Gidion sie sieht.«

»Wen hätte ich deiner Meinung nach sehen sollen?«, fauchte ich sie an, noch immer beleidigt über den Nasenstüber.

»Na, die Blumengemmen!«, zischte sie störrisch in meine Richtung.

»Blumengemmen?«

Meine Schwester nahm mich bei der Hand. »Kneif die Augen zusammen, sodass du nur ganz wenig durch deine Wimpern sehen kannst, und warte einen Moment. Wenn sich deine Augen daran gewöhnt haben, wirst du sie sehen.«

Ich folgte ihren Anweisungen. Und tatsächlich, schon nach kurzer Zeit sah ich ein zartes Wesen, das kleiner als mein Daumennagel war. Es schaukelte lachend in der Blüte, als säße es auf einer Wippe. Seine bunt schillernden Flügel reflektierten wie kostbare Edelsteine das Tageslicht, sie schwangen sanft auf und ab, was vermutlich der Balance diente. Ich sah zu meiner Schwester, die mit Leona tuschelte.

»Was sind das für Wesen?«

Die beiden unterbrachen ihr Gespräch. »Gemmen sind die Beschützerinnen der Blumen und der Schönheit. Sie helfen der Natur, sich zu entfalten, und hauchen jedem Wesen, das sie umsorgen, einen besonderen Funken ein.«

Ich sah mich um. Jede Blüte besaß ihre eigene Gemme. Erleichtert, keinem Scherz aufgesessen zu sein, schmunzelte ich in mich hinein.

»Wir sollten langsam zu Bett gehen. Morgen müssen wir früh aufbrechen«, erinnerte uns Levinor. Leona gähnte ungeniert und auch ich spürte, dass sich mein Körper nach Ruhe sehnte. Wir schlenderten zurück zu unseren Lagern und kuschelten uns unter die weichen Decken. Die Nacht zog schnell ihren dunklen Mantel über die Landschaft, glitzernde Lichter tauchten am Himmel auf. Ich betrachtete sie nachdenklich. Seit ich mit Vater Mundus das Schloss von König Onuphrius betreten hatte, war mein Leben aufregend und völlig anders geworden. Ich sah und erlebte Dinge, von denen ich nie gedacht hätte, dass sie existierten, und ich war dankbar für die großen und kleinen Wunder, die mir begegneten. Doch das Beste von allem war, dass ich eine Mutter hatte, die ich eines Tages besuchen würde. Glücklich sank ich in einen schönen Traum.

19

Der Morgen begrüßte uns mit einem roten Sonnenaufgang. Trotz der Kühle ahnte man die heranziehende Hitze des nahenden Tages. Dawn versorgte uns mit dem Proviant, den uns Josch freundlicherweise mitgegeben hatte. Doch wir hatten keinen Appetit. Unsere Gedanken kreisten um die bevorstehende Aufgabe. Würden wir es schaffen, alle zusammen? Würden wir erfolgreich sein oder gab es am Ende Tränen? Dawn spürte unsere trübe Stimmung. Sie setzte sich zu mir und nahm mich fest in den Arm. »Mach dir keine Sorgen, Gidion. Ich habe dich gut ausgebildet und Leona und Levinor hatten die besten Lehrer. Wir werden die Lebensachse retten und alle zusammen nach Thalam zurückkehren, das verspreche ich dir.«

Sie öffnete den Verschluss ihrer goldenen Halskette und legte mir das feine Geschmeide in die Hand. »Diese Kette ist mir das Liebste, denn sie ist ein Geschenk unserer Mutter zu meinem zehnten Geburtstag. Nimm sie als Pfand meines Versprechens.«

Ich ließ die Kette durch meine Finger gleiten. Dawn

nahm sie auf, legte sie mir vorsichtig um den Hals und schloss den Haken.

»Ich werde sie dir zurückgeben, sobald wir wieder auf dem Schloss von König Onuphrius sind«, sagte ich feierlich, wobei ich meine Hand auf das Geschmeide legte, als müsste ich es beschützen. Dawn strich mir liebevoll durchs Haar, erhob sich wortlos und schaute zum Eintrittstor. Dann blickte sie uns der Reihe nach an.

»Meine Freunde, wenn wir jetzt die dunkle Seite der Unten-Welt betreten, wird nichts mehr so sein wie in diesem Moment. Ich bitte euch, erinnert euch stets an euren Eid. Seid mutig, vertraut auf euer gutes Herz und die innere Stimme, seid stark, haltet zusammen und setzt eure Kraft und Talente weise ein. Bewacht die Geschenke von König Onuphrius gut und benutzt sie erst dann, wenn ihr keine andere Möglichkeit seht, euch oder das Leben der anderen Avantgarde zu schützen.

Wenn wir das Tor durchschreiten, kann nichts oder alles geschehen. Also seid bitte wachsam, vertraut nur uns und denkt daran: Die Dinge sind oft anders, als sie im ersten Moment erscheinen. Prüft weise Situationen und Geschöpfe, denen ihr begegnet, das kann uns allen das Leben retten.«

Wir stellten uns im Kreis auf, fassten uns an den Händen und sprachen im Chor: »Wir versprechen, mit Mut, Herz und Verstand das Leben jedes Avantgarde zu schützen, die Angat zu besiegen und die Lebensachse zurück an ihren ursprünglichen Platz zu bringen.« Augenblicklich zitterte die Erde unter unseren Füßen. Ich blinzelte in den Himmel und sah für eine Sekunde das Gesicht und den Oberkörper einer Frau, die mit einem sonnenhellen Umhang bekleidet war. Auf ihrer Schulter saß ein roter Rabe. Ich blinzelte erneut, aber das Bild hatte sich bereits aufgelöst.

»Hirngespinste«, sagte mein Verstand und schob das Gesehene beiseite.

Nach der Erneuerung unseres Schwurs brachen wir auf und gelangten rasch an den Fuß des Tores. Im Schritttempo passierten wir die Grenze. Das Mauerwerk war reich mit Bildern von geheimnisvollen Tieren verziert. Ich erkannte das Abbild einer großen Schlange und das eines Korrs. Hoffentlich waren das nur Trugbilder. Doch mich überfiel das ungute Gefühl, dass dies in Stein gehauene Warnhinweise waren.

»Warst du schon einmal in dem dunklen Teil der Unten-Welt?«, fragte ich Dawn leise. Sie schüttelte den Kopf. »Nein, Gidion, hier kenne ich mich genauso wenig aus wie ihr.«

Mit gespannter Erwartung sah ich mich um. Doch zu meiner Überraschung war es hinter der Grenze nicht anders als davor. Die Umgebung duftete auch hier frisch und blumig. Eine große Wiese lag friedlich vor uns in der Sonne. Links von uns befand sich ein Wald, rechts türmte sich ein Berg auf, der aussah wie ein schlafender Drache. Ich schaute zur Vorsicht zweimal hin, aber es war tatsächlich ein Berg und nicht etwa ein Monster.

Wir ritten in zwei Gruppen, Leona und ich bildeten die Nachhut. Nach einer Weile wandte sich Levinor zu uns um. »Wir haben immer noch keinen Hinweis, wie wir nach Sinistrien gelangen und wo wir die Burg von meinem Cousin Jechube finden. Was haltet ihr davon, wenn wir durch den Wald reiten und versuchen, ein ruhiges Plätzchen ausfindig zu machen, an dem wir erst einmal Stellung beziehen?«

»Von dort aus könnten wir abwechselnd das Umland auskundschaften«, schlug Dawn vor. Leona und ich waren mit allem einverstanden, sofern es uns nicht in Schwierigkeiten brachte. Wir lenkten unsere Pferde zum Wald. Wachsam hielten wir ein Auge auf unsere Umgebung, aber alles blieb ruhig. Schließlich erreichten wir eine Weggabelung. Levinor wählte den schmaleren Pfad, der zu einer kleinen Lichtung führte. Da uns der Platz geeignet erschien, stoppten wir unsere Pferde, die sofort ihre Mäuler in das saftige Gras tauchten. Ihre Gelassenheit machte uns sicher, den richtigen Ort gewählt zu haben. Da unser Wasservorrat zur Neige ging, waren wir gezwungen, eine Quelle oder einen Bach zu suchen, um unsere Feldflaschen zu füllen. Doch so sehr wir uns umsahen, es gab nichts, was uns einen Hinweis auf Wasser gab.

»Wir errichten ein Lager und später werde ich mit Leona nach Wasser suchen«, ordnete Levinor an. Der leichte Wind trug den nussigen Duft des Waldes zu uns herüber. Kein Laut drang an unsere Ohren. Mit einem Mal wurde die Stille durch ein dünnes Stimmchen unterbrochen: »Seid mir … gegrüßt … edle Kämpfer … der Avantgarde.«

Verwundert schauten wir uns um. »Siehst du jemanden?«, wisperte Leona. Ich schüttelte verneinend den Kopf.

»Hier … hier unten … gleich … vor euch … der Baumstumpf.«

Wir schauten nach unten und sahen einen morschen Stamm. Misstrauisch traten wir näher an das alte Holz. Sollte es hier sprechende Bäume geben?

»Hallo … ihr müsst euch … tiefer bücken«, keuchte die Stimme. Wir gingen in die Hocke und dann sahen wir sie. Eine pelzige grüne Raupe sah uns freundlich aus großen Augen an. Meine Schwester ergriff das Wort. »Hallo, ich bin Dawn«, begrüßte sie den Pelzwurm. Der Kleine richtete sich auf und vollführte auf dem Hinterteil stehend eine kleine Verbeugung. »Ich bin … Eugen.«

Ich überlegte, ob von diesem Winzling eine Gefahr ausgehen könnte, aber er wirkte so nett und war so klein, dass sein Anblick jedes Unbehagen aus meiner Magengegend vertrieb.

»Sag, Eugen, woher weißt du, dass wir die Avantgarde sind?«, fragte Levinor interessiert und ließ sich in einer bequemen Position vor dem Baumstumpf nieder. Der Kleine schaute von einem zum anderen und klimperte mit einem Auge, was wohl so etwas wie ein Zwinkern sein sollte. »Wer solltet … ihr … sonst sein? Niemand … traut sich … freiwillig … an diesen …

Ort, es sei … denn, er hat sich … verlaufen oder … er ist … von böser … Natur. Da ihr … nicht wie … Verirrte auf … mich wirkt … und ich … in den letzten … Tagen schon … genug bösen … Besuch … hatte, … könnt ihr … nur die … Guten sein. Abgesehen davon … steht im Ersten Buch … Thalams, dass ihr … zu viert kommen werdet, … um die … Lebensachse … zurückzubringen.« Eugen hechelte vor Anstrengung. Dawn, Leona und ich setzten uns neben Levinor ins Gras.

»Wer war denn hier?«, fragte der Prinz. Wir spitzten die Ohren. Jeder von uns hoffte auf einen brauchbaren Hinweis. Eugen grinste in die Runde und legte seine kleine Raupenstirn in Falten. »Ja, … da war … zuerst Melchior … ein undankbarer … und ungeduldiger … Wichtel … und dann … kamen Jechube und … die Schlangenfrau …. Dieser … Jechube hat … mich scheußlich … behandelt.«

»Weißt du, wo sie jetzt sind?«, hakte Levinor nach. Eugen schüttelte den Kopf. »Der Wichtel … ist genau … wie die anderen … zum Bach … gelaufen.« Er hielt inne, um zu überlegen. »Was aus ihm … geworden ist … weiß ich … nicht, aber … die Schlange und … Jechube … müssten noch … hier irgendwo … sein, allerdings … dürften sie vom Weg … abgekommen sein, … und das ist … in diesem Teil der Unten-Welt … gefährlich.«

Er benutzte seine Fühler als Wegweiser, was mir ein leises Lachen entlockte. Es sah zu komisch aus, wie der kleine Wurm mit seinen langen Fühlern hantierte, als seien sie Arme.

»Wenn ihr Glück … habt, wurden sie … von jemandem … gefressen, ansonsten … kann ich euch … kaum etwas … berichten. Als Raupe … kommt man … nicht viel herum. Alle Wege … sind mühsam … und aus verständlichen … Gründen sehr, sehr … weit.« Er deutete mit seinen Fühlern auf seine kurzen Beine.

»Was ist denn daran gefährlich, wenn man vom Weg abkommt?«, wollte Dawn wissen, damit wir nicht das Opfer unserer Ahnungslosigkeit wurden.

Der Pelzwurm erklärte uns, dass dieser Teil der Umgebung zum Wald der Verwirrung gehörte und über dem riesigen Areal, das er nicht näher beschreiben konnte, ein Zauber lag. Dieser Zauber war daran schuld, dass Reisende sich verirrten, sobald sie vom Weg abwichen.

»Kannst du mir sagen, wie wir zum Bach kommen?«, fragte Levinor.

Eugen legte die Fühler übereinander. »Lass mal … überlegen … Ich denke, …wenn ihr dort hinten … rechts geht … und immer … dem Pfad … folgt, … bis ihr zu … der dicken Eiche … kommt … und dort nach links … geht, … findet ihr … einen kleinen Bach.« Wieder schwenkte er wild seine Fühler.

»Lebst du gerne hier auf deinem Baumstumpf?«, wechselte Dawn das Thema. »Na ja … ich weiß nicht, … ich kenne ja … kein anderes … Zuhause.«

»Wie würde es dir gefallen, uns zu begleiten?«, fragte sie unumwunden. Eugen verzog das Gesicht, als hätte sie ihm einen fauligen Apfel angeboten. »Ich … ich weiß nicht … Hier kenne ich … mich aus … und ihr seid … im Gegensatz zu mir … in Gefahr.«

»Überleg es dir, Eugen. Sollte unser Weg wieder bei dir vorbeiführen, werde ich dir noch einmal anbieten, mit uns zu kommen«, bot ihm Dawn an. Eugen nickte. »Ja … das ist eine … gute Idee, solltet … ihr heil und … gesund zurückkehren, ist … das Angebot durchaus … verlockend.«

»Du kleiner Feigling«, mischte sich Leona in das Gespräch. Eugen schaute ihr direkt in die Augen. »Wenn du von … meiner Statur … wärest, würdest … du dir auch … überlegen, ob du dich … in Gefahr … begibst«, brummte er beleidigt.

Wir saßen noch einige Zeit bei der Raupe. Sie erzählte uns von den Schlafpilzen, die nah am Bach standen, und deren Gesang nur auf uns wirkte, aber den Pferden nichts anhaben konnte. Eugen klärte uns über den Waldgeist William auf und gab uns eine Warnung mit auf den Weg. »Versucht nicht, … von dieser … Lichtung aus … zu der Höhle … der Schlangenfrau zu … gelangen, es ist … ein Trugbild. Ihr … lauft unendlich lange … Zeit, doch kommt … ihr nie … an der … Höhle an.«

Wir bedankten uns für seine Hilfe und zogen uns zur Beratung zurück. Levinor überzeugte uns, dass es sinnvoll war, weiterzuziehen. Vielleicht hatten wir das Pech und würden direkt auf Jechube und seine Begleitung treffen, aber es bestand auch die Möglichkeit, dass wir vor ihrer Rückkehr nach Sinistrien auf die Burg des Angat-Führers gelangten. Außerdem war es denkbar, dass sich Jechube samt seiner Begleitung vom Weg hatte ablenken lassen. Das konnte uns einen Vorsprung schenken.

Durch Eugen gewarnt, suchten wir in unseren Taschen nach etwas, das wir uns in die Ohren stecken konnten, um uns vor dem Gesang der Schlafpilze zu schützen. Dawn fand einige Baumwollrosen und einen kleinen Schwamm. Jeder von uns steckte sich zuerst ein Kügelchen der weißen Flocken in die Ohren, dann schoben wir zur Sicherheit noch ein Stück Schwamm nach. Die Tatsache, einen unserer wichtigsten Sinne bewusst auszuschalten, beunruhigte mich und ich nahm mir vor, häufiger und genauer meine Umgebung zu beobachten.

Da auch der süße Duft der Pilze unsere Sinne betören konnte, klebten wir unsere Nasen vorsorglich mit der großen Frucht eines Feldahornbaums zu. Leona, die sich nicht beherrschen konnte, lachte los. Auch mir entlockte unser Erscheinungsbild ein belustigtes Kichern. Es sah aber auch zu witzig aus, wie wir so dastanden mit den hellbraunen Schwammstücken in den Ohren und den langen grünen Nasenhörnchen, die steil in die Luft ragten wie die Hörner eines Nashorns. Vorsichtig schwangen wir uns auf die Rücken unserer Pferde und schrien Eugen zum Abschied einen überlauten Gruß zu, der das Resultat unserer verstopften Gehörgänge war. Vermutlich entgleisten dem Kleinen von dem Lärm die Gesichtszüge.

Nach kurzem Ritt erreichten wir den Bach. Während unsere Pferde das kühle Wasser genossen, füllten wir unsere Feldflaschen, bis sie überliefen. Wir verstauten sie sorgsam in den Satteltaschen, danach sahen wir uns suchend um. Leona fuchtelte mit den Armen und schrie mich an. Taubheit hat auch Vorteile, grinste ich in mich hinein, blickte aber in die von ihr gezeigte Richtung. Ich schubste Dawn und Levinor an, um sie ebenfalls auf das Pilzfeld aufmerksam zu machen, das Leona entdeckt hatte. Langsam schlichen wir näher. Die braunen Pilze verzogen ihre winzigen Münder, es sah aus, als würden sie singen. Dabei plusterten sie ihre winzigen Pausbacken auf, klimperten mit den Augen und schaukelten im Rhythmus zu einer für uns unhörbaren Melodie. Natürlich reizte es mich genauso wie die anderen, ihre Stimmen zu hören, aber die Aussicht auf einen unendlichen Schlaf hielt uns ab, es zu versuchen.

»Jeder, der … den Gesang … der Pilze hört, kann sich ihrer … Süße nicht … entziehen und … schläft auf ewig«, hallte die Warnung Eugens in mir nach.

Wir sahen uns um in der Hoffnung, Jechube oder die Schlangenfrau zu entdecken, doch es war nichts von ihnen zu sehen. Levinor gab uns ein Zeichen, worauf wir den Rückzug antraten. In sicherer Entfernung befreiten wir unsere Ohren und Nasen. »Ich hätte sie zu gerne singen gehört«, nörgelte Leona.

Wir ritten weiter nach Norden und hofften, jemanden zu treffen, der uns sagen konnte, wo Jechube sich aufhielt und wie wir am schnellsten zu seiner Burg gelangten. Bis zum Abend begegnete uns niemand und wir beschlossen, nah an einem Berg unter einer alten Blutbuche unser Lager aufzuschlagen. Dawn kramte nach etwas Essbarem, aber unsere Vorräte waren aufgebraucht. Entschuldigend zuckte sie mit den Schultern. »Es tut mir leid, wir haben keinen Proviant mehr.«

Levinor, dessen Magen genauso laut knurrte wie der meine, schaute sich um. Sein Blick fiel auf einen Baum etwas weiter entfernt, an dem verlockend rote Früchte schimmerten. »Ich glaube, da hinten steht ein Apfelbaum. Ich gehe schnell hinüber und sehe, ob ich ein paar von den Früchten für uns pflücken kann. Ihr bewegt euch nicht von der Stelle, bis ich wieder zurück bin«, ordnete er an.

»Wir sollten uns nicht trennen!«, mahnte Dawn.

»Hier ist es doch friedlich.« Leona dachte nur an die Äpfel. Levinor prüfte mit wachem Blick die Lichtung. »Du hast recht. Auch wenn es noch so ruhig aussieht, sollten wir zu zweit gehen.«

»Ich komme mit«, bot ich dem Prinzen an, doch er schüttelte energisch den Kopf. »Es ist besser, wenn wir gemischte Paare bilden. Wer kommt mit mir?« Leona tat so, als sei sie schrecklich müde und hätte seine Frage überhört. »Ich gehe mit dir«, meldete sich Dawn.

»Pass gut auf unseren Wildfang auf«, flüsterte sie mir im Vorbeigehen zu. Ich nickte und blickte den beiden nach, wie sie über die Wiese gingen. Im selben Moment bereute ich, dass wir uns getrennt hatten.

Kaum waren die beiden außer Hörweite, begann die Erde zu zittern. »Was ist das?«, fragte Leona erschreckt. Sie sprang von ihrem Lager auf, doch ich zog sie zu mir in die Hocke. »Scht, sei still. Was es auch immer ist, es soll uns auf keinen Fall sehen, bevor wir wissen, um was oder wen es sich handelt.«

Aufmerksam beobachteten wir unsere Umgebung. Im rötlichen Schein der Abendsonne überquerte ein Wesen in großen Sprüngen die Lichtung. Instinktiv legten wir uns flach auf den Bauch und machten uns so klein wie möglich, um nicht entdeckt zu werden.

»Das ist kein Tier«, flüsterte Leona. Das Wesen verlangsamte sein Tempo und hob den Kopf, als hätte es die zuvor aufgenommene Witterung verloren.

»Was sucht es?«

»Uns.«

Wir drückten uns noch tiefer ins hohe Gras. Als ob es unsere Bewegung wahrgenommen hätte, machte die Gestalt einige Schritte auf uns zu. Große Muskelberge rollten unter braungrauer Haut und ließen eine unbändige Kraft erahnen. Vereinzelte Fellfetzen hingen an seinen Armen und Beinen. »Das muss ein Baumgeist sein«, schoss es mir durch den Kopf. Vater Mundus hatte sie in seinen Geschichten erwähnt und diese bis zu zwei Meter große, hässliche Gestalt mit Hörnern, die wie dicke Äste aussahen, kam seiner Beschreibung recht nah. Schon näherten sich zwei weitere. Ihr Aussehen war ähnlich beängstigend.

»Sie jagen im Rudel«, raunte Leona angespannt. Leise

deutete ich ihr, dass wir uns kampfbereit machen müssten. Vorsichtig zogen wir unsere Schwerter, doch wir konnten das metallische Gleitgeräusch nicht verhindern. Unsere Gegner hoben sofort lauschend die Köpfe. Der Größte von ihnen deutete mit einer kleinen Kopfbewegung zu uns hinüber.

Wie auf Kommando sprangen Leona und ich auf die Füße. Sofort stürmten die drei auf uns zu. Die Erde vibrierte heftig unter den schweren Tritten ihrer Hufe. Kurz vor uns blieben sie stehen. Sie stanken entsetzlich und Leona verzog angewidert das Gesicht. Der Kleinste von ihnen griff nach meinem Hemd. »Du bist tot«, drohte er mit meckernder Stimme. Die anderen lachten.

»Das werden wir ja sehen«, entgegnete ich ihm fest.

»Wir haben euch zum Fressen gern«, krächzte der mittlere Baumgeist und leckte sich provokativ die Lippen.

Die Sonne war hinter dem Berg verschwunden und hatte hellem Mondlicht Platz gemacht. Funkelnd spiegelte es sich in den Augen unserer Angreifer. Wo blieben nur Dawn und Levinor?

»Macht, dass ihr wegkommt«, zischte ich böse und zerteilte mit meinem Schwert die Luft. Doch das schien unsere Häscher nicht zu beeindrucken. Langsam kamen sie näher. Schulter an Schulter wagten Leona und ich einige Schritte rückwärts. Die Baumgeister rückten sofort nach. Ich riskierte einen Blick nach hinten, aber weder von Dawn noch von Levinor war etwas zu sehen. Ich fluchte, doch es half nichts. Wir würden den Kampf allein bestreiten müssen.

Ehe ich begriff, was vor sich ging, packte der kleinste, gerade ein Meter große Baumgeist blitzschnell Leonas Arm und riss sie mit einem heftigen Ruck vorwärts. Sie schrie überrascht auf, holte mit dem Schwert aus und drosch hart auf den Angreifer ein. Ich hieb ihm meine Klinge mit aller Kraft auf den Arm. »Lass sie sofort los!«, brüllte ich das Baumwesen an. Krachend prallte mein Schwert von seiner Rindenhaut ab.

»Das nutzt dir gar nichts«, zischte er mit gehässigem Grinsen, die anderen johlten begeistert. Leona versuchte sich loszureißen, aber der Griff ihres Gegners war fest wie ein Schraubstock.

»Schlag ihr doch einfach den Arm ab«, riet mir der Große, der den Zorn in meinen Augen genoss. »Dann hätte jeder, was er will, wir etwas zu beißen und du die Frau.«

»Das könnte dir so passen«, schleuderte ich ihm meine Erwiderung entgegen, holte erneut aus und schlug zu. Mein Schwert blieb donnernd in einer Ecke seines Schädels stecken. Mit Wucht wurde unser Angreifer von den Füßen gerissen und zog Leona mit sich. Geistesgegenwärtig hämmerte sie ihm den Griff ihres Schwertes auf die Finger, die sich daraufhin öffneten. Leona warf sich flach auf den Boden und robbte aus der direkten Gefahrenzone. Da mein Schwert immer noch in seinem Schädel steckte und ich merkte, dass der Baumgeist das Gewicht eines hohlen Holzstücks besaß, drehte ich mich, so schnell ich konnte, um die eigene Achse. Der Kleine stieß schauerliche Laute aus, als er durch die Luft wirbelte, doch ich zeigte kein Erbarmen. Ab und an senkte ich das Schwert, sodass er krachend auf den Boden knallte. Seine Kameraden schrien, wagten aber keinen Vorstoß, solange ich den Kleinen traktierte. Schließlich löste sich meine Klinge aus der Klemme und mein Gegner flog weit über die Lichtung. Sofort griffen die beiden anderen an. Leona sprang auf die Beine und schlug einem von ihnen das Schwert in den Rücken. Er quittierte ihren Angriff mit einem bösen Brummen.

»Na komm, du ekliges Biest!«, provozierte sie ihn. Wir droschen wie verrückt auf die Kreaturen ein. Noch bevor wir Atem holten konnten, tauchten weitere Baumgeister auf. Ich zählte mindestens elf.

»Der Kleine hat Hilfe geholt!«, schrie ich, während ich dem, der mir am nächsten stand, donnernd das Schwert auf den Arm schlug. Sie umzingelten uns. Mir wurde schlagartig klar, dass wir dieser Übermacht nicht lange standhalten konnten. Wir brauchten ein Wunder.

Unterdessen nutzte ein zweiter Baumgeist die Gelegenheit und packte sich eins meiner Beine, sein Kumpan hängte sich an meinen Schlagarm. Ich war kampfunfähig. Schon sprang mir ein weiterer Baumgeist hart in den Rücken und riss mich zu Boden.

»Leeeeoooo!«, brüllte ich aus voller Kehle.

»Giiidiiiooon!«, schrie sie zurück, doch auch sie konnte mir nicht helfen. »Es sind zu viele!«

Einer der größeren Baumgeister hockte sich auf meine

Brust. »Du wirst mir schmecken«, säuselte er. In seinen Augen glitzerte Mordlust.

»Nichts werde ich!«, keuchte ich unter seinem Gewicht. Der Baumgeist verzog seinen Mund zu einem hässlichen Grinsen. Lange Speichelfäden tropften auf mein Gesicht. Ich drehte den Kopf zur Seite. Leonas Schrei war verstummt und ich schickte ein stilles Stoßgebet in den Himmel. Was war, wenn die anderen sie schon verschleppt hatten?

Doch was war das? Ich glaubte, das Geräusch heranga-loppierender Pferde zu hören. Ich drehte den Kopf in die andere Richtung und erkannte vier Reiter auf kräftigen Pferden, die lodernde Pechfackeln schwangen. Eine kräftige Männerstimme befahl laut: »Lasst sie sofort los, ihr nichtsnutzigen Gesellen!«

Mir fiel ein Stein vom Herzen. Die Reiter drosselten ihr Tempo und stoppten die Pferde. Als der Fackelschein die hungrigen Baumgeister flackernd umhüllte, hielten sie inne. »Bewegt euch!«, herrschte einer der Reiter sie an und stieß mit dem Feuer in ihre Richtung. Die anderen Reiter taten es ihm nach. Heiß züngelten die Flammen nach dem Horngeäst. Die Baumgeister versuchten auszuweichen, und schlugen mit ihren Holzfingern nach den Reitern. Aber diese kannten keine Gnade. Immer näher stießen sie ihre lodernden Fackeln an das trockene Geäst der Kreaturen.

»Runter, sofort, sonst mach ich ein Lagerfeuer aus eurem morschen Holz!«, rief der Kräftigste von ihnen und trieb sein Pferd ganz nah an einen der Baumgeister heran.

Ich suchte hektisch nach Leona und war erleichtert, als ich sah, dass sie hinter mir im Gras lag. Auch auf ihr hockte einer der schmutzigen Jäger. Nach endlosen Minuten überlegten es sich unsere Jäger endlich anders. Widerwillig ließen sie von Leona und mir ab. Der Große, der auf mir saß, raunte: »Dieses Mal hast du Glück gehabt. Aber ich verspreche dir, beim nächsten Mal bin ich schneller.«

Der Wortführer der Reiter ließ einen schrillen Pfiff ertönen. Sofort sprang sein Pferd mit einem mächtigen Satz direkt in die Meute der abwartenden Baumgeister. Die anderen Reiter setzten ihm nach und trieben die Horde auseinander. Wie eine versprengte Rinderherde rannten sie über die Lichtung bis weit in den dunklen Wald. Erschöpft kroch ich auf allen Vieren zu Leona, die regungslos dalag.

»Leona! Geht es dir gut?« Mir fuhr eine nie gekannte Angst in die Glieder. Sie würde doch nicht … In meinem Kopf explodierten die schlimmsten Vorstellungen. Vorsichtig hob ich ihren Oberkörper an. »Leo«, flüsterte ich und strich ihr zart über ihr ebenmäßiges Gesicht. Mit flatternden Lidern schlug sie die Augen auf.

»Gidion?«, fragte sie leise.

»Ja, ich bin's, ich hatte solche Angst, dass …«

Sie grinste schwach und legte mir ihre weiche Hand auf die Wange. »Ist schon gut, Gidion, alles ist gut.«

In diesem Augenblick hörten wir die Stimmen von Dawn und Levinor.

»Was ist geschehen?«

»Ist jemand verletzt?«

»Wir sind okay, glaube ich«, antwortete ich und wischte mir Grasreste und Erdkrümel aus meinem verschwitzten Gesicht. Leona sah wesentlich lädierter aus, ihr Hemd war eingerissen und auf ihrer Stirn prangte ein blutiger Kratzer.

Im gleichen Moment kamen die Reiter in hohem Tempo zurück. Als sie Levinor erblickten, der mittlerweile mit Dawn die Lichtung erreicht hatte, sprangen sie eilig aus den Sätteln, beugten die Knie und senkten untertänig die Köpfe. »Mein Prinz!«, erwiesen sie dem überrascht dreinblickenden Levinor die Ehre.

»Erhebt euch, edle Ritter, und sagt mir, wer ihr seid.«

»Wir sind die Ritter der Tenebrae, ausgesandt, euch zu schützen und zu dienen«, erklärte ihr Wortführer.

»Sagt mir euren Namen.«

»Man nennt mich Heron, mein Prinz.«

Erst jetzt bemerkte ich, dass die Reiter Kettenhemden trugen. Ein weißer Überwurf hing von ihren Schultern bis über die Hüfte, während quer über ihrer Brust in tiefem Rot die Abbildung einer großen Eule leuchtete.

»Das ist das Zeichen der Tenebrae«, flüsterte Dawn ehrfürchtig, die sich neben mich gestellt hatte. Ich wusste, dass Tenebrae die gerechte Herrscherin über Gut und Böse war. In der Schule hatten wir gelernt, dass sie sich nie auf eine Seite stellte, sondern mit geschickter Hand die Schicksale der Thalamer ebenso wie die der Sinister lenkte.

Die Ritter begannen, Holz zu sammeln, und entfachten ein großes Lagerfeuer. »Das wird die Baumgeister abhalten«, erklärte Heron. Jetzt begriff auch ich, wie wir die Angreifer hätten besiegen können. Dawn machte sich daran, Leonas Stirn zu verarzten. Es stellte sich heraus, dass der Kratzer nur oberflächlich war. Während die Frauen etwas abseits miteinander redeten, teilten die Ritter ihre Speisen mit Levinor und mir. Ich hatte keinen rechten Hunger. Heron selbst griff sich zwei große Hühnerkeulen und nahm genüsslich kauend neben mir Platz.

»Junge, du musst gut essen. Wir haben noch einen langen Weg vor uns und ich kann mir nicht leisten, dass du vom Fleisch fällst und mir dann zur Last wirst.« Er drückte mir eine der Keulen in die Hand. »Wenn du es lieber magst, können wir sie im Feuer wärmen.« Aufmunternd schlug er mir auf die Schulter. Schnell schüttelte ich den Kopf. »Danke, ist nicht nötig.« Ich nahm das gut gewürzte Fleisch zwischen die Zähne, mein Magen knurrte fordernd. »Na siehst du, Junge, ich wusste doch, dass du Hunger hast.«

Wohlwollend zwinkerte mir der stattliche Ritter mit seinen gütigen Augen zu. Das Feuer wärmte unsere Körper, sein beruhigendes Knistern machte mich schläfrig. Auch die anderen streckten sich gähnend auf ihren Lagern aus, die Herons Männer für alle gebaut hatten. Heron stellte zur Sicherheit einen Wachposten auf und wies seine Ritter an, sich abwechselnd etwas Schlaf zu gönnen. Mein letzter Gedanke galt Vater Mundus. »Es geht mir gut«, schickte ich den Gedanken auf die Reise.

20

Ich wurde durch das Klappern von Blechgeschirr geweckt. Meine Gliedmaßen fühlten sich steif und klamm an, ebenso wie die Decke, die ich mir über die Schultern gezogen hatte. Herons Männer fachten das Feuer an, indem sie in der Asche nach Glut stocherten. Als sich das Feuer knisternd meldete, legten sie so lange trockene Zweige nach, bis die Flamme wieder hell loderte. Heron holte aus einer seiner Satteltaschen einen Beutel hervor und bereitete ein deftiges Frühstück aus Eiern und Speck. Lockend zog der Duft in meine Nase. Ich sah zu Leona, die ebenfalls den angenehmen Geruch bemerkt hatte. Schnuppernd streckte sie ihre Stupsnase unter der Decke hervor. »Hm, Speck«, murmelte sie im Halbschlaf. Dawn und Levinor standen auf und setzten sich ans Feuer, wo sie sich schlotternd die Glieder warm rieben.

Als Heron die Portionen austeilte, waren wir hungrig wie eine Meute Wölfe. Eilig setzten wir uns zu den Rittern. »Nachher schicke ich zwei meiner Männer auf die Jagd. Es müsste schon mit dem Teufel zugehen, wenn wir nicht zum Mittagessen einen fetten Braten auf dem Feuer haben«, erklärte Heron und weckte damit unsere Vorfreude auf den Schmaus. »Woher kannst du so gut kochen?«, fragte ich mit vollem Mund. Ein Lachen ging über sein rundes, rotbärtiges Gesicht.

»Das lernt man hier draußen sehr schnell, wenn man gut essen will.«

Satt und erholt von dem gestrigen Kampf sattelten wir unsere Pferde. Heron übernahm unsere Führung und preschte in scharfem Tempo über die Lichtung bis zu einem schlammigen Weg. »Ab hier müssen wir leise und vorsichtig sein.« Er zeigte mit einer ausladenden Handbewegung nach links.

»Wir müssen an dem Feld der verlorenen Seelen vorbei. Es ist gefährlich, daher rate ich euch, eure Pferde an der Seite der Feldbegrenzung gehen zu lassen. Haltet sie gut fest, denn wenn die verlorenen Seelen sie bemerken, werden sie versuchen, nach ihren Fesseln zu greifen. Sollte eines der Pferde durchgehen, lasst es laufen. Entweder wir fangen es am anderen Ende wieder ein oder es stürzt in das Feld. Dann ist es besser, wenn es das allein tut. Wer einmal darin gefangen ist, kommt nicht wieder heraus.« Er kratzte sich den Bart. »Diesen Teil der Reise mag ich gar nicht, aber wenn wir das überstanden haben, liegt das Schlimmste hinter uns.« Kraftvoll schwang er sich aus dem Sattel.

»Ich werde vorangehen, danach kommen Leona und Gidion, dann kommen zwei meiner Männer, danach schließen Dawn und Levinor auf, das Schlusslicht ist dann wieder einer meiner Männer. Unsere Pferde sind ruhiger, sie kennen den Weg. Wenn wir uns mischen, kann es gut sein, dass eure Pferde ebenfalls ruhig bleiben. Und ansonsten macht ihr genau das, was ich euch sage! Verstanden?«

Er blickte streng in die Runde, wir nickten folgsam. Selbst die vorlaute Leona war ausnahmsweise still.

»Ist der Weg lang?«, fragte ich.

»Wenn wir zügig laufen, können wir es in zwanzig bis dreißig Minuten geschafft haben.«

Heron wandte sich seinem Pferd zu. »Macht es so wie ich. Bindet die Steigbügel hoch und verknotet die Zügel, damit nichts weiter herunterhängt als nötig. Sollte jemand von euch einen langen Umhang oder eine Decke um die Schultern tragen, verschnürt sie fest am Sattel. Es ist wichtig, dass wir so wenig wie möglich Angriffsfläche für die verlorenen Seelen bieten.«

Leona und ich sahen uns mit einem vielsagenden Blick in die Augen. Mir hatten die Baumgeister schon gereicht.

»Ach, ehe ich es vergesse: Solltet ihr da draußen auf jemand Bekanntes treffen, ignoriert ihn oder sie, denn es ist eine Falle. Dort entspricht nichts der Realität. Denkt immer daran.«

Leona schien trotz der Gefahren, die uns bevorstanden, ihren Humor wiedergefunden zu haben. Sie stellte sich auf die Zehenspitzen und zauselte dem vor ihr stehenden Heron den Bart. »Du bist wie eine Mutter zu uns«, zwinkerte sie ihm kokett zu. »Du wirst noch an meine Worte denken, kleine Lady«, knurrte der erfahrene Ritter. Doch ich hatte den Eindruck, dass sein Gesicht von leichter Röte überzogen wurde. Dieses Gefühl kannte ich nur zu gut, Leona konnte einen Mann mit wenigen Gesten und Worten aus der Fassung bringen.

Die Pferde bemerkten unsere angespannte Nervosität. Leonas Stute streckte den Kopf in die Höhe und stieß ein schrilles Wiehern aus. Levinors Schimmel und mein Rappe antworteten prompt. Noch bevor wir das Feld der verlorenen Seelen erreicht hatten, herrschte Chaos. Mein Pferd vollführte eine kunstvolle Wendung, die mich von den Füßen riss. Instinktiv griff ich härter nach den Zügeln. Im nächsten Augenblick wurde ich durch den Schlamm gezogen, der sich spritzend nach allen Seiten verteilte. Mein Pferd stoppte, als es bemerkte, dass die Gruppe ihm nicht folgte. Augenblicklich waren zwei von Herons Männern zur Stelle. Der eine beruhigte das immer noch stampfende Tier, der andere half mir auf die Beine. Ich spürte, wie mir die Schamesröte ins Gesicht stieg.

»Hatte ich nicht gesagt, ihr sollt leise sein?«, schimpfte Heron. Leonas Kichern verstummte sofort. Der rotbärtige Ritter warf jedem von uns ein großes Tuch zu. »Das ist für eure Pferde. Es ist besser, ihr verdeckt ihnen die Augen. Sie sind zu nervös. So kommen wir nie im Leben heil auf die andere Seite.«

Er überlegte einen Moment. »Gidion, traust du dir zu, als Erster zu gehen?«

»Ich? Ich weiß nicht«, stotterte ich verwirrt.

»Männer, tauscht mit ihnen die Pferde, nur Dawn darf ihren Rotschimmel selbst führen«, ordnete Heron an. Die Ritter wechselten mit Leona, Levinor und mir die Pferde. Sie strichen den nervösen Tieren mit fester Hand über die Hälse und sprachen in einem leisen Singsang auf sie ein. Vorsichtig verbanden sie ihnen die Augen, sofort wurden die Tiere gelassener.

»Die Reihenfolge bleibt wie besprochen«, rief uns Heron zu, dem es sicherer erschien, doch selbst die Spitze zu übernehmen. Ordentlich ordneten wir uns hintereinander ein, wie wir es zuvor besprochen hatten. Heron gab uns ein Handzeichen, worauf sich die Gruppe in Bewegung setzte. Mit mulmigen Gefühlen folgten wir unserem Anführer. Die Pferde machten einen ruhigen Eindruck, obwohl ich glaubte, von meinem Rappen hin und wieder ein unwilliges Schnauben zu hören. Düster und unwirtlich schlängelte sich der Schlammweg durch einen dicht bewachsenen Wald. Kalte Nebel griffen mit ihren Fingern nach uns. Mich überkam ein eisiges Frösteln. Modergeruch stieg mir aufdringlich in die Nase. Die Nebelschwaden zogen träge in die Spitzen der Baumkronen. Heron folgte unbeirrt dem Weg. Als wir aus dem Wald heraustraten, lag vor uns ein freies Feld, in dessen Mitte ein Areal lag, das an einen zugefrorenen See erinnerte. Kahle Bäume standen vereinzelt in der leblos wirkenden Landschaft. Ab und an wehte das gespenstische Knarren ihrer Äste zu uns herüber. Es klang in meinen Ohren wie eine leise Warnung, diesen Ort schleunigst zu verlassen. Das musste das Feld der verlorenen Seelen sein.

Der Anblick dieser trostlosen Gegend machte mir Angst. Irgendwo schrie ein Käuzchen, sein dunkles »Huhuu, huhuu» drang bis in den letzten Winkel meines Körpers. Der schlagartig einsetzende eisige Wind trug jammerndes Heulen und einen intensiven Aasgeruch mit sich. Leona, die vor mir lief, wandte sich um und verdrehte die Augen. Stumm nickte ich ihr zu. Von dem Geruch wurde mir übel, sodass ich nur mit äußerster Beherrschung mein noch nicht verdautes Frühstück bei mir behielt. Mit jedem Schritt, den wir uns dem Feld näherten, wurde der Geruch schlimmer. Schon bald hatte ich den Geschmack von fauligem Fisch auf der Zunge. Angewidert spuckte ich aus. In diesem Moment schwebte eine dunkle Gestalt aus dem Nebel direkt auf mich zu. Meine Augen weiteten sich vor Entsetzen. Ein schneller Blick zu Dawn und Leona zeigte mir, dass sie nicht minder erschreckt waren. Die geisterhafte Gestalt verzog keine Miene. Tief lagen ihre toten Augen in einem nackten Schädel. Der ausgemergelte Körper war nur notdürftig bedeckt. Sofort kam mir der Vergleich mit einem Leichentuch in den Sinn. Das Wesen schien den Boden nicht zu berühren. »Seid gegrüßt, Wanderer«, krächzte es mit hohler Stimme. »Was wollt ihr an diesem Ort der verlorenen Seelen?«

Heron antwortete mit fester Stimme: »Wir sind die Ritter der Tenebrae und begleiten die vier Avantgarde.«

Die Gestalt betrachtete uns mit seelenlosem Blick.

»Folgt mir, doch ich muss euch warnen. Kommt nicht vom Weg ab, haltet euch dicht beieinander. Dies ist das Feld der verlorenen Seelen. Sie werden versuchen, euch zu sich zu nehmen, sofern ihr euch zu nah an den Rand wagt.«

Ich war mir nicht sicher, ob die Gestalt es tatsächlich gut mit uns meinte. Deshalb wandte ich mich um und schaute in die großen, braunen Augen meiner Schwester. Sie rang sich ein gequältes Lächeln ab und deutete mir mit einer Geste, dass alles gut war. Aufmerksam folgten wir dem Weg, die Gestalt wich nicht von unserer Seite. Hin und wieder sah ich, wie knochige Hände aus dem Nebel hervorstießen und die Fesseln unserer Pferde streiften. Während die Tiere der Ritter sich unbeeindruckt zeigten, hörte ich die Angstschreie unserer Pferde. Zischende Laute wurden unterhalb der dichten Nebeldecke hörbar. Die verlorenen Seelen fuhren mit ihren langen Fingern immer wieder über die für uns unsichtbare Begrenzung. Sie stießen grauenhafte Laute aus, wenn sie ihr Ziel verfehlten. Ekel und Furcht schnürten mir die Kehle zu. Ich fixierte den Boden unter meinen Füßen und versuchte, mich auf den Weg zu konzentrieren. Mein Herz hämmerte hart gegen die Rippen, ich spürte, wie es mir kraftvoll und schnell das Blut durch die Adern jagte.

»Ruhig bleiben. Heron würde uns nie hierher führen, wenn er nicht davon überzeugt wäre, dass wir es alle heil und gesund bis an das Ende schaffen«, sprach ich mir Mut zu. Achtsam setzte ich einen Fuß vor den anderen.

»Du darfst jetzt auf keinen Fall ausrutschen«, mahnte eine Stimme in meinem Kopf.

Nach einer gefühlten Unendlichkeit gelangten wir an das Ende des Feldes. Unser seelenloser Begleiter versperrte uns den Weg. »Ab hier müsst ihr allein weitergehen. Nehmt den direkten Weg, weicht nicht vom Pfad ab!«, drohte er mit klangloser Stimme.

»Was ist so schlimm, wenn wir vom Weg abkommen?«, fragte Leona ängstlich. Die Gestalt kicherte dumpf. »Das müsst ihr schon selbst herausfinden. Meine Aufgabe ist erfüllt. Ich habe euch sicher geleitet.« Von schrillen Klagelauten begleitet, verschwand er im dichten Nebel.

Nach einigen Schritten traten wir aus der grauen Wattewand heraus. Vor uns lag eine einladende Hügellandschaft, deren saftige Wiesen und schattige Waldhaine unwirklich in der Sonne ruhten. Tief saugten wir die frische, nach Baumharz duftende Luft in unsere Lungen, ein angenehm warmer Wind strich über unsere Gesichter, während hinter uns das Grauen heulte.

Heron gönnte uns und seinen Männern keine Verschnaufpause. »Los, beeilt euch. Pferde tauschen und runter mit den Tüchern, damit die Tiere sich wieder orientieren können«, drängte er uns und wandte sich an einen seiner Ritter.

»Markus, reite voran und suche uns einen geeigneten Platz, an dem wir ausruhen können. Lukas, du gehst mit Aron auf die Jagd, und kommt mir nicht mit leeren Händen wieder!«

Ich sah, wie meine Freunde unter Herons Befehlston zusammenzuckten. Auch ich fühlte mich unbehaglich. Doch für seine Leute war dieser Umgangston offensichtlich normal. Heron wandte sich wieder nach vorn. »Alles aufsitzen!«, brüllte er über unsere Köpfe hinweg. Mit schlotternden Knien hievte ich mich in den Sattel. Heron sprang von hinten auf sein Pferd und umrundete unsere Gruppe im Trab. Als er feststellte, dass alles zu seiner Zufriedenheit war, stieß er einen lauten Pfiff aus. Sofort streckte sich sein mächtiger Brauner unter ihm und jagte an uns vorbei. Unsere Pferde nahmen freudig wiehernd und buckelnd die Verfolgung auf. Der scharfe Ritt trieb mir Tränen in die Augen, doch nach dieser beklemmenden Gefahr war es eine Erleichterung, auf dem Rücken meines Rappen durch die Landschaft zu fliegen. Allmählich fielen die Pferde wieder in einen ruhigen Trapp. Die Anspannung hatte sich gelöst.

Nach einiger Zeit kam uns Markus mit seinem Schecken entgegen und gesellte sich an Herons Seite, um Bericht zu erstatten. Unser Anführer hob seine Hand. »Haaalt!«, rief er laut, damit auch der Letzte von uns seinen Befehl hörte, und wendete sein Pferd, damit er uns gegenüberstand. »Nicht weit von hier hat Markus einen guten Platz für uns gefunden. Ihr werdet ihm folgen und mit ihm ein großes Feuer in Gang setzen, während ich meinen Jägern entgegenreite, damit sie uns schneller finden.«

Er nickte Markus zu und drehte mit einem kleinen Ruck der Zügel sein Pferd auf der Hinterhand. Erneut stieß er einen schrillen Pfiff durch die Zähne. Mit einem riesigen Satz sprang sein Hengst aus dem Stand in den Galopp. Bewundernd sah ich den beiden nach und klopfte meinem Rappen den Hals. »Ob das mit uns eines Tages auch so gut klappt?«, fragte ich ihn. »Da musst du aber erst noch besser reiten lernen«, lachte Leona. Sie hatte sich an meine Seite geschoben und hielt jetzt mein Pferd an den Zügeln zurück, sodass wir hinter die Gruppe zurückfielen.

»Das musst du gerade sagen, du kannst es doch selbst nicht besser. Bei uns zuhause gab es nur Esel. Und was hast du für eine Entschuldigung?«, verteidigte ich mich. Leona schnalzte mit der Zunge. Mir war klar, dass nun wieder eine kleine Gemeinheit in ihrem Kopf Form angenommen hatte. Mit einem Mal ließ sie die Zügel meines mittlerweile nervös zappelnden Hengstes los, der fürchtete, den Anschluss an seine Herde zu verlieren. Sie stieß dem Rappen ihre Stiefelspitze in die Flanke und schrie: »Lauf!«

Mein Pferd machte einen ruckartigen Satz nach vorn. Ich konnte gerade noch meine Schenkel anpressen, um nicht in hohem Bogen aus dem Sattel zu fliegen. Mein Oberkörper kippte nach hinten, die Leinen rutschten mir aus der Hand und mein Schwarzer raste führungslos über die Wiese. Leona galoppierte frech grinsend mit ihrer braunen Stute an uns vorbei. Nach kurzer Kraftanstrengung saß ich wieder aufrecht im Sattel und fasste nach den Zügeln. Zuversichtlich, sie gleich einzuholen, nahm ich die Verfolgung auf.

Markus, Dawn und Levinor hatten den Rastplatz erreicht und standen neben ihren Pferden, als Leona und ich in wildem Galopp in die Gruppe rasten. Der Prinz und meine Schwester brachten sich mit einem Sprung in Sicherheit, während Markus wie ein Fels in der Brandung stehen blieb. Seine einzige Reaktion bestand darin, dass er die Augenbrauen anhob. Leona und ich sprangen noch während der Vollbremsung unserer Pferde aus den Sätteln und zogen die Schwerter. »Los, komm, Feigling!«, rief sie lachend. »Zeig's mir!«

»Du Biest, ich habe schon lange auf diese Gelegenheit gewartet! Ich werde dir heute den Hintern versohlen!«, konterte ich. Scheppernd kreuzten wir die Klingen. Leona beugte den Kopf zu mir und schenkte mir ein süßes Lächeln. Irritiert vergaß ich, den Druck zu erhöhen, und sie schlug meine Klinge zur Seite. »Du schlägst mich nie, Feigling!«, schrie sie übermütig, während sie davonrannte. Ich hasste dieses Wort. Wütend rannte ich ihr nach und holte sie nur wenige Meter weiter ein. Wieder schepperten unsere Klingen aufeinander. Rechts, links, rechts, links, Mitte. Ich spürte, wie sie meinem Druck nachgab.

»Gleich habe ich dich«, drohte ich mit funkelnden Augen. Mit einem Satz sprang Leona zur Seite. Ich stolperte nach vorn, da ich mit ihrem Ausweichen nicht gerechnet hatte. Ehe ich mich versah, war sie an meiner Seite. Ich erwartete schon die schmerzhafte Attacke und kniff vorsorglich meine Augen zu, da fühlte ich, wie ihre Lippen meine Wange berührten. Sie gab mir tatsächlich einen Kuss! Vor Scham wurde ich rot wie eine Tomate. Leona lachte. »Ich habe gewonnen!«, triumphierte sie.

Noch ehe ich etwas tun oder sagen konnte, lief sie zurück zu den anderen. Ich rieb mir verstohlen die Stelle, an der mich ihre Lippen berührt hatten. »Das ist unfair«, brummte ich und bemerkte, dass mein rechtes Augenlid nervös zuckte. Das hatte es beim Durchqueren des Feldes der verlorenen Seelen nicht getan.

Langsam schlenderte ich hinter ihr her. Leona sah mir entgegen, aber ich konnte ihr nicht in die Augen schauen. Ich hatte keine Erfahrung mit Mädchen. Mit ihnen raufen war die eine Sache, aber das? Ich nahm mir vor, mit meiner Schwester zu reden, sobald sich eine Gelegenheit fand.

Markus, Dawn und Levinor hatten derweil das Feuer in Gang gebracht. Kurz darauf preschte Heron mit seinen Jägern heran und schleuderte die Beute an einem Seil durch die Luft. Er warf den Fang neben die Feuerstelle. »Gleich gibt es Hasenbraten.« Er machte sich daran, den toten Tieren das Fell über die Ohren zu ziehen. Geübt weidete er die Körper aus und steckte jedes der Tiere auf eines der Schwerter. Schon bald brutzelten die Hasen über dem Feuer. Der zarte Wildgeruch weckte unseren Hunger. Als Heron das gut durchgebratene Fleisch vom Feuer nahm, verteilte Aron Blechnäpfe und große Brotkanten an jeden. »Lasst es euch schmecken.«

Heron rieb sich fröhlich über den Bauch. Er packte das heiße Fleisch, zerriss die gebratenen Tiere mit bloßen Händen und verteilte die Jagdbeute gerecht unter allen, sodass jeder ausreichend erhielt. Wir verschlangen das Mahl, als hätten wir seit Tagen nichts mehr gegessen. Nachdem der letzte Bissen verschwunden war, richtete Heron das Wort an uns alle.

»Wir werden in einer Stunde weiterziehen. Legt euch schlafen. Lukas wird euch wecken, wenn es soweit ist.«

Wir gehorchten ohne Widerworte. Heron zog sich mit seinen Männern zurück. Da sie außer Hörweite standen, konnte ich sehen, dass sie wild gestikulierten. Irritiert drehte ich mich auf den Rücken. Ich fürchtete, der Ritter könnte unterwegs eine Entdeckung gemacht haben, mit der er uns noch nicht konfrontieren wollte. Grübelnd betrachtete ich die vorbeiziehenden Wolken, es roch nach Holzscheiten und Gras. Ich war mir sicher: Dies war eine trügerische Ruhe. Als ich noch einmal zu Heron hinüberschaute, glaubte ich, Besorgnis in seinem Gesicht zu erkennen. Hoffentlich täuschte ich mich.

21

Jechube ließ sich neben Rajah ins Gras fallen. Erschöpft und wütend sah er dem Korr nach, der davonschlich. Rajah verwandelte sich langsam in ihre Frauengestalt. Sie ordnete ihre Haare und klopfte sich den trocknenden Schlamm von der Kleidung.

»Hast du dich verletzt?«, fragte sie, als sie die dicke Schramme links an seinem Haaransatz bemerkte. Träge hob er die Hand und betastete die blutige Stelle. »Ist nur ein Kratzer.«

Die Luftfeuchtigkeit war auf dieser Seite des Baches deutlich geringer. Dampfend trocknete der Schweißfilm auf seiner Haut. Jechube nahm einen tiefen Atemzug und beobachtete die Schlangenfrau aus den Augenwinkeln, wie sie sorgfältig ihre großen und kleinen Blessuren untersuchte. Erst als sie erleichtert feststellte, dass ihr außer einigen Schrammen und blauen Flecken nichts fehlte, kam wieder Leben in ihren Körper. »Was ist, wenn wir nie wieder nach Hause finden?«, begann sie das altbekannte Klagelied. Jechube stöhnte auf. »Wir werden ganz bestimmt nach Hause finden. Es fragt sich nur, ob es dann nicht zu spät ist!«

Stumm starrten sie eine Weile vor sich hin. Rajah betrachtete Jechube verstohlen von der Seite. »Ganz egal kann ich ihm nicht sein, sonst hätte er mich dem Korr überlassen. Das ist gut, das macht ihn verwundbar«, überlegte sie berechnend. Wenn er erst an der Macht ist und ich an seiner Seite, werde ich ihn vergiften, beschloss sie.

Auch in Jechubes Kopf machten sich wenig liebevolle Gedanken breit. Wenn wir hier raus sind und die Avantgarde getötet haben, werde ich die alte Schlange erwürgen. Von mir aus kann sie dann der Korr fressen, aber vorerst brauche ich sie noch.

»Wir müssen weiter«, beendete der Angat das Schweigen und erhob sich, wobei er jeden Muskel in seinem Körper spürte. Auch Rajah stand mühsam auf. Ihre Beine zitterten und die ersten Schritte fielen ihr schwer. Als sich ihre Blicke trafen, schenkten sie sich ein falsches Lächeln. Die beiden waren darauf bedacht, ihre wahren Gedanken vor dem anderen zu verbergen, um die Zweckgemeinschaft aufrechtzuerhalten.

»Wir werden weiter Richtung Norden gehen, es kann nicht mehr allzu weit sein.« Jechube prüfte die Himmelsrichtung.

»Allzu weit? Wohin?« Rajah schenkte ihm einen überraschten Seitenblick.

»Na, was denkst du?«, zischte er. Die Schlangenfrau zuckte mit den Schultern. »Sag du es mir. Ich weiß doch nicht, in welche blödsinnige Situation du uns als Nächstes bringen willst.«

Jechube starrte sie kalt an. »Wir müssen nach Hause, wir brauchen ein Tor. Was glaubst du, wohin ich will? Und was willst du mir mit dieser Äußerung sagen? In welche Situation sollte ich uns denn bringen wollen?«

»Wenn es nach mir gegangen wäre, hätten wir diese Reise gar nicht erst angetreten. Aber du musstest mich ja durch das Tor werfen. Und jetzt? Jetzt sitzen wir hier im dunklen Teil der Unten-Welt fest und suchen den Weg nach Hause! Sieh, wie wir aussehen. Nichts haben wir erreicht, nichts gewonnen. Ganz im Gegenteil: Um ein Haar hätte ich mein Leben verloren, nur weil du nicht auf den Wächter der verlorenen Seelen hören wolltest! Wäre ich bloß in Sinistrien geblieben«, fauchte sie wütend.

»Ach, du glaubst also, ich wäre an dieser Misere schuld? Wer wollte denn unbedingt einen anderen Weg gehen?«, bellte er zurück.

»Ich wollte immer nur nach Hause, aber du, der große Führer der Angat, wolltest schlauer sein als alle vor dir. Wo sind denn deine Krieger? Warum hast du sie nicht statt meiner mitgenommen? Nein, alles willst du allein machen. Aber so ganz allein schaffst du es eben doch nicht, also musste ich wieder herhalten! Du bist an allem schuld! Du musstest mich hierher führen. Du … du!«

Jechube kam drohend auf sie zu. »Ich bereue, dass ich dich nicht dem Korr überlassen habe, aber ich bin mir sicher, das kann ich noch ändern.« Hart packte er ihre Haare und zerrte die schreiende Frau an die Böschung. »Lass den Unsinn, Jechube! Lass mich los«, schrie sie giftig. Mit abfälliger Geste löste er seinen Griff. »Überspann den Bogen nicht, Rajah.«

Die Schlangenfrau hob die Hand und zeigte auf den Horizont. »Sieh doch, es wird gleich ein Unwetter geben.« Prüfend spähte Jechube in die angezeigte Richtung.

»Wir sollten uns eine Bleibe für die Nacht suchen.« Rajah fror und hatte keine Lust, durch den herannahenden Regen zu laufen.

»Wenn wir nur nutzlos herumsitzen, werden wir meine Burg viel zu spät erreichen.« Jechube wurde das Gefühl nicht los, dass die Avantgarde schon recht weit gekommen waren. Nicht auszudenken, wenn sie vor ihm auf seiner Burg eintrafen und sich die Lebensachse zurückholten. Mit großen Schritten lief er voraus. »Du kannst hierbleiben, dann gehe ich allein weiter«, rief er seiner Begleiterin über die Schulter zu.

Rajah schüttelte stur den Kopf. »Das hättest du wohl gern, so schnell wirst du mich nicht los.«

»Dann hör auf zu meckern und beweg dich.«

Rajah holte ihn ein. Doch statt ihre Kräfte für den Weg zu sparen, stritten sie immer heftiger. Unerwartet krachte Rajah gegen etwas Hartes, Unsichtbares. Erschreckt prallte sie zurück. »Was war das?«

Jechube wirbelte wütend zu ihr herum. »Lass den Unsinn und komm weiter!«

»Nein! Sieh erst nach, was da ist.« Rajah zeigte auf die Stelle in der Luft, an der sie abgeprallt war. Vorsichtig tastete Jechube mit seiner Hand in die aufgezeigte Richtung.

Mit einem Mal flirrte die Luft, als wenn er einen Stein in einen Teich geworfen hätte. Die Haut seiner Finger kribbelte. Er zog die Hand zurück, um die Stelle gleich noch einmal zu prüfen. Wieder waberte die Luft und verzerrte die Umgebung. »Das ist ein Tor!«, rief er erstaunt. Beide starrten wie gebannt auf die Stelle. »Wohin führt es?«, fragte Rajah. »Das werden wir gleich herausfinden.«

Ehe Rajah begriff, was er im Schilde führte, bekam sie einen heftigen Stoß und fiel kopfüber in die flirrende Luft. Jechube hörte ihre Schreie, sah, wie sie wild mit den Beinen strampelte, doch er kannte kein Erbarmen. Er packte ihre Beine mit eisernem Griff und hielt sie fest, sodass sie weder nach drüben gesogen noch zurückgeworfen werden konnte.

»Was siehst du?«

Statt ihm eine brauchbare Antwort zu geben, stieß Rajah unablässig wüste Beschimpfungen aus. Worte wie »Egoist« und »gemeingefährlich« drangen an seine Ohren, die er lachend zur Kenntnis nahm. »Hör auf, so ein unsinniges Zeug von dir zu geben! Was siehst du?« Die Schlangenfrau reagierte nicht auf seine Frage, sondern strampelte noch heftiger. Mit einem Ruck riss er sie zurück auf seine Seite. Rajah, die damit nicht gerechnet hatte, stürzte zu Boden und bleckte ihre Giftzähne. Als sie versuchte, wieder auf die Beine zu kommen, stellte ihr Jechube seinen Stiefelabsatz auf die Hand und begann, den Fuß ganz langsam zu drehen.

»Sag mir, was auf der anderen Seite ist.«

»Da ist unser Zuhause! Da ist Sinistrien!«, heulte Rajah unter Schmerzen. Jechube nahm den Fuß von ihrer Hand, packte sie bei den Schultern und hievte sie hoch. »Was hast du gesagt? Wiederhol das.«

Aus lauter Angst, weiter misshandelt zu werden, trat sie ihm mit voller Wucht gegen sein Schienbein. Sofort ließ er sie los. »Du Biest! Woher soll ich wissen, ob du mir die Wahrheit sagst?« Rajah lächelte hinterhältig. »Du musst mir einfach vertrauen, so wie ich dir vertraue.«

In Jechubes Gesicht trat ein grimmiger Ausdruck. Mit einer schnellen Handbewegung griff er nach der überraschten Schlangenfrau und zerrte sie wie einen Schutzschild vor seinen Körper. Hart umschlang er sie mit beiden Armen und legte ihr seinen Kopf auf die Schulter.

»So, mein Schatz, gleich werden wir wissen, ob du die Wahrheit gesprochen hast. Wenn da drüben etwas anderes ist, wird es dich zuerst erwischen. Also rede, sonst springen wir gleichzeitig, noch hast du es in der Hand.« Sie belohnte seine Worte mit einem irren Lachen.

Mit kraftvollem Schwung sprang Jechube mit Rajah im Arm durch das unsichtbare Tor. Sie wirbelten durch den Kanal, bunte Kreise tanzten vor ihren Augen. Schrilles Pfeifen, gepaart mit einem pulsierenden Dröhnen, quälte ihre Ohren. Kurz bevor beide die Besinnung verloren, stürzten sie aus dem Tunnel ins Freie. Hart empfing sie ein festgetretener Erdboden. Auf das Schlimmste gefasst, blickte sich Jechube um. Alles war dunkel. Silbriger Mondschein tauchte die Umgebung in ein schwaches Licht. Nur langsam erkannte er die Umrisse einer Burg. Sein Blick fiel auf eine Fahne, die müde im Wind schaukelte.

»Rajah, das ist meine Burg, da auf der Fahne ist mein Zeichen! Das Zeichen, das mich als Führer der Angat ausweist. Ich kann deutlich den sechseckigen Helm und die Lanze erkennen. Wir sind tatsächlich zu Hause. Trozdem müssen wir vorsichtig sein, vielleicht sind die Avantgarde schon hier.«

In diesem Moment erschien eine der Burgwachen im Garten. »Wer da?«

Jechube trat aus den dunklen Schatten der Nacht in das spärliche Licht der Handlaterne, die in den Fingern des Soldaten baumelte. »Ich bin es, Jechube, dein Herr!«

Die Wache verbeugte sich tief.

»Waren Fremde während meiner Abwesenheit hier?«

»Nein, edler Herrscher.«

Jechube jubelte innerlich, doch er ließ sich nichts von seiner Freude anmerken. Er musste rasch handeln. Noch war nichts verloren. »Dann bring mir den General! Sofort!« Der Wächter machte auf dem Absatz kehrt und rief im Laufen Befehle zum Hintereingang der Burg. »Macht schnell, holt den General. Der Gebieter wartet im Garten!«

Wofür habe ich meine Soldaten«, grinste Jechube. Er sah Rajah an, die sein Lächeln nicht erwiderte. »Kämpfen kannst du allein. Mir reicht völlig, was ich mit dir in der letzten Zeit erlebt habe«, wies sie ihn zurecht.

Es wäre zu schön, wenn sie durch die Hand meiner Soldaten getötet würde, so wie die Avantgarde, wenn sie sich in meine Burg trauen, dachte er, wurde aber durch schwere Schritte aus seinen Überlegungen gerissen. Rajah blieb vorsorglich im Schatten der Büsche. Als sie den General zu Gesicht bekam, erschauerte sie. Er gehörte zu den dunkelsten Geschöpfen, die sie je gesehen hatte. Seine metallene Rüstung schepperte bei jeder Bewegung seines massigen Körpers. Sein Helm verbarg das Gesicht vollkommen bis auf zwei schmale Augenschlitze und eine Gitterpartie vor dem Mund. Kurz vor Jechube blieb der Riese stehen und salutierte. »Zur Stelle, Herr!«, dröhnte seine Stimme dumpf aus dem Blech.

Jechube sah ihn gebieterisch an. »Nimm deine Soldaten, sie sollen ausschwärmen. Haltet Ausschau nach allem Ungewöhnlichen und achtet besonders auf Fremde. Solltet ihr auf vier Reiter treffen, so nehmt sie gefangen. Die vier Avantgarde sind unterwegs zu meiner Burg, um die Lebensachse zu holen. Ihr müsst das verhindern!«

»Sollen alle Männer gehen?«, fragte der General.

»Alle!«

Die Rüstung des Generals klapperte laut, als er salutierte. »Zu Befehl, Herr!«

Er verschwand in der Dunkelheit.

Jechube deutete Rajah, ihm zu folgen. »Komm, lass uns in mein Gemach gehen und den Tod der Avantgarde planen, auf dass wir ewig herrschen.«

In diesem Moment zogen schnelle, schwarze Nebel

über den Himmel. Rajah versteckte sich mit einem schnellen Sprung hinter Jechubes Rücken, als sie sah, dass sie bis in den Garten kamen. »Lass den Unsinn, Rajah, das sind nur die Jaher!«

Sekunden später tauchten aus dem Dunst zwei sich wild gebärdende Pferde mit ihren Reitern auf. Es handelte sich um sehr kräftige, muskulöse Männer, deren Haut fahl glänzte. Riesige Köcher hüpften auf ihren Rücken, während sie in ihren Händen einen großen Bogen schwangen. Wie glühendes Eis blitzten die überdimensionalen Schwerter an ihren Gürteln und reflektierten das Mondlicht. Der General war schon eine imposante Erscheinung gewesen, aber die Jaher jagten Rajah echte Angst ein. »Gegen sie hat keiner der Avantgarde eine Chance«, flüsterte sie begeistert.

Brutal bremsten die Reiter ihre Tiere erst kurz vor Jechube ab. Er verzog keine Miene. »Gebieter, wir haben ein Geschenk für Euch«, donnerte die Stimme des einen, während der andere Jechube ein schreiendes Bündel vor die Füße warf. »Wir fanden ihn in der Nähe von Tenebraes Burg. Er sagte, er sei durch die Hilfe einer Hexe aus einem Verlies geflohen und nun auf dem Weg zu Euch. Und damit der Weg für seine kleinen Füße nicht zu anstrengend ist, haben wir beschlossen, ihn gleich mitzunehmen.«

»War er einverstanden?«, fragte Jechube grinsend.

»Wie Ihr seht, hat er versucht, sich zu wehren, da haben wir ihn in eine Decke geschnürt. Schließlich sollte er es auf der Reise schön warm haben.«

»Habt Dank, Jaher, ihr könnt euch entfernen.«

Die dunklen Männer wendeten ihre Tiere und donnerten in die Nacht, mit ihnen verschwanden auch die schwarzen Nebel. Mit einem Ruck zerriss Jechube das Band, das die Decke hielt, und zerrte an dem Stoff. Heraus stürzte der vollkommen entsetzte Wichtel Melchior.

»Na, wen haben wir denn da?«

Die Augen des Wichtels wurden noch größer, als sie ohnehin schon waren. Schnell besann er sich auf sein zweites Talent. Unterwürfig machte er eine tiefe Verbeugung. »Mein geliebter Herrscher Jechube, Führer der Angat, ich bin froh, Euch endlich erreicht zu haben. Ich habe die Jaher gebeten, mich zu Euch zu bringen, da ich weiß, wie sehnsüchtig Ihr auf meinen Besuch wartet.«

Der Kleine log, ohne rot zu werden. Jechube packte den Wichtel am Kragen und zerrte ihn dicht an sein Gesicht. »So, mein Freund, jetzt sind wir im wahrsten Sinne des Wortes in Augenhöhe, und jetzt wiederhol deine Lüge noch einmal. Sag sie mir einfach ins Gesicht.«

Der Wichtel blickte panisch zu Rajah. »Was macht die Schlage hier?«, fragte er zitternd. »Sie ist an allem schuld! Wäre sie nicht gewesen, wäre ich nicht in die Höhle gefallen, und wäre ich nicht in die Höhle gefallen, wäre ich nicht in die Unten-Welt geraten, ich wäre niemals in dem Pilzfeld eingeschlafen und der Ritter hätte mich nicht gefangen. Dann wäre ich auch nie bei Tenebrae gelandet und nicht in das Verlies gesperrt worden. Ich hätte auch nicht ausbrechen und mit der Hexe Kakao trinken müssen und … und …«

»Schweig still, ich habe genug gehört!«, herrschte Jechube ihn an. Er warf Rajah einen giftigen Blick zu, die einen unschuldigen Gesichtsausdruck aufsetzte.

Jechube wandte sich wieder dem Wichtel zu. »Du lügst, wenn du den Mund aufmachst. Sag mir, wie soll ich dich für deine Tölpelhaftigkeit bestrafen?«

Melchior schlotterte am ganzen Körper, seine Zähne schlugen in schnellem Tempo aufeinander. »Be… be… bestrafen? W… www… wer sagt dddenn, ddas Ihr mich be… be… bestrafen müsst?«

Jechube schubste Melchior angewidert von sich. »Du hast recht, du Wurm, eine Bestrafung reicht nicht aus.« Er legte nachdenklich seinen Zeigefinger an die Lippen. »Ich werde dich töten, hier, sofort, auf der Stelle.« Jechube zog sein Schwert und holte zu einem mächtigen Schlag aus.

»Nein!«, brüllte der Wichtel, »das wäre ein Fehler!« Tatsächlich hielt Jechube inne. »Gut, du bekommst deine Chance. Wenn mir gefällt, was du zu sagen hast, lasse ich dir vielleicht dein jämmerliches Leben, doch wenn nicht …«

Der Wichtel schluckte nervös. »Ich weiß mehr über die Avantgarde, als Ihr Euch vorstellen könnt.« Jechube ließ sein Schwert polternd zu Boden fallen, stürzte auf die Knie und zog den Kleinen am Hals zu sich heran. »Rede, du nichtsnutziger Wurm!« Melchior atmete schwer. »Sie reiten mit Herons Männern und sie sind auf der Suche nach Euch. Wenn sie feststellen, dass Ihr nicht mehr in der Unten-Welt seid, wird Heron sie bald hierher führen.« Melchior nickte heftig, um seine Worte zu bekräftigen. Jechube starrte ihm kalt in die Augen. »Und? Das weiß ich selbst. Hast du nichts anderes für mich, du Dilettant?«

»Nein, aber Ihr wisst, ich bin Euch treu ergeben und wir könnten ihnen mit meiner Hilfe eine Falle stellen.«

Jechube grinste hinterhältig und schob den Wichtel auf Armeslänge von sich. »Und wie willst du das anstellen?«

»Ich mache mich ganz klein und laufe ihnen zufällig über den Weg und dann …« Der Kleine warf einen scheuen Blick auf die Schlangenfrau, die ihn mit ihren Augen zu verschlingen drohte. Er trat dicht an Jechube heran und flüsterte ihm etwas ins Ohr. Angestrengt spitzte Rajah, die den Wortwechsel aufmerksam verfolgt hatte, die Ohren, doch sie verstand kein Wort. Verärgert über die Heimlichkeiten der beiden verzog sie den Mund. Er würde als Erster drankommen, wenn sie erst einmal Herrscherin über die Welt wäre.

Jechube nickte Melchior zu und entließ ihn aus seinem Griff. »Gut, so machen wir's. Aber bilde dir nicht ein, Wichtelmännchen, du könntest mich hinters Licht führen. Wenn du noch einen Fehler machst, werde ich dich bei lebendigem Leib auf dem Feuer rösten.«

Jechubes falsches Lächeln ergriff mit kalten Händen das Herz des Wichtels und ließ es erstarren. Er warf noch einen letzten Blick auf die Schlangenfrau, auch ihre Augen versprachen ihm Höllenqualen. Rasch wandte er sich ab und lief, so schnell ihn seine kurzen Beine trugen, aus dem Burggarten. »Worauf habe ich mich da nur eingelassen ...«, jammerte er und zerfloss vor Selbstmitleid. »Ich muss ein Tor finden, doch wo soll ich bloß suchen?«, heulte er laut auf. Da fiel ihm Rajahs Höhle ein, die nicht allzu weit von hier lag. Mit Widerwillen machte er sich auf den Weg in die Steinwüste. Sein einziger Trost bestand darin, dass er dort nicht auf die Schlangenfrau treffen würde.

22

Ich öffnete die Augen und sah, wie Aron den Inhalt eines Krugs über den glühenden Holzscheiten verteilte. Zischend erlosch das wärmende Feuer und ließ das Wasser als dampfenden Nebel aufsteigen. Ein Windstoß trieb den verkohlten Geruch von harzigem Holz zu mir herüber. Beim nächsten Atemzug drang er tief in meine Nase und entlockte mir ein lautes Niesen. Schuldbewusst sah ich zu meinen Freunden, doch sie lagen schlafend unter ihren warmen Decken. Die abendliche Dämmerung zog wie ein dunkles Band am Horizont entlang und verschlang langsam die letzten Sonnenstrahlen. Mein Blick fiel auf die Schachtel mit den persönlichen Geschenken des Königs, die ich immer bei mir trug und die aus einer meiner Satteltaschen gerutscht war. Ich zog sie näher zu mir heran und öffnete den Deckel. Liebevoll betrachtete ich den Inhalt, nahm die kleine Silberflöte in die Hand und drehte sie zwischen meinen Fingern. Ein unwiderstehlicher Drang zu spielen überkam mich. Vorsichtig hob ich das Instrument an meine Lippen und blies weich in die vordere Öffnung. Die Musik verzauberte mit magischem Klang den Wald. Nie hätte ich geglaubt, auf dieses Geschenk einmal stolz zu sein, aber nachdem ich seinen Zauber erkannt hatte, war es eine wahrhaft königliche Gabe. Dawn und Levinor erwachten. Leona setzte sich auf und grinste verschlafen. »Wassernixen wirst du hier keine anlocken.«

Herons Männer unterbrachen ihr geschäftiges Treiben und hielten inne, ihre sonst harten Gesichtszüge zeigten Spuren von Rührseligkeit. Auch für mich stand die Welt für einen kurzen Moment still. In mein Spiel mischte sich ein Schrei. Entsetzt hörte ich auf, während die anderen aufsprangen. Wieder hallte ein Schrei über die Lichtung. »Ahhhh! Zu Hilfe! Hilfe, warum hört mich denn keiner?! Hiiilfeee!«

Achtlos warf ich die Flöte zurück in die Schachtel und stürmte hinter meinen Freunden her. Heron entdeckte als Erster einen Wichtel, der kreischend und mit vor Anstrengung hochrotem Kopf in einer Grube hockte.

»Na, wen haben wir denn da?«, lachte er, als er Melchior erkannte. Der Wichtel blickte böse zu uns herüber. »Statt herumzustehen und euch an meinem Unglück zu weiden, könntet ihr mir hier heraushelfen.«

Im ersten Moment glaubte ich, den Kleinen wiederzuerkennen. War das nicht Melchior, der Vater Mundus und mich vor einigen Tagen auf dem Weg zum Schloss ausspionieren wollte? Doch im Grunde war es egal, wer da in der Grube hockte. Der Kleine brauchte offensichtlich Hilfe und die wollte ich ihm nicht verwehren. Ich warf mich der Länge nach auf den Boden und streckte ihm meine Hand entgegen. Heron deutete mir mit einem Fingerzeig, ich solle den Kleinen noch ein wenig zappeln lassen. Gehorsam zog ich meinen Arm ein Stück zurück, sodass der Wichtel ins Leere griff.

»Gib mir einen guten Grund, warum wir dir helfen sollten. Soweit ich mich erinnern kann, dürftest du gar nicht hier sein«, tönte Heron. Seine Männer lachten.

»Wer sagt denn, dass wir uns kennen?«, versuchte sich Melchior herauszureden.

»Ach? Du willst mir also weismachen, dass du nicht der dumme, ungeschickte Wichtel bist, den ich inmitten der Schlafpilze gefangen habe, als er selig schnarchte?«, fragte Heron mit gespielt überraschter Miene. Melchior schüttelte energisch den Kopf. »Ich habe nicht bei den Schlafpilzen gelegen, ich bin doch nicht blöd. Ich war ein paar Meter weiter weg, wo das Unterholz dichter ist.«

Heron und seine Männer brachen nun endgültig in Gelächter aus. Der Wichtel bemerkte, dass er einen gravierenden Fehler gemacht hatte. Erschrocken biss er sich auf die Unterlippe. »Das war wohl die falsche Antwort«, flüsterte er mit schiefem Grinsen. Heron nickte belustigt. »Ja, ich würde sagen, jetzt hast du dich verraten.« Melchior hüpfte ungeduldig von einem Bein aufs andere. »Das ist doch jetzt nicht mehr wichtig! Viel wichtiger ist, dass Tenebrae mich geschickt hat. Ich soll euch suchen, weil ihr in Gefahr seid, und was habe ich jetzt davon? Statt mich zu retten, lasst ihr mich hier unten zappeln.«

Ich sah in die Runde und stellte fest, dass keiner der Ritter Anstalten machte, dem Wichtel zu helfen. Sie tauschten kurze, schnelle Blicke, wie es Männer taten, die sich schon viele Jahre ohne Worte verstanden. Der Wichtel wippte hektisch auf den Zehenspitzen. Als er merkte, dass seine Worte nicht zum gewünschten Ergebnis führten und die erhoffte Rettung ausblieb, plapperte er weiter. »Ich soll euch warnen, das hat sie mir aufgetragen, und jetzt könnt ihr mich doch nicht so einfach hier unten verrotten lassen! Und sie hat auch gesagt, dass ich der Einzige bin, der euch retten kann.« Er legte seinen Kopf in den Nacken und sah triumphierend von einem zum anderen. Heron legte nachdenklich die Stirn in Falten. »Vor was sollst du uns denn warnen?«, fragte er ernst.

»Tenebrae sagte, ihr sollt auf keinen Fall zu Jechubes Burg gehen, es wäre ein Hinterhalt und – nein!« Der Kleine verzog hochmütig das Gesicht. »Das verrate ich euch erst, wenn ihr mich befreit!« Zur Unterstützung seiner Worte stampfte er trotzig mit einem seiner riesigen Füße auf den lehmigen Boden der Grube.

Heron gab seinen Männern ein Zeichen, woraufhin sie ein Seil zu ihm herabließen. »Na, dann komm«, forderte Markus den Kleinen auf. Der Wichtel kletterte ächzend und ungeschickt an dem Seil hoch. Ich fasste seine Hand und zerrte ihn über die Kante. »Nicht so grob«, zeterte er undankbar, stellte sich auf seine kurzen Beine und schüttelte sich. »Und jetzt hätte ich gerne etwas zu essen.« Aron kramte in seiner Tasche und reichte dem Kleinen einen Kanten trockenes Brot. »Bäh! Habt ihr nichts Anständiges?«, schimpfte dieser ungehalten. Der Ritter packte das Brot wieder zurück. »Hör zu, du Wicht, wir haben keine Zeit, dich durchzufüttern. Nimm, was wir dir bieten, oder lass es. Wir haben dich aus der Grube gezogen, jetzt erzähle, was du weißt, sonst stoße ich dich eigenhändig zurück.«

Melchior stellte sich schnell hinter Dawn. »Nur keine Eile. Ich soll euch sagen, dass die Lebensachse ihren Platz gewechselt hat und sich nun bei Goch in der Höhle der Schlange Rajah befindet«, erklärte der Winzling mit Überzeugung.

»Du lügst!«, hörte ich mich laut rufen. Alle Augenpaare richteten sich auf mich. »Woher willst du das wissen, Gidion?«, fragte Heron freundlich. Ich zuckte mit den Schultern. »Keine Ahnung, aber mein Gefühl sagt mir, wir können dem Wichtel nicht trauen.«

»Was willst du Knabe schon wissen? Ich komme direkt von Tenebrae. Glaubt mir oder ihr lauft in euer Verderben.« Melchior reckte seinen kleinen Körper zu voller Größe und setzte ein beleidigtes Gesicht auf.

Heron winkte uns zu sich. »Ich weiß, dass der Wichtel nicht die Wahrheit spricht, doch werden wir vorläufig so tun, als würden wir ihm Glauben schenken. So wissen wir, dass spätestens bei der Schlangenhöhle ein Hinterhalt auf uns wartet.« Er schaute vielsagend in die Runde. Wir anderen nickten zustimmend.

»Die Gegend bis zur Steinwüste ist unwirtlich und birgt viele Gefahren. Es gibt etliche Möglichkeiten, uns in eine Falle zu führen. Sollten wir es tatsächlich bis dorthin schaffen, erwartet uns eine flache und sehr heiße Umgebung, die uns wenig Tarnung bietet. Da wir nicht genau wissen, worauf wir uns einstellen müssen, ist es unnütz, sich eine Kampftaktik zu überlegen. Unser einziger Schutz ist unsere Wachsamkeit.« Wieder konnten wir nur zustimmend nicken.

»Seid ihr bereit, euch der Aufgabe zu stellen?« Für einen Moment herrschte Stille. Stumm blickten wir einander ins Gesicht. Ich erkannte in den Augen meiner Freunde eine Mischung aus Willensstärke und Zuversicht, die auch ich in mir verspürte. »Ja!«, war unsere Antwort. Er sah zu seinen Rittern, die ihm mit einer Kopfbewegung deuteten, dass auch sie bereit waren. »Gut, dann lasst uns gehen.«

Die Ritter gingen zurück zum Lager, während Heron Melchior zu sich befahl, der eilig dem rotbärtigen Ritter entgegenlief. »Wichtel, wir sind bereit. Führe uns zu der Schlangenhöhle.« Melchior nickte eifrig, doch er blickte drein, als hätte er in eine Zitrone gebissen.

Die anderen Ritter hatten unterdessen unser Lager geräumt. Lukas erschien mit unseren Pferden. Sofort schwangen wir uns in die Sättel. Als Letzter stieg Heron auf und hob Melchior vor sich in den Sattel. »Zeig mir den Weg«, stellte er sich dumm und gab damit dem Wichtel das Gefühl, ihm tatsächlich zu vertrauen. Der Kleine streckte einen seiner kurzen Arme nach vorn. »Reitet nach Osten, bis ihr an das Tor der Bewacher kommt. Das passiert ihr und dann sind es nur noch einige wenige Kilometer durch das Eis, bevor ihr an die Steinwüste gelangt.«

Heron pfiff und sein Pferd fiel in einen zügigen Galopp. Zwei Ritter sicherten unsere Flanken und ein weiterer bildete den Schluss. Heron wechselte immer wieder das Tempo, um unsere Pferde nicht zu ermüden. Als die Nacht über uns hereinbrach, ging es nur noch langsam voran. Herons Männer zündeten ihre Pechfackeln an. Aufmerksam versuchten wir unsere Umgebung auf mögliche Gegner zu überprüfen, doch das Licht reichte nicht aus. Selbst Herons mächtige Statur wurde von der Dunkelheit verschluckt, obgleich er sich nur wenige Meter vor uns befand.

»Halt!«, ertönte sein Befehl.

Wir stoppten und sahen, wie er sein Pferd an unsere Seite dirigierte. Endlich sprach er die erlösenden Worte. »Es hat wenig Sinn, sich durch das Dunkel zu kämpfen. Lasst uns eine Lagerstätte für die Nacht suchen.« Froh über diese Entscheidung, pflichteten wir ihm bei.

»Alles absitzen, wir laufen ein Stück. Ich will nicht

die Beine unserer Pferde riskieren!«, ordnete er an. Müde stiegen wir ab und bemühten uns, den Anschluss an unseren Anführer nicht zu verlieren, der mit großen Schritten voranging. Schließlich erreichten wir einen Waldrand. Heron führte uns über querliegende Äste und niedrige Sträucher bis zu einem kleinen Platz zwischen großen Bäumen. »Ich denke, das ist ein gutes Fleckchen.«

Dankbar, nicht weitergehen zu müssen, befreiten wir unsere Pferde von ihrem Sattelzeug und ließen sie frei. Zügig bauten wir ein notdürftiges Nachtlager zwischen den dichten Bäumen. Leona freute sich auf ein Feuer und begann, kleine Zweige zu schichten. Aron trat an ihre Seite. »Das ist gut gemeint, Leona, aber es ist zu gefährlich, zwischen all dem trockenen Zeug ein Feuer zu entzünden. Abgesehen davon wissen wir nicht, ob unsere Gegner schon in der Nähe sind, und der Schein des Feuers würde uns verraten.«

Leona ließ von den gesammelten Ästen ab und kroch murrend und vor Kälte zitternd unter ihre Decke. Da ihr Lager nur eine gute Armeslänge von mir entfernt war, konnte ich ihre Worte problemlos verstehen. »Mir ist kalt.«

»Ja, mir auch, denk einfach an etwas Schönes, vielleicht kannst du dann einschlafen und merkst nicht, dass du frierst«, versuchte ich sie zu trösten.

Müde streckte ich mich der Länge nach aus. Ich schaute in die dunklen Baumkronen, hier und da schimmerte ein Elfenlicht zu uns herab. Die Luft roch nach Waldmeister, trockenem Grün und muffigem Waldboden. Ab und an hörte ich das gemütliche Schnauben unserer Pferde. Träge hob ich meinen Kopf und nahm die Umrisse von Aron und Lukas wahr, die Heron für die erste Wachschicht abgestellt hatte. Insgeheim bedauerte ich die beiden, sie mussten doch genauso müde sein wie wir. Langsam zog der Mond seine Bahn und warf sein weißes Licht zwischen den Ästen hindurch, sodass einige Stellen des Waldbodens schwach erhellt wurden.

Plötzlich hörte ich ein lautes Knacken aus dem Gebüsch schräg vor mir. Leise griff ich nach meinem Schwert und zog es aus der Scheide. Die anderen hatten das Geräusch ebenfalls vernommen. Ich hörte, wie Heron jemandem etwas zuflüsterte. Mit pochendem Herzen setzte ich mich auf und richtete meinen Blick auf ihn. Er zündete die Petroleumlaterne an, die er für den Notfall neben sein Lager gestellt hatte. So sah ich, wie er mir mit der Hand deutete, ich solle mich mit Decke und Schwert bewaffnet mit ihm am Gebüsch treffen, aus dem die Geräusche zu hören waren. Mahnend legte er seinen Finger auf die Lippen und deutete mir, ruhig zu sein. Ich fasste das Schwert mit der einen und meine Decke mit der anderen Hand. Leise schlich ich auf das Gebüsch zu. Heron erreichte mich und gab die Laterne nach hinten an einen seiner Ritter, die ihm lautlos gefolgt waren. Das Blattwerk zitterte in einem undefinierbaren Rhythmus. Wieder ertönte leises Knacken, doch diesmal mischte sich ein schmatzendes Geräusch in das Knirschen. Auf Herons Zeichen legte ich lautlos mein Schwert ab und warf die Decke über die zitternden Blätter. Der mächtige Ritter stürzte sich ohne Zögern darauf. »Hab ich dich, du Schurke!«, schrie er, während er kräftig zupackte. Sofort ertönte ein langgezogener, erschreckter Schrei. »Ahhhh … oohhhhh … hhuuu!«, brüllte eine Stimme dumpf unter der Decke. Unser Gefangener zappelte und trampelte aus Leibeskräften, selbst der kräftige Heron hatte alle Mühe, ihn unter Kontrolle zu bekommen. Schließlich rollte er mit ihm bis vor meine Füße.

»Wer bist du?«, herrschte er den Eindringling an und riss ihm die Decke vom Körper. Markus hob die Laterne höher, um die Szene ausreichend zu beleuchten. Überrascht blickten wir auf den vor Angst zitternden Wichtel, dessen Mund dicke Marmeladenspuren aufwies. »Ich hab euch doch gesagt, dass ich Hunger habe«, entschuldigte Melchior seine Tat und reichte Dawn ihren Rucksack, wobei er das geöffnete Marmeladenglas fest umschlossen hielt. Kopfschüttelnd nahm sie den Sack entgegen und drohte dem Winzling mit dem Zeigefinger, der daraufhin schuldbewusst den Kopf senkte. Lachend legten wir uns wieder unter unsere Decken und hofften, endlich Schlaf zu finden. Schließlich brauchten wir alle Kraft für den morgigen Tag. Mir kamen die Worte von Vater Mundus in den Sinn: »Wichtel sind ein Spähtrupp der Angat. Sie sind listig, neugierig und böse, außerdem sind sie bestechlich und feige, das macht sie zu guten Informanten.« Ich grinste breit. Was er vergessen hatte zu erwähnen, war, dass sie absolut verfressen waren.

23

Melchior thronte wieder vor Heron im Sattel und zeigte uns den Weg. Zwei der Ritter deckten unsere Flanken, während der dritte von ihnen das Schlusslicht bildete. Angestrengt hielten wir Ausschau, doch wir bemerkten nichts, was uns hätte beunruhigen müssen. Den ganzen Tag ließ sich die Sonne nicht blicken, auch zum Abend gab es am Himmel nur hohe Wolkentürme, die Regen mit sich trugen. Die Luft war erfüllt von dem süßlichen Geruch verdorrter Wiesen, die nach Wasser lechzten.

Plötzlich kreiste ein roter Rabe mit lautem Krächzen über unseren Köpfen. Heron, der das Tier zu kennen schien, gab ihm ein Handzeichen, worauf der Rabe seine Richtung änderte und mit ruhigen Flügelschlägen nach Westen zog. Mir kam es vor, als hätte der Rabe dem Ritter eine Nachricht überbracht.

Kurz darauf verlangsamte Heron das Tempo, bis schließlich die gesamte Gruppe zum Stehen kam. Er stieg ab, trat vor den Prinzen und beugte das Knie. Levinor sah zu ihm herab.

»Mein Prinz, ab hier müssen wir euch für eine Weile verlassen. Tenebrae schickte ihren roten Raben, um uns zu sich zu rufen. Ich bitte euch: Reitet zum Tor der Bewacher, seid wachsam und beschützt einander, so wie ihr es geschworen habt. Meine Ritter und ich werden euch folgen, sobald es uns möglich ist.« Er verharrte abwartend. Der Prinz sah zu mir herüber, doch ich zuckte nur ratlos mit den Schultern.

»Gut, Heron, ich danke dir und deinen Männern für euer Geleit und eure Fürsorge.« Levinor glitt aus dem Sattel und stellte sich vor den knieenden Ritter. »Erhebe dich, Heron, Ritter der Tenebrae«, wies er ihn an. Der Ritter richtete sich zu seiner vollen Größe auf. Beide Männer schauten sich einen Atemzug lang tief in die Augen. Dann verabschiedete sich Levinor von unserem Anführer mit einer kurzen Kopfbewegung, die der Ritter mit einer angedeuteten Verbeugung quittierte. Sekunden später schwang er sich zurück in den Sattel, packte Melchior am Kragen und ließ ihn auf die Wiese plumpsen. Der Kleine lief eilig zu Dawn hinüber. Heron stieß seinen typischen Pfiff aus, woraufhin sein Pferd eine Wendung auf der Hinterhand vollführte. In gestrecktem Galopp jagte er Richtung Westen, wo die Burg von Tenebrae lag. Seine Männer grüßten uns knapp und folgten ihm, ohne sich noch einmal nach uns umzusehen.

»Gidion, nimm du Melchior zu dir aufs Pferd und bilde die Nachhut, Leona reitet vor dir und ich werde mit Dawn die Spitze übernehmen«, bestimmte Levinor unsere Reihenfolge. Der Wichtel beeilte sich, an meine Seite zu kommen, und sah mir mit erwartungsvollem Blick entgegen. Ich beugte mich mit gestrecktem Arm zu ihm hinunter. »Dann komm, Kleiner.« Er ergriff meine Hand und ich zog ihn mit aller Kraft in die Höhe, bis er schließlich vor mir zu sitzen kam. »Es kann losgehen«, rief ich Levinor zu, der daraufhin sein Pferd antrieb. Wir anderen taten es ihm nach, sodass wir in raschem Tempo vorankamen.

Der Wichtel dirigierte uns durch seine lauten Anweisungen, die bis zu Levinor drangen, zielsicher über Wiesen und Felder. Für einen winzigen Moment überlegte ich, ob es nicht gefährlich für uns sein könnte, so laut zu sein, aber da selbst Heron erst mit einem Übergriff bei der Steinwüste Sinistriens rechnete, verwarf ich den Gedanken.

Als wir das grauschwarze Tor der Bewacher sichteten, ließ Levinor die Gruppe in Schritt fallen. Nach einer Weile waren wir dem Tor so nah, dass ich Einzelheiten erkannte. Sein Anblick trieb mir eine Gänsehaut über den Rücken. Die riesigen, aus Stein gehauenen Bewacherskulpturen starrten uns mit leblosen Augen entgegen. Zwei gewaltige Hörner prangten auf ihren Köpfen und ragten geradewegs nach vorn, als wollten sie jeden, der ihnen zu nahe kam, durchbohren. Die Körper, eine Mischung aus Bär und Stier, strotzten vor Kraft. Schon glaubte ich, ihren Geruch wahrzunehmen, als ich aber prüfend die Luft durch die Nase zog, war diese Sinnestäuschung verschwunden. Ich war froh, dass diese Wesen aus Stein waren, denn ich kannte niemanden, der es mit ihnen und ihren Muskeln hätte aufnehmen können.

»Glaubst du, sie können lebendig werden?«, flüsterte Leona, die ähnliche Gedanken zu haben schien.

»Ich hoffe nicht«, antwortete ich, ohne meinen Blick von den Bewachern abzuwenden. Automatisch schloss ich die Beine fester um den Pferdekörper. Sofort machte der Rappe einen kleinen Satz nach vorn. Melchior schwankte und fasste schnell nach der Mähne, verkrampft hielt er sich fest. Ich beobachtete, wie Levinor und Dawn in die flirrende Luft des Tores ritten. Leona überholte mich und wagte vor mir den Übertritt. Ich stoppte mein Pferd und sah zu, wie sie von der Wellen schlagenden Luft umhüllt wurde.

»Das Tor macht mir Angst«, jammerte Melchior kleinlaut. Ich umfasste den Wichtel mit einer Hand und drückte ihn tiefer in den Sattel. »Wir schaffen das«, raunte ich ihm aufmunternd zu, wobei die Worte auch meinen Mut stärken sollten. Ich klopfte meinem Pferd den Hals und ritt langsam weiter. Die wabernde Umgebung des Tores saugte uns in einen Tunnel. Sofort setzte ein pfeifendes Brausen ein, der Sog verstärkte sich. Ich spürte die Bewegungen meines Pferdes, das hektisch mal nach vorn, mal zur Seite sprang. Nur mit Mühe blieb ich im Sattel, alles um mich herum bewegte sich in alle Richtungen gleichzeitig. Ich sah bunte Farben und fühlte, dass etwas heftig an meiner Kleidung zerrte. Noch bevor ich erkannte, was das Ziehen verursachte, landeten wir auf festem Boden. Ich knallte schmerzhaft in den Sattel und drückte Melchior aus Reflex fest an mich. Der Rappe riss unwillig den Kopf nach oben und schnaubte aufgebracht.

»Aua!«, brüllte der Wichtel wütend.

Offensichtlich hatte ihm die Reise durchs Tor nichts ausgemacht. Sein Schrei vertrieb meine Benommenheit, sodass ich nach einigen Sekunden meine Umgebung deutlich wahrnahm. Levinor, Leona und Dawn standen etwas abseits mit ihren Pferden auf einer verschneiten Wiese und hüllten sich in ihre dicken, braunen Umhänge. Auch ich bemerkte die Eiseskälte und zog eilig meinen langen Umhang hervor, der zur Reiseausrüstung gehörte, die Dawn in weiser Voraussicht zusammengestellt hatte. Ich warf ihn über Melchior und mich, sodass nur unsere Gesichter unter dem Stoff hervorlugten.

Blass schien die Mittagssonne zwischen grauen Wolkenschwaden auf die Landschaft. Ihr fahles Licht fing sich glitzernd in den vereisten Ästen toter Bäume. Das Wetter war bisher nicht angenehm gewesen, doch jetzt war es nahezu unerträglich. Kälte und Wind fuhren ungemütlich in jede Kleiderritze und ließen uns frieren. In diesem Augenblick entdeckte ich am Horizont eine breite, dunkle Silhouette, die schnell näher kam. Auch

Melchior hatte sie entdeckt und jammerte reuevoll: »Das sind die Angat!«

»Sie kommen!«, schrie ich den anderen zu und wies auf den Horizont.

»Wer kommt?«, rief Levinor und drehte sich um.

»Die Angat!«, schrie Melchior panisch.

Jedem von uns war klar, dass ein Zusammentreffen auf freiem Feld den sicheren Tod für uns bedeuten würde. Hektisch sahen wir uns nach einem Versteck um. Es war Levinor, der ganz in der Nähe eine Burgruine ausmachte. »Los, macht schnell! Darüber!«, brüllte er und drückte seinem Pferd die Stiefelabsätze in die Flanken. Wir jagten ihm nach. Doch unsere Verfolger holten stetig an Wegstrecke auf.

»Uns bleibt nicht viel Zeit!«, schrie ich gegen den eisigen Wind. Unerwartet stolperte mein Pferd und Melchior und ich flogen in hohem Bogen aus dem Sattel. Knirschend rutschte ich über den Schnee und verlor den Wichtel aus den Augen. Ehe ich begriff, was geschehen war, stand ein Krieger der Angat über mir. Seine wasserhellen, graublauen Augen starrten mich boshaft an. Schnell drehte ich mich auf die Seite und sprang auf die Beine. Der Angat zog sein Schwert und schlug es auf die Stelle, an der ich eben noch gelegen hatte. Ich zog ebenfalls mein Schwert und schwang es ihm entgegen. Klirrend kreuzten sich unsere Klingen. Ich spürte die unbändige Kraft meines Gegners, doch auch ich war kein Schwächling. Singend krachte der

Stahl immer und immer wieder aufeinander, manchmal waren unsere Schläge so heftig, dass gelbe Funken flogen. In diesem Augenblick hörte ich ein leises Sirren. Noch ehe ich reagieren konnte, verspürte ich einen derben Schlag. Entsetzt blickte ich auf den Pfeil, der sich tief in das Fleisch meines rechten Oberschenkels gebohrt hatte. Der heftig einsetzende Schmerz presste mir die Luft aus den Lungen. Als ich mich wieder besann, holte der Angat gerade zu einem gewaltigen Schlag aus. Mit aller Kraft versuchte ich, mein Schwert nach vorn zu bringen, doch die Zeit reichte nicht aus.

»Verdammt!«, war das Einzige, das mir durch meinen leeren Kopf schoss. Da traf von hinten eine andere Klinge das Schwert meines Angreifers und verhinderte den tödlichen Plan.

»Lass dich fallen!«, schrie Levinor. Sofort sackte ich nach unten und sah, wie eine Gruppe von mindestens zehn Angat ihre Bogen spannte. Sie nahmen Levinor und mich ins Visier. »Pass auf!«, rief ich verzweifelt, doch was sollte mein Gebrüll schon ausrichten gegen die Übermacht der Angreifer. Wenn jetzt nicht ein Wunder geschah, war es aus mit uns.

Etwas Kleines zischte von hinten an unseren Köpfen vorbei und flog in hohem Tempo auf die Bogenschützen zu. Ich sah ihre verdutzten Gesichter, dann gab es einen Knall. Jede Menge weißer Rauch, von gleißend bunten Kugeln durchwirkt, hüllte die Angat ein. Die bunten

Lichter knallten prasselnd und zischten zwischen den hektisch herumstolpernden Kämpfern hin und her. Levinor nutzte die Gelegenheit und rammte dem vor ihm stehenden Angat sein Schwert zwischen die Rippen. Langsam färbte sich das braune Hemd unseres Angreifers rot, ein ungläubiger Ausdruck trat auf sein Gesicht, er öffnete den Mund und ging gurgelnd in die Knie. Der Prinz entriss dem zusammengesunkenen Körper die blutverschmierte Klinge. »Los, mach schon, ich werde dir helfen.« Humpelnd und auf Levinor gestützt flüchteten wir in die Burgruine. Mein Bein brannte bei jeder Bewegung wie Feuer, es fühlte sich an, als würde die Pfeilspitze mit jedem Schritt tiefer in mein Fleisch getrieben. Stöhnend ließ ich mich im Schutz der Burgmauer auf den Boden fallen.

Sofort war Dawn an meiner Seite. »Hast du starke Schmerzen?«, fragte sie. »Es geht«, presste ich zwischen zusammengebissenen Zähnen hervor.

»Sie treten den Rückzug an!«, hörte ich Leonas Jubelgeschrei. Froh, den ersten Angriff abgewehrt zu haben, tastete ich nach der Wunde. Dawn, deren Gesichtszüge nichts von ihrer Anspannung verrieten, machte sich an meinem Bein zu schaffen. »Ich muss den Pfeil entfernen, es wird weh tun«, warnte sie mich und gab Levinor ein Zeichen, der daraufhin meine Arme festhielt. Meine Schwester fasste mit einer Hand mein Bein und drückte es fest auf den Boden, mit der anderen ergriff sie den Schaft des Pfeils und zog mit einem kräftigen, schnellen Ruck die Pfeilspitze heraus. Der Schmerz schoss in heißen Wellen durch meinen gesamten Körper. »Ah!«, hörte ich meinen eigenen Schrei durch die Burgruine gellen, bevor mich gnädig eine dunkle Ohnmacht empfing.

Einige Zeit später öffnete ich die Augen. Ich wusste nicht, wie lange ich so gelegen hatte, aber es war immer noch hell. »Dawn?«, flüsterte ich kraftlos. Sofort spürte ich ihre weiche Hand auf meiner Wange. »Ja, Gidion, ich bin hier. Wie fühlst du dich?«

Bei dem Versuch, mich langsam aufzusetzen, zuckte ein brennender Schmerz durch das rechte Bein bis in die Fußspitzen. Ich sah an mir herunter und registrierte einige Schwammreste und weiße Tücher, die als dicker Verband um mein Bein gewickelt waren. »Danke, es geht schon«, antwortete ich schnaufend.

Hinter meiner Schwester tauchten Levinor und Leona auf. »Wirst du damit reiten können?«, fragte der Prinz mit besorgtem Gesicht. »Ich glaube nicht, dass uns die Angat danach fragen werden, also werde ich es versuchen.«

Ich war wild entschlossen, die Gruppe nicht zu behindern. Vorsichtig quälte ich mich auf die Beine und wagte einige Schritte. Zu meinem Erstaunen ging es besser als ich angenommen hatte. Übermütig machte ich einige Schritte auf Levinor zu und ergriff seine Hand. »Danke«, hauchte ich, und schlug ihm mit der anderen freundschaftlich auf die Schulter. Für einen Moment sahen wir uns in die Augen, wie es nur Freunde taten, die wussten, dass sie sich aufeinander verlassen konnten. Seine Lippen kräuselten sich zu einem verschmitzten Lächeln. »Du hättest das Gleiche für mich getan.« Er erwiderte fest den Druck meiner Hand, bevor wir uns trennten.

»Wo sind die Angat jetzt?«, fragte ich in die Runde. Auf Leonas Gesicht erschien ein freches Grinsen. »Ich habe ihnen eine von den Raketen verpasst. Diese Feiglinge sind geflüchtet wie die Hasen«, gluckste sie.

Levinor zog seine Cousine in die Arme. »Ja, du hast uns gerettet, du bist eine Heldin.« Er gab ihr einen sanften Kuss auf die Stirn. Verwundert registrierte ich, dass ein leichter Anflug von Eifersucht in mir aufstieg.

»Wir müssen nach Sinistrien aufbrechen, solange es noch hell ist«, unterbrach der Prinz meine Gedanken.

»Wo ist Melchior?«

Seit unserem Sturz hatte ich ihn aus den Augen verloren und nicht mehr an ihn gedacht. Suchend blickte ich mich um und machte einige mühsame Schritte zum Ausgang.

»Er ist verschwunden.«

Dawns Worte hielten mich zurück. Ich drehte mich um. Sie sah mich ernst an.

»Was heißt verschwunden? Ist ihm etwas passiert?«

»Wir haben ihn überall gesucht, aber er ist wie vom Erdboden verschluckt«, entgegnete Levinor.

»Er wird seine böse Pflicht erfüllt haben«, giftete Leona.

»Nein, das glaube ich nicht. Entweder ist er voller Angst davongelaufen oder die Angat haben ihn gefangen«, versuchte ich, für sein Verschwinden eine entschuldigende Erklärung zu finden.

»Warum machst du dir solche Gedanken? Er sollte uns in die Arme der Angat führen und das hat er getan. Also ist seine niederträchtige Aufgabe erfüllt«, blieb Leona bei ihrem vernichtenden Urteil.

»Ich weiß, dass er gelogen hat, aber ich kann mir nicht vorstellen, dass er uns bewusst schaden wollte«, überlegte ich laut. Levinor unterbrach unser Gespräch.

»Wir müssen aufbrechen!«, ordnete er an und ging voraus. Wir folgten ihm in den Innenhof, wo unsere Pferde warteten.

Mit Leonas Hilfe hievte ich mich in den Sattel. Vorsichtig, als wüsste mein Pferd von meiner Verletzung, setzte es sich in Bewegung, doch die ersten Meter hinaus ins Freie waren schrecklich. Ich spürte die Schritte wie Schläge in meinem Bein. Langsam steigerten wir das Tempo, doch erstaunlicherweise hielt sich der Schmerz nun in Grenzen.

»Geht's noch?«, meldete sich Levinor ab und an besorgt.

»Ich werde es aushalten«, entgegnete ich jedes Mal und versuchte ein breites Grinsen.

Die kühle Wintertemperatur ließ unsere heißen Atemwolken als trägen Dunst in die Luft steigen. Die Landschaft lag karg vor uns. Sie war von einer Schneedecke überzogen, die dichter wurde, je näher wir der Steinwüste kamen. Der Schnee dämpfte alle Geräusche, sodass eine unwirkliche Atmosphäre herrschte. Trotz der niedrigen Temperaturen begann ich zu schwitzen, meinem Rappen erging es ebenso. Große Flecken überzogen sein Fell, das dampfend den Geruch nach Hafer und nasser Satteldecke verbreitete. Hin und wieder wendete ich mich nach Leona um, die am Ende ritt. »Ich bin noch da«, beruhigte sie mich, als sie meinen suchenden Blick auffing. Aus dem Nirgendwo zog Nebel auf, der schon nach kurzer Zeit dichter wurde. Jetzt fühlte ich mich wie in einem Vakuum, isoliert und beengt.

Levinor tauchte neben mir auf. »Ist ganz schön unheimlich, was?«, grinste er und reichte mir ein Stück Seil. »Ja, ich kann euch da vorne kaum noch sehen«, erklärte ich mit zustimmendem Nicken, während ich das Seil entgegennahm. »Das Ende bringe ich zu Leona, damit wir uns nicht verlieren.« Ich wollte noch etwas erwidern, doch er war bereits an mir vorbei.

Schemenhaft erkannte ich seine Gestalt, als er sich wieder nach vorn schob. In diesem Moment hörte ich ein Keuchen. Auch die anderen mussten es wahrgenommen haben. Mit einem Ruck bremste mein Rappe kurz vor dem Hinterteil des Rotschimmels, auf dem Dawn saß. Leona ritt auf, ihr Pferd stieß ein erschrecktes Wiehern aus. Levinor gesellte sich zu uns und wir drängten uns eng nebeneinander.

»Was ist das?«, wisperte Leona.

»Keine Ahnung, aber es hört sich an, als sei etwas auf der Jagd«, raunte Levinor zurück.

»Und was jetzt?« Dawns Stimme zitterte leicht. Stumm lauschten wir in die dichte, grauweiße Nebelwand. Knurrende Laute wurden von gierigem Hecheln unterbrochen. Nervös scharrten unsere Pferde mit den Hufen. »Los, nehmt die Baumwolle und die Schwämmchen, stopft sie euren Pferden in die Ohren«, befahl meine Schwester. »Wickelt ihnen etwas um den Kopf, wie wir es von den Rittern am Feld der verlorenen Seelen gelernt haben«, ergänzte ich. Rasch versorgten wir die unruhigen Tiere. Das Knurren hinter uns wurde lauter, mich erfasste nackte Angst. In diesem Nebel konnte ich weder kämpfen noch flüchten. Ein übler Geruch nach Aas drang durch die dichten Schwaden bis zu uns herüber. Das unbekannte Wesen schien bereits engere Kreise zu ziehen.

»Ist es vielleicht ein Bär?«, fragte Leona leise.

»Nein, das glaube ich nicht, dafür ist es zu schnell«, antwortete Levinor, der dicht vor mir stand. Wir hatten die Pferde in einem engen Kreis um uns aufgestellt und uns in die Mitte zurückgezogen. Immer wieder umrundete uns das knurrende Tier. Keiner von uns wagte zu reden. Mindestens zwei weitere waren hinzugekommen. Bald schallte das hungrige Knurren und Geifern von überall her. Ich erkannte rot leuchtende Augen, die in dem Nichts der grauweißen Schleier aufleuchteten.

»Haltet die Pferde gut fest«, flüsterte Leona, löste sich ohne weitere Erklärung aus unserem Kreis und begann zu schreien. »Los, kommt! Ihr habt doch Hunger, ihr verdammten Biester! Hier bin ich!«

Sie rannte von der Gruppe weg. Was hatte sie vor? Entschlossen wollte ich mein Schwert ziehen und ihr beistehen, doch Levinor hielt mich zurück. »Lass das, sie weiß, was sie tut«, befahl er streng. Irritiert starrte ich ihm ins Gesicht. Ich sah seine Anspannung, doch ich sah auch das Vertrauen, das er in seine Cousine hatte. Langsam ließ ich das Schwert zurückgleiten.

Eine knatternde Salve von lauten Explosionen und schnelle, gelbe Feuerblitze zerrissen den Nebel. Unsere Pferde vollführten einen Stepptanz und wieherten mit hoch erhobenen Köpfen. Ich hing hilflos an den Zügeln meines Rappen, der bockend in die Luft sprang. Wenn er jetzt durchging, war er verloren.

Immer wieder knallte und blitzte es, die Schreie unserer Pferde wechselten sich mit dem Jaulen der Jäger ab. Als ich das Gefühl hatte, endgültig die Kontrolle über mein Pferd zu verlieren, war der Spuk vorbei. Außer dem keuchenden Atem unserer Pferde herrschte Stille. Starr in den Nebel lauschend, verharrten wir minutenlang. Meine Nerven waren zum Zerreißen gespannt.

»Leona? Bist du da?«, rief Dawn.

»Ich bin hier! Alles okay bei euch?«, schrie Leona zurück.

»Sie ist verdammt mutig«, schoss es mir anerkennend durch den Kopf. Ihre Schritte näherten sich der Gruppe.

»Sie sind weg«, rief sie fröhlich.

»Was waren es? Wölfe?«, fragte ich.

Doch Leona zuckte nur mit den Schultern, auch sie hatte die Jäger nicht zu Gesicht bekommen.

»Gut gemacht!«, lobte Levinor seine Cousine. Leona strahlte. Zitternd vor Nässe und Kälte nahmen wir den Pferden die Augenbinden ab und befreiten ihre Ohren. Schließlich saßen wir auf. »Da geht es lang«, bestimmte Levinor nach einem Blick auf seinen Kompass. Unsere Pferde stapften über die knirschende Wiese, aufmerksam spielten ihre Ohren in alle Richtungen, doch sie schienen nichts Verdächtiges wahrzunehmen. Nur langsam wich die Anspannung aus meinem Körper und ich spürte wieder den dumpfen Schmerz in meinem verwundeten Bein.

Nach einer kleinen Ewigkeit hob sich der Nebel genauso schnell, wie er gekommen war. Die Gegend wurde heller. Nach Licht strebend, brachen sich mattgrüne Halme ihren Weg durch die löchrig gewordene Schneedecke an die Oberfläche.

»Es wird wärmer«, registrierte ich und war froh, den eisigen Weiten entkommen zu sein. Levinor nutzte die Gelegenheit und ließ seinen Schimmel in einen leichten Galopp fallen, sofort taten es ihm die anderen Pferde nach. Der Boden wurde immer weicher, aber solange die Beine unserer Tiere nicht tiefer einsanken, gönnten wir uns das schnellere Vorwärtskommen. Bald jedoch umwehte sumpfiger Modergeruch unsere Nasen, die Beine unserer Pferde versanken bis weit über die Fesseln im Morast. »Wenn das so weitergeht, müssen wir absteigen«, rief Levinor uns über die Schulter zu. Ich fragte mich besorgt, wie ich mit meinem pochenden Oberschenkel laufen sollte.

Mit jedem Meter, den wir vorankamen, wurde es wärmer, doch die Temperaturen waren noch weit davon entfernt, angenehm zu sein. Als ich meinen Umhang höher schob, sah ich, dass mein Verband von Blut getränkt war. Schnell bedeckte ich mein Bein. Ich wollte auf keinen Fall, dass einer meiner Freunde meinen Zustand bemerkte.

Gegen Abend erreichten wir endlich die Kuppe eines steilen Hügels. Oben angekommen, trauten wir kaum unseren Augen: In der warmen Abendsonne lag eine grüne Talsenke vor uns, als hätte es die eisigen Weiten hinter uns nie gegeben. Levinor wies auf eine weitere Hügelkette. »Dort hinten müsste die Steinwüste beginnen. Was haltet ihr davon, wenn wir heute Nacht hier bleiben?«

Wir stimmten sofort zu. Müde und erschöpft, wie wir waren, sehnten wir uns danach, uns hinzulegen und zu schlafen. Unser Bedarf an Abenteuern war für heute mehr als gedeckt. Leona zog ihre Feldflasche aus der Satteltasche, in der sich tatsächlich noch ein kleiner Wasservorrat befand. »Mehr habe ich nicht«, erklärte sie traurig. Jeder von uns nahm einen kleinen Schluck. Auf ein Abendessen würden wir wohl verzichten müssen. Schnell befreiten wir unsere Pferde von ihrem Sattelzeug und bauten uns ein Nachtlager. Dawn gab mir ein bitteres Kraut zu kauen. Ich verzog den Mund. »Das wird dir helfen und deine Wunde heilen«, lächelte sie. Levinor übernahm die erste Wache, während wir uns fest in unseren Decken vergruben.

24

Ich erwachte im Morgengrauen. Leona schlief an einen großen Stein gelehnt, obgleich sie Wache halten sollte. Sie wirkte so müde und verletzlich auf mich, dass ich sie am liebsten in die Arme genommen hätte. Hoffentlich hatte Levinor nichts bemerkt, denn ich konnte mir lebhaft vorstellen, dass ihn der Anblick seiner schlafenden Cousine nicht erheitern würde.

Ich setzte mich auf und schaute zu ihm, doch er und Dawn schliefen fest. Mein Blick wanderte zurück zu Leona. Verstohlen betrachtete ich ihre weichen Gesichtszüge. Wer würde bei diesem Anblick auf die Idee kommen, dass ausgerechnet sie eine selbstbewusste junge Frau war, die wie ein Mann kämpfen konnte, wenn es darauf ankam. Ich lächelte bei dem Gedanken an ihre freche Art. Langsam wickelte ich mich aus der Decke und warf einen Blick auf den Verband an meinem Oberschenkel. Das rot getränkte Tuch hatte sich braun verfärbt, das ausgesickerte Blut war getrocknet. Prüfend legte ich meine Hand auf den Verband, das Bein war nicht mehr so heiß wie gestern. Vorsichtig stand ich auf und belastete es, offensichtlich hatten die Ruhepause und Dawns Heilkraut ihm gut getan. Es meldete sich nur noch ein leichtes Ziehen. Leise schlich ich auf Leona zu, doch ehe ich mich versah, wirbelte sie im Halbschlaf herum. Empfindlich spürte ich die Spitze ihres Dolchs an meinem Bauch.

»He, nicht so heftig«, flüsterte ich überrascht. Sie grinste mir schelmisch entgegen. »Auch wenn es so aussieht, als würde ich schlafen, soll sich kein Bösewicht in meine Nähe trauen.« Ich hob abwehrend die Hände. »Ist schon gut, ich habe verstanden.«

Sie steckte den Dolch zurück in ihren Gürtel und deutete mir, mich neben sie zu setzen. Schweigend beobachteten wir den glühenden Sonnenaufgang, der die sanften Feuchtigkeitsschleier der Nacht vertrieb. Allmählich erwachten Levinor und Dawn. Der Prinz trat neben uns und sah in die Ferne. »Na? Alles ruhig?«, fragte er gähnend.

»Alles okay«, antwortete Leona, ohne ihren Blick von der Hügelkette zu nehmen. Levinor zog sich wieder zurück.

»Glaubst du wirklich, dass dort die Steinwüste beginnt?«, fragte Leona und reckte sich genüsslich.

»Levinor ist gut in solchen Sachen. Ich glaube, wir haben es bald geschafft.«

»Und dann? Meinst du, wir finden die Lebensachse?«

»Ich denke schon.«

Leona zeigte verhalten in den morgendlichen Himmel. »Ob es den Menschen noch gut geht?« Ich zuckte mit den Schultern. Sie sah auf ihre Stiefelspitzen, ihre Miene verfinsterte sich.

»Woran denkst du?«

Sie neigte den Kopf und ich konnte förmlich sehen, wie sich etwas in ihren Gedanken zusammenbraute. Ein breites Lächeln erschien auf ihrem Gesicht. »Wenn wir das hier überstanden haben, könnten wir doch mal einen Ausflug in die Menschenwelt machen, oder?« Sie wandte sich mir zu und sah prüfend in mein Gesicht. »Vielleicht. Vater Mundus hat mir erzählt, dass man auf die Oberfläche kann, aber ich weiß nicht, wie es funktioniert.« Meine entspannte Stimmung schlug in Traurigkeit um. Die unbändige Sehnsucht nach meiner Mutter schnürte mir die Kehle zu, sodass ich hart schlucken musste.

»Ich habe meinen Onkel vor einigen Tagen belauscht. So wie ich es verstanden habe, gibt es einen Zugang in der Unten-Welt. Ich bin mir sicher: Wenn wir unsere Sache gut gemacht haben, wird er mir verraten, wo sich dieser Zugang befindet. Und wenn er es uns nicht verrät, könnten wir Dawn fragen, schließlich ist sie schon oben gewesen.« Leona grinste noch breiter.

»Klar, das hatte ich schon ganz vergessen.«

Unser Gespräch verstummte, versonnen hingen wir unseren Gedanken nach. Ich dachte an meine Mutter. Ich wollte die Frau, die mich vor gut fünfzehn Jahren geboren hatte und an die ich mich nicht erinnerte, unbedingt bald besuchen. Die Sehnsucht, endlich in ihren Armen zu liegen, überfiel mich wie ein wildes Tier, Tränen sammelten sich in meinen Augenwinkeln. Ich drehte den Kopf zur Seite, damit Leona meinen Gefühlsausbruch nicht sah. Irgendwann beruhigte ich mich und wandte mich ihr wieder zu.

»Hast du eigentlich gar keine Sehnsucht nach deinen Eltern?«

Leona schüttelte verneinend den Kopf. »Nein. Ich habe doch alles, was ich brauche. Onkel Onuphrius ist wie ein Vater für mich. Abgesehen davon ist er nicht streng, weil er glaubt, er müsse besonders fürsorglich mit dem armen verlassenen Mädchen umgehen.« Sie rollte mit den Augen. »Und wer braucht schon Eltern, die ständig Angst um einen haben.« Vergnügt pustete sie sich eine Locke aus dem Gesicht.

»Hast du denn wenigstens hin und wieder Kontakt zu deinen Eltern und wissen sie, dass du eine der Avantgarde bist?«

»Ja, wir schreiben uns regelmäßig. Sie wussten es schon bei meiner Geburt und haben mich deswegen bei meinem Onkel gelassen.«

»Aber wenn du regelmäßig von ihnen hörst, weißt du doch bestimmt eine ganze Menge von der Menschenwelt. Was ist da oben anders als hier?«

»Ich weiß nicht, meine Eltern erzählen nicht viel. Aber wenn ich die Geschichten der Alten ernst nehme, gibt es auf der Erde viele nützliche und spaßige Dinge.« Sie lachte laut auf. »Sie sollen da oben fliegen können, habe ich gehört, und sie reiten nur zum Spaß auf Pferden, sie fahren in etwas, das sie Auto nennen, um an andere Orte zu kommen, das soll so etwas Ähnliches sein wie eine Kutsche, aber ohne Pferde. Ach, das muss herrlich sein, vielleicht ist das so, als würden wir auf einen Jahrmarkt gehen.« Sie grinste bei dem Gedanken an den Spaß, den sie in der Menschenwelt haben könnte.

»He, ihr zwei Faulpelze. Wir müssen weiter, räumt eure Sachen zusammen und packt die Pferde, damit wir nicht noch mehr Zeit verlieren«, rief Levinor uns zu. Murrend erhob sich Leona. Ich schlich ihr nach. Zum Träumen hatten wir später noch Zeit.

Mit ein paar Handgriffen waren wir reisefertig und ritten die Senke hinunter ins Tal. Mit jedem Kilometer, den wir uns der Hügelkette näherten, stiegen die Temperaturen weiter an, bis es fast unerträglich heiß wurde. Gegen Mittag machten wir uns an den Aufstieg des letzten Berges. Nun hatte niemand von uns auch nur den geringsten Zweifel daran, dass sich auf der anderen Seite des Hügels die Steinwüste befinden würde. Mühsam quälten sich unsere Pferde bergauf. Als die Strecke zu unwegsam für sie wurde, stiegen wir ab und gingen zu Fuß weiter. Müde trotteten die Tiere an langen Zügeln hinter uns her. Der trockene, mit spitzen Steinen bedeckte Weg erforderte volle Konzentration, zu allem Übel wurde er mit jedem Meter schmaler. Es gab zwar keine tiefen Felsspalten, in die man treten konnte, aber der Boden war so holprig, dass man keinen Fehltritt riskieren durfte. Trotz aller Vorsicht knickte ich ein paar Mal schmerzhaft um. Ich wagte einen Blick über die Felskante und sah, dass der Berg zwar stetig, aber nicht abrupt abfiel. Sand knirschte zwischen meinen Zähnen, ich hatte riesigen Durst.

»Können wir nicht mal eine Pause machen?«, fragte Dawn. »Ja, eine Pause«, bat auch Leona. Levinor schaute mich fragend an, ich nickte ihm zu. »Okay, lasst uns bis hinter die nächste Biegung gehen, vielleicht finden wir dort ein schattiges Plätzchen und können uns für einen Moment ausruhen.«

Leona murrte. »Das ist noch so weit.«

Ohne auf ihre Äußerung einzugehen, bewegte sich Levinor mit eisernem Willen vorwärts. Sein Pferd folgte ihm treu, wobei der Hals des Tieres immer länger wurde. Ich musste lachen, denn es sah aus, als würde Levinor sein Pferd mit aller Kraft ziehen. Ich bewunderte ihn, er war so diszipliniert. Davon konnte ich mir eine Scheibe abschneiden.

Vor der nächsten Biegung kam Leben in Levinors Pferd, es tänzelte und scheute. »Komm, mein Junge, sei brav, wir haben es ja gleich geschafft.« Der Prinz tätschelte seinem Schimmel den breiten Hals, doch das Pferd blieb stur. »Kann von euch vielleicht jemand vorgehen?«, bat er unwillig.

»Ich mach's.« Dawn schob sich mit ihrem Rotschimmel an den beiden vorbei, doch auch ihr Tier verweigerte sich exakt an derselben Stelle.

»Was soll der Unsinn«, maulte Leona, die an dritter Position wartete. Sie zerrte ihre Stute nach vorn, um die anderen trotz des schmalen Pfads zu überholen. Im selben Moment krachte ein riesiger Felsbrocken direkt vor ihnen auf den Weg. Staub wirbelte auf und hüllte uns in eine dicke, gelbe Wolke. Noch bevor wir verstanden, was passierte, stürmten sieben bewaffnete Angat auf uns zu. Geistesgegenwärtig zückte Dawn ihr Schwert und stürzte sich auf die Horde. Sofort waren wir zur Stelle. Leona erwischte den Größten von ihnen am Arm. Er holte zum Schlag aus, doch bevor er ihr gefährlich werden konnte, war ich neben ihr.

»Das könnte dir so passen!«, brüllte ich ihn an. Leona und ich prügelten abwechselnd auf ihn ein. Doch es tauchten weitere Angat wie aus dem Nichts neben uns auf. Rücken an Rücken schlugen wir kampfeslustig nach allen Seiten. Da unsere Angreifer in der Überzahl waren, mussten wir äußerst achtgeben, um sie in Schach zu halten. Innerhalb kurzer Zeit rann mir der Schweiß in Strömen den Rücken hinunter, jeder Schlag kostete Kraft, schon bald schmerzten meine Muskeln. Unseren Gegnern schien die Hitze nichts auszumachen, sie attackierten uns immer heftiger. Während wir nach Luft rangen, besaßen sie eine eiserne Kondition.

Völlig unerwartet sprangen die Angat auseinander, im gleichen Moment stürmten unsere Pferde in hohem Tempo an uns vorbei. Nur durch einen beherzten Sprung zur Seite konnten wir uns in Sicherheit bringen. Ihr Wiehern übertönte für Sekunden das Gebrüll unserer Gegner, die sich erneut auf uns stürzten. Durch das

Ereignis getrennt, sahen wir uns unseren Angreifern nun einzeln gegenüber.

»Pass auf, Gidion!«, schrie Levinor mir zu. Ich wirbelte herum und sah in das grinsende Gesicht eines Angat. Hart blitzte der Stahl des Dolches, den er auf mich gerichtet hatte. Mit einem Schwerthieb schlug ich ihm die Klinge aus der Hand, doch sofort war einer seiner Mitstreiter zur Stelle und verhinderte meine tödliche Gegenwehr.

»Ah!« Dawns Schrei brach sich an den Felsen. Als ich mich nach ihr umwandte, rutschte sie mit ihrem Angreifer über die Kante in die Tiefe.

»Nein!«, hörte ich Leonas Schrei. Ein Angat trieb sie an den Rand des Weges. Wütend stürzte ich mich auf ihn. Ich wollte sein Tun verhindern und hämmerte ihm so heftig mein Schwert in den Rücken, dass er kopfüber Dawn und seinem Kameraden folgte. Zwei weitere Angat griffen mich an. Sie waren mit schweren, eisernen Brustpanzern geschützt, die zwar sinnvoll, aber auch hinderlich waren, denn sie verlangsamten ihre Bewegungen. Trotz meiner Wunde war ich im Vorteil. Mit einem geschickten Schwertstreich schaffte ich es, sie in eine so ungünstige Haltung zu zwingen, dass ich jedem von ihnen nur einen heftigen Tritt gegen den Brustpanzer geben musste, um sie aus dem Gleichgewicht zu bringen. Mit einem Schrei stürzten sie zu Boden. Zu gern hätte ich meinen Triumph ausgekostet, doch ich sah, dass Levinor Hilfe brauchte. Er stand am Abgrund und ruderte mit beiden Armen.

»Ich muss ihm helfen!«, rief ich Leona zu, die sich heftig gegen die Attacken von drei Angreifern wehrte. Mit einem riesigen Satz entzog ich mich meinen Gegnern, die gerade wieder auf die Beine kamen, und hechtete an Levinors Seite. Ich fasste nach seinem Arm, doch es fehlten ein paar Zentimeter, ich bekam ihn nicht zu packen. Einer der Angat schlug ihm mit Wucht einen Knüppel gegen das Knie. Der Prinz verlor endgültig den Halt und stürzte mit vor Schreck geweiteten Augen in die Tiefe.

Jetzt war ich mit Leona allein und sah mich fünf Gegnern gegenüber. Obgleich ich wusste, dass ich gegen sie nicht die geringste Chance hatte, hielt ich ihnen mutig meine Klinge entgegen. Doch statt mich zu überrumpeln, schlugen sie kraftlos zu, ich konnte jeden von ihnen bedienen. Ich stutzte. Während ich einen Seitenblick auf Leona riskierte, die nach wie vor gegen drei Angat kämpfte, ging mir ein Licht auf: Die Soldaten hatten nicht vor, uns zu töten, sie sollten uns lediglich ermüden.

»Leona, spring!«, schrie ich in der Hoffnung, sie würde meiner Bitte Folge leisten, aber sie schüttelte energisch den Kopf. »Ich denk nicht dran, noch nicht!«

Trotzig drosch sie mit einem harten Hieb auf einen der Angat ein. Irritiert ließ er sich von ihrer Attacke einige Meter zurückdrängen. Sie setzte nach. Sofort stürzte sich ein anderer auf sie. Während ich weiterhin meine fünf Gegner beschäftigte, überlegte ich fieberhaft, wie ich Leona zur Aufgabe bewegen konnte, ohne dass die Angat erfuhren, dass ich ihr Vorhaben durchschaut hatte.

»Leo, du musst springen!«, versuchte ich es erneut.

Aber es war wie immer: Sie hörte nicht auf mich. Ich entschloss mich, ohne Leona den Rückzug anzutreten, und hüpfte über die Felskante.

Schliddernd rutschte ich über die steile Piste nach unten. Grobes Geröll und Sand forderten meine gesamte Körperbeherrschung. Kurz darauf hörte ich ihren Schrei, als sie mir folgte. Sie wird doch nicht …? Noch ehe ich den Satz beenden konnte, rammte sie hart gegen mich. Ich verlor die Balance und wir rollten halb übereinander hinunter bis ins Tal. Sobald ich die Ebene erreicht hatte, stand ich rasch auf, da ich mit weiteren Angreifern rechnete. Aber außer uns vieren befand sich kein Angat auf dem Geröllfeld. Selbst Dawns Gegner, der mit ihr über die Felskante gestürzt war, war verschwunden. Leona war direkt neben mir im Staub gelandet. Ich reichte ihr die Hand und zog sie auf die Beine.

»Alles okay?«, rief Levinor und rannte uns entgegen. »Alles okay«, kam unsere Antwort. Dawn tauchte neben Leona auf und lächelte erleichtert. Doch schon gab es neue Feinde: Zischend tauchten hunderte von rotäugigen Schlangen zwischen den Steinen auf.

»Los! Wir müssen hier raus!« Levinor drehte sich auf dem Absatz um und rannte weiter in die Geröllwüste.

»Dawn, lauf ihm nach, das ist eine Falle!«, schrie ich. Offensichtlich wollten uns unsere Gegner durch eine List trennen. Leona schlug unterdessen wie eine Besessene um sich. Ich packte sie an der Schulter und schleuderte sie herum. »Hör auf und gib mir deine Streichhölzer!«, herrschte ich sie an. Verwundert wühlte sie in ihrer Hosentasche. Ich hoffte, dass jeder von uns die Bitte von König Onuphrius beherzigt hatte und alle magischen Geschenke bei sich trug. Leona warf mir ihre Streichhölzer zu. Fieberhaft zerrte ich das Säckchen mit dem Kraut hervor. Mittlerweile war Dawn mit Levinor wieder neben uns aufgetaucht.

»Hast du deinen Fächer dabei?«, schrie ich den Prinzen an. Ohne zu fragen zerrte er ihn hervor. Ich versuchte, das erste Streichholz anzureißen, doch es wollte mir nicht gelingen. Sofort erinnerte ich mich daran, dass es in meiner Hand nutzlos war. Mit zitternden Fingern hielt ich Leona die Schachtel entgegen. »Nimm du sie, du bist unser Feuerteufel«, forderte ich sie auf.

Ich öffnete den Verschluss meines Beutels, zog ein Büschel heraus und rieb das Kraut zwischen den Fingern, bis es sich buschig kräuselte. »Los, zünde es an«, trieb ich Leona zur Eile, die mit bebenden Fingern eines der Streichhölzer über die Reibefläche zog. Fauchend entflammte der Schwefelkopf. Ich hielt das Kraut an die Flamme, bis es glimmte und zu qualmen begann. »Los, fächele, so schnell du kannst«, bat ich den Prinzen.

Während die Schlangen uns langsam einkreisten, erhob sich der schwarzgraue Rauch in den Himmel. »Es reicht nicht, du musst alles anzünden!«, schrie Dawn und trat heftig nach einer Schlange, die versuchte, sie in die Wade zu beißen. So schnell ich konnte, leerte ich das ganze Säckchen und rieb den Inhalt zwischen meinen Handflächen. Leona riss ein weiteres Streichholz an und entfachte das Büschel. Sofort begann Levinor wie von Sinnen zu fächeln. Erst als das Feuer drohte, meine Finger zu versengen, schleuderte ich alles, so hoch ich konnte, in die Luft. Es verpuffte knisternd. Kleine Aschestückchen regneten auf uns herab, eine dicke, grauschwarze Rauchschwade stieg auf.

Es folgte ein ohrenbetäubender Donnerschlag, dem ein zischender Blitz antwortete. Erschrocken über diese heftige Reaktion, zuckten wir zusammen. Über uns ballten sich dicke, dunkle Wolken zu einem mächtigen Unwetter. Wieder grollte Donner und Blitze erhellten das Geröllfeld. Der Himmel öffnete seine Schleusen und schickte einen sintflutartigen Regen, dessen Geräuschpegel sogar das Grollen des Donners übertönte. Innerhalb von Sekunden stand die gesamte Geröllwüste, die wie ein Trichter zwischen den Hügelketten lag, unter Wasser.

»Können die Schlangen schwimmen?«, rief Dawn und schaute sich nach den Tieren um.

»Ich weiß nicht«, antwortete ich wahrheitsgemäß.

»Wie lange hält der Regen an?«, brüllte Levinor, um das Rauschen des niederprasselnden Regens zu übertönen.

»Keine Ahnung. Deshalb sollten wir schleunigst von hier verschwinden«, schrie ich zurück.

Rasch wateten wir quer durch das ansteigende Wasser in Richtung des gegenüberliegenden Ufers. Es war kräftezehrend, gegen die kalten, um unsere Beine fließenden Wassermassen anzulaufen. Ich hatte angenommen, dass der Regen gleich wieder aufhören würde, doch ein Blick nach oben versprach noch mehr Niederschlag. Mittlerweile reichte mir das Wasser bis an die Knie. Leona und Dawn, die kleiner waren, kämpften verbissen gegen die Fluten.

»Wenn der Regen anhält, werden wir ertrinken«, orakelte Leona pessimistisch. Sie griff nach meiner Hand und ich zog sie mit mir.

»Seht, da vorn!« Levinor zeigte auf eine Hügelgruppe.

Entsetzt blieben wir stehen. Das Heer der Angat bewegte sich auf uns zu. Trotz der gefährlichen Situation musste ich schmunzeln. »Die dunkle Seite Sinistriens muss ja mächtig Angst vor uns vier Avantgarde haben, dass sie gleich mit einem ganzen Heer anrückt.«

Unsere Gegner trieben ihre Pferde in die Fluten. Aufschäumend teilten sich die Wassermassen.

»Was glaubst du, wie viele es sind?«

Dawn wandte sich zu mir um. »Vielleicht hundert?«

Leona seufzte tief. Ich rief ihr zu: »Bloß nicht den Mut verlieren, denk an unseren Eid. Wir gehören zusammen und werden es schaffen!« Sie nickte tapfer. Ich wusste selbst nicht, woher ich diese Zuversicht nahm, aber irgendetwas in mir war überzeugt, dass wir es schaffen konnten.

»Wir brauchen Hilfe!«, rief Levinor. Dawn trat an seine Seite und flüsterte ihm etwas ins Ohr. Daraufhin griff er in seine Brusttasche und zog das Glöckchen hervor, hob es in die Luft und schüttelte es, so heftig er konnte. Immer und immer wieder bewegte er das Messing, sein Handeln glich einer Geste der Verzweiflung.

»Er wird schon kommen«, machte ich ihm Hoffnung. Wir starrten in den Himmel. Mit einem Mal stieß aus den grauschwarzen Wolken der Weißkopfseeadler in hohem Tempo auf den Prinzen hinunter. Levinor hielt dem mächtigen Vogel seinen Arm als Landeplatz hin. Er verlor fast den Halt, als sich das prächtige Tier dort niederließ. Der Raubvogel öffnete den Schnabel und stieß einen durchdringenden Schrei aus, der das Tosen des Unwetters übertönte und sich weit über das Wasser warf.

»Bitte flieg zu Heron und seinen Männern! Sag ihnen, dass wir ihre Hilfe benötigen! Beeil dich!«

Der Vogel äugte mit messerscharfem Blick in das Gesicht des Prinzen, öffnete seinen Schnabel und stieß erneut einen hohen Schrei aus. Mit heftigem Flügelschlagen erhob er sich in die Luft und verschwand pfeilschnell in den Gewitterwolken. Im selben Moment hörten wir das Drohgeschrei der Angat.

»Los, Gidion, halt sie auf!«, brüllte Levinor mich an. Hatte er den Verstand verloren? Ich allein gegen hundert Angat?

»Die Flöte!«, riefen Leona und Dawn wie aus einem Mund. Vor lauter Panik hatte ich meine eigenen Geschenke vergessen! Eilig kramte ich nach dem silbernen Instrument, hob es an die Lippen und pustete hinein. Der Ton, den ich erzeugte, war furchtbar. Schuldbewusst blickte ich in die Runde. Dawn nickte mir aufmunternd zu. »Konzentrier dich.«

Ich atmete tief durch und versuchte, mich zu beruhigen, schloss die Augen und hauchte der Flöte sanft meinen warmen Atem ein. Sie dankte es mir mit einem süßen Ton. Ich spielte mit aller Hingabe, die ich aufbringen konnte. Als ich geendet hatte, öffnete ich die Augen. Die Fluten reichten mir mittlerweile bis zur Brust, Leona und Dawn konnten sich nur noch schwimmend über Wasser halten. Mit einem lauten Platschen kündigten sich die Delfine an. Ihre matt glänzenden Körper schossen wie Pfeile hervor, bevor sie giggernd mit den Köpfen voran wieder ins Wasser tauchten. Fasziniert beobachtete ich ihr Spiel. Es sah aus, als wollten sie mich zu etwas auffordern.

»Denk an die andere Melodie, Gidion«, erinnerte mich meine Schwester. Sofort hob ich die Silberflöte wieder an meine Lippen. Ich konzentrierte mich inmitten des Lärms und Regens, der Angat und aller Bedrohung um uns herum und spielte die Melodie, wie ich sie noch nie zuvor gespielt hatte. Erst Leonas erleichterter Schrei brachte mich zurück. »Sie sind da, Gidion! Sieh dir das an.«

Vorsichtig blinzelte ich durch meine Wimpern. Wunderschöne Meerjungfrauen glitten auf den Rücken der Delfine durchs Wasser. Sie schwammen in hohem Tempo den Angat entgegen, die voller Angst ihre Pferde mal in die eine, mal in die andere Richtung trieben. Ich hörte, wie ihr Anführer Befehle brüllte, doch er bekam sein verwirrtes Heer nicht mehr unter Kontrolle.

Jetzt erst bemerkte ich, dass es nicht mehr regnete. Ich

kämpfte mich an Levinors Seite, der jeder Bewegung der Jungfrauen folgte.

»Du bist dran.«

»Ja, sofort!« Er nahm unseren letzten Trumpf aus der Tasche. Das prall gefüllte Säckchen sprang sofort auf, als er an der kleinen Kordel zog. Levinor ließ den Inhalt in seine Handfläche rieseln. Überrascht registrierte ich, dass der grauweiße Staub pulvertrocken war. König Onuphrius hatte recht, die Geschenke waren magisch. Der Prinz verstaute das Säckchen wieder in der Hosentasche und zog den Fächer hervor. Er wedelte, bis sich der feine, glitzernde Staub von seiner Handfläche aus wirbelnd in der Luft verteilte. Wind erhob sich über dem Wasser und türmte es binnen Sekunden zu riesigen Wellen auf.

Schwimmend beobachteten wir die Angat. Sie wendeten unkoordiniert und rücksichtslos ihre Pferde, ritten durcheinander und behinderten sich gegenseitig. Jeder versuchte, so schnell wie möglich an das rettende Ufer zu gelangen, doch sie hatten sich zu weit in das tiefe Wasser gewagt. Der Sog der Strömung riss sie zurück, sobald sie sich mühsam ein Stück zum Ufer gekämpft hatten. Die Delfine trugen die Meerjungfrauen nah an die Angat heran. Sie glitten geschmeidig und mühelos durch die wogenden Wellen, die Meerjungfrauen umschlangen die Beine der strampelnden Soldaten mit ihren Armen, die sich in Tentakel verwandelt hatten, und zerrten sie von den Rücken der Pferde hinunter bis tief unter die Wasseroberfläche. Die wenigen von ihnen, die nicht von den

Meerjungfrauen geholt wurden, schlugen in Panik auf ihre Pferde ein. Doch mit der nächsten großen Welle verloren auch sie den Halt und stürzten. Sofort waren die Delfine da, jagten die Männer durch das Wasser und stießen mit ihren harten Mäulern zu, bis die Angat kraftlos im Wasser trieben. Die Wellen verschlangen ihre reglosen Körper. Nur wenige schafften es bis zum Ufer und rannten dort geradewegs in die Arme von Heron und seinen Männern. Wir erkannten den weißen Überwurf, auf dem stolz die rote Eule, das Zeichen Tenebraes, prangte.

Als hätte es die Anstrengungen der letzten Tage nicht gegeben, floss eine unbändige Energie durch unsere erschöpften Glieder. Vielleicht war das eines der Geheimnisse des Brunnens, in dem wir gebadet hatten.

»Lasst uns ans Ufer schwimmen, um ihnen zu helfen.« Leona war wieder voller Tatendrang. Als hätten die Delfine nur auf ein Zeichen von uns gewartet, schwammen vier von ihnen zu uns und boten uns ihre Rückenflosse an. Beherzt griff ich zu. Ehe ich mich auf den Start vorbereiten konnte, beschleunigte mein graublauer Helfer pfeilschnell, sodass mir ein Wasserschwall den Atem nahm. Was für ein Tempo, dachte ich, doch schon nach den ersten Metern drohten meine Finger von seiner Flosse zu rutschen. Das Tier bemerkte meine Not und verlangsamte seine Geschwindigkeit, damit ich Zeit hatte, mir besseren Halt zu verschaffen. Ich drehte mich leicht zur Seite, sodass ich trotz des Tempos Luft holen konnte.

Kurz darauf erreichten wir das Ufer, meine drei Mitstreiter trafen zeitgleich mit mir ein. Eilig stiegen wir aus den sich zurückziehenden Fluten, bedankten uns bei unseren Helfern und rannten mit gezogenen Schwertern auf das wild kämpfende Knäuel von Männern zu. Es dauerte nur wenige Minuten, bis unsere Gegner erkannten, dass sie gegen uns keine Chance hatten. Feige ergriffen sie die Flucht.

»Dort hinten sind eure Pferde!« Heron zeigte auf einen nahen Hügel, bevor er mit seinen Männern den Angat nachritt. Wir rannten zu unseren Ausreißern, die unbeeindruckt von dem Lärm grasten. Selbst als wir aus vollem Lauf in die Sättel sprangen, schienen sie wenig erschreckt. »Du bist schon viel besser geworden«, rief Leona mir zu. Trotz der Anspannung musste ich grinsen.

In gestrecktem Galopp ging es um die nächste Kurve geradewegs auf ein mit Hörnern umrahmtes Tor zu. Die Angat rannten daran vorbei und stürmten in den angrenzenden Wald. Ich bereitete mich auf einen Slalomritt vor, als Heron sich anders entschied. »Lasst sie laufen! Es ist wichtiger, dass wir durch das Tor nach Sinistrien gelangen!«, schrie er zu uns herüber.

Wir hielten geradewegs auf das Tor zu. Für den Bruchteil einer Sekunde zögerte ich, dann folgte ich den anderen. Zu meinem Erstaunen landete ich auf der anderen Seite weich. Vor mir erhob sich eine mächtige schwarze Burg.

»Das ist die Burg Jechubes«, rief Heron, den ich als Ersten in dem Gewirr ausmachen konnte. Wir ritten direkt über die Zugbrücke in den Innenhof, vorbei an den überrumpelten Wachen, die sich angesichts unserer hohen Geschwindigkeit nicht rührten. Heron stoppte den Galopp seines Pferdes abrupt und schwang sich eilig aus dem Sattel. »Folgt mir! Die Burg ist unbewacht!«

Wir taten es ihm nach und stürmten mit ihm in die dunkle Halle.

»Sucht sie!« Herons Stimme hallte von den Wänden wider. Seine Ritter rannten durch die Halle, ihre Absätze dröhnten laut auf den Steinen. Schwerer Sandelholzgeruch schlug uns entgegen, der aufdringlich in meine Nase kroch. Ich sah mich um und erkannte eine breite Treppe, die auf eine Galerie führte. Ob sich dort oben die Lebensachse befand?

Polternd wurde oben eine Tür geöffnet. Gleich darauf erschien ein großer, weißhaariger Angat mit einer dunkel gekleideten Frau am Geländer. Sie beugten sich darüber, um besser zu uns heruntersehen zu können.

»Wer wagt es, in meine Burg einzudringen!«, donnerte die wütende Stimme des Angat. »Wachen!«, brüllte er aus voller Kehle nach seinen Bediensteten, doch es rührte sich nichts. Hart stieß er sich mit beiden Armen vom Geländer ab und hastete die Treppe hinunter. Kaum hatte er die Hälfte genommen, als sein Blick auf Heron und Levinor fiel, die ihn an der untersten Stufe erwarteten. Mit einem Ruck blieb der Mann stehen. Die Frau, die ihm wie ein Schatten gefolgt war und mit seiner Vollbremsung nicht gerechnet hatte, stolperte gegen ihn, fing sich aber rasch wieder.

Für eine Sekunde war die Szene wie eingefroren: Niemand bewegte sich, man hätte eine Stecknadel fallen hören können. Levinor und der Weißhaarige starrten sich an.

»Sei gegrüßt, Jechube.« Herons Stimme zerschnitt die Stille. Der Angesprochene nickte dem Ritter zu. »Sieh an, Heron. Du hast es also geschafft, mein Heer zu überwältigen.« Giftig tropften die Worte von Jechubes Lippen.

Der Ritter lachte auf. »Wie du siehst, sind wir hier.«

»Wo sind meine Männer?«

»Fortgelaufen wie die Hasen. Wenn du uns nicht bessere Gegner in den Weg stellst, ist es mit deiner Macht nicht allzu weit her.«

Jechubes Miene blieb unbewegt. »Und du, Bruder? Bist du gekommen, um dich für deine schreckliche Kindheit zu rächen?«

Der Prinz stand da, als hätte er einen Stock verschluckt. »Hast du ihnen geholfen? Hast du dich meinen Feinden angeschlossen, um mich zu vernichten?«

Jechubes Lachen klang unecht. Levinor rührte sich immer noch nicht. Jechube schritt langsam die Treppe hinunter und blieb vor Levinor stehen. »Du hattest die Wahl, mein geliebter Cousin.« Er reckte seine imposante Gestalt und blickte in die Runde. »Doch jetzt ist es für dich genauso zu spät wie für deine Freunde. Ich, der Führer der Angat, sorge dafür, dass keiner von euch lebend meine Burg verlässt. Ein weiteres Heer ist auf dem Weg hierher, es wird jeden Moment eintreffen, um euch zu töten.«

Auf Levinors Gesicht zeigte sich deutliches Unbehagen, doch Heron schienen die Worte nicht zu beeindrucken. Er machte eine abfällige Handbewegung. »Ich kenne die Stärke deines Heeres und weiß, dass du lügst. So wie alle Angat lügen. Vergiss nicht, ich kämpfe auf der Seite Tenebraes. Von ihr weiß ich, dass du nur dieses eine Heer hast, und das haben wir bis auf wenige Männer vernichtet. Also lass uns vernünftig sein, denn ich will dich und deine Begleiterin nicht töten. Wir schützen nur die Avantgarde.«

Jechube ignorierte Herons Worte. »Was macht unser Vater?«

Dawn fasste Leona und mich bei der Hand. »Lasst uns die Lebensachse suchen, das hier kann noch dauern«, flüsterte sie, um das Gespräch zwischen Heron, Levinor und Jechube nicht zu stören. Wir schlichen uns zu einer Seitentreppe, die in einen dunklen Gang führte.

»Woher weißt du, wo wir suchen müssen?«, fragte Leona leise.

»Ich weiß es nicht, es ist nur so ein Gefühl.«

»Aber wir können doch nicht …« Es widerstrebte mir, unsere Freunde einfach so zurückzulassen. Was war, wenn Heron sich irrte und es doch noch ein weiteres Heer gab?

»Es wird nichts geschehen«, beschwichtigte Dawn. »Jechube ist gefährlich, aber nicht dumm. Er weiß, dass er verloren hat, und er weiß, dass außer seinen Wachen niemand mehr da ist, der ihn unterstützen kann. Was soll er allein mit der Schlangenfrau gegen die Ritter der Tenebrae ausrichten?«

Leona und ich wechselten einen schnellen Blick, Dawns Worte waren einleuchtend. Wir hatten bei unserem Eintreffen tatsächlich nur die beiden Wachen am Eingang gesehen. Wenn das seine Kämpfer waren, waren wir nicht in Gefahr.

Dawn stieg über die Treppe hinunter in ein Kellergewölbe. Mit einem letzten Blick auf die vier folgten wir ihr in den dunklen, wenig einladenden Gewölbegang, in dem nur einige heruntergebrannte Pechfackeln loderten. Ihr flackernder Schein malte unsere Umrisse an die kahlen, feuchten Steinmauern.

Durch eine angelehnte Eisentür, die sich unweit der Treppe befand, fiel ein warmes, goldenes Licht. Dieses Licht kannte ich! »Da ist sie … ich … wir haben sie gefunden«, wisperte ich erleichtert.

Dawn erreichte die rostige Tür und riss sie auf, Leona und ich quetschten uns fast gleichzeitig hindurch. Und tatsächlich: Die Lebensachse baumelte mitten im Raum in einer Halterung, die durch Ketten gehalten wurde, von der hohen Gewölbedecke. Müde knisterte die einzige Fackel in dem ansonsten dunklen Raum, als wollte sie jeden Moment verlöschen.

Leona sah sich um und entdeckte eine schmutzige Wolldecke. »Nehmt sie ab, dann wickeln wir sie vorsichtig darin ein«, sagte sie, überwältigt, so nah am Ziel zu sein. Mit spitzen Fingern hob sie den Fetzen hoch. Unzählige Spinnen sprangen auf und huschten aus den Falten des alten Wollplaids über den Boden. Behutsam befreiten Dawn und ich die Lebensachse und hüllten sie in den Stoff.

»Geh voran und öffne uns die Tür«, bat Dawn. Mitten in der Bewegung hielt Leona inne. Im Türrahmen stand eine Mischung aus Drache und Fledermaus. Der Kopf glich einer Echse, der Rest des Körpers war mit einer glatten, orangenen Lederhaut überzogen, wie sie nur Fledermäuse besaßen. Aus dem Maul züngelten Flammen, die seine Körperfarbe leuchtend zur Geltung brachten.

»Legt das sofort zurück«, ertönte eine dunkle Stimme. Schnell verständigten wir uns mit einigen Gesten. Dawn und ich legten die Lebensachse sorgsam in eine Ecke. »Niemals«, sagte ich ruhig und zückte mein Schwert. Leona und Dawn deckten meine Flanken, doch der erwartete Angriff blieb aus. Stattdessen kam das Ungeheuer träge einige Schritte in den Raum, sein massiger Körper verdeckte den Ausgang. Leona, die dem Drachen am nächsten stand, nutzte den Moment, als dieser das Maul öffnete, und warf ihm etwas mit schneller Bewegung in den Schlund. Irritiert schaute das Drachenwesen Leona an. Im nächsten Moment hörten wir eine dumpfe Salve von schnell aufeinanderfolgenden Explosionen. Das Biest riss überrascht sein Maul auf. Schnell warf Leona eine Rakete hinterher. Bunte Sterne, Bälle und funkelnde Blitze fuhren dem Drachenwesen heulend aus dem Maul.

Ich packte mir die Lebensachse und lief zur Tür. Das riesige Tier taumelte, das war unsere Chance. Wir stürmten an ihm vorbei und durch den Gewölbegang die Treppe hinauf in die Burghalle. Verdutzt blieben wir stehen, denn sie war leer.

»Wo sind die anderen?«

Augenblicklich dachte ich an Jechubes Drohung. Noch bevor mir eine der Frauen eine Antwort geben konnte, drang lautes Geschrei von der gegenüberliegenden Seite der Halle an unsere Ohren. Ich sah eine halb geöffnete Tür, durch die schwaches Licht fiel. Eilig durchquerten wir die Halle, doch als Leona die Tür aufreißen wollte, hielt Dawn sie zurück. »Warte!«

Wir lauschten. Das Gezeter war kein Kampfgeschrei, sondern klang wie ein Streit. Leona spähte neugierig durch den Spalt.

»Was siehst du?«, flüsterte ich ungeduldig.

»Moment, ich kann nichts erkennen, es ist dunkel draußen«, flüsterte sie, schob die Tür etwas weiter auf und steckte ihren Kopf hindurch. »Da sind sie.«

Sie riss die Tür auf und wir rannten auf Levinor, Heron und seine Männer zu, die mit dem Rücken zu uns im nächtlichen Burggarten standen. Sie bildeten einen Halbkreis um Jechube und Rajah, die sich fürchterlich stritten. Wüste Beschimpfungen und Schläge wurden zwischen den beiden ausgetauscht, bis sie sich schließlich voller Hass gegenseitig an die Gurgel gingen. Ich befürchtete, einer der beiden würde jeden Moment tot zu Boden sinken, aber bevor es dazu kam, hörten wir den Schrei einer Eule. Ich legte die Lebensachse sanft neben mir auf dem Boden ab. Der Himmel über der Burg färbte sich glühend rot, als hätte jemand das Tor zur Hölle geöffnet. Instinktiv ergriff jeder von uns die Hand des anderen. »Wir sind die Einheit der Avantgarde, uns wird nichts geschehen«, sagte Leona mehr zu sich selbst. Mir machten ihre Worte Mut. Ich spürte, wie die Kraft der vier durch meine Adern pulsierte und meinen Körper aufrichtete. Meine Augen suchten Heron, der ruhig dastand und hinauf in den Himmel blickte.

Jechube und Rajah warfen ihre Köpfe in den Nacken und starrten ebenfalls nach oben. Auch wir sahen hoch. Ich erblickte das Gesicht und den Oberkörper einer Frau, die einen sonnenhellen Umhang trug. Ich kannte diese Frau! Sie war es, die ich vor einigen Tagen am Himmel gesehen und für ein Trugbild gehalten hatte. Das musste Tenebrae sein!

»Hört auf!« Ihre Stimme klang, als wollte sie Gericht halten.

»Die, die ihr nichts anderes im Sinn habt, als einander zu betrügen! Die, die ihr Unruhe und Leid verbreitet! Euch werde ich für die nächsten Jahre aneinander binden, auf dass ihr kein Unheil in unsere und in die Welt der Menschen tragt. Ihr sollt künftig als mahnendes Beispiel all denjenigen dienen, die glauben, sie könnten die Welt beherrschen. Wer es wagt, die Lebensachse, die als Zentrum des Weltenrhythmus dient, zu stehlen, der ist es nicht wert, in meiner Welt zu leben!

Ich bin Tenebrae, die Herrscherin über diesen Planeten, ich bewahre das Gute und das Böse, doch ihr habt den Bogen überspannt. Durch eure frevelhafte Tat ist mein Reich in Gefahr geraten. Niemals werde ich euch gestatten, die Erde aus Habgier an euch zu reißen. So merkt euch: Ich bin die absolute Macht und werde für alle Zeit herrschen!«

Sie streckte ihre Hand aus und richtete den Zeigefinger auf unsere Widersacher. Knisternd schoss ein roter Blitz aus ihrer Fingerspitze, der Jechube und Rajah in grellweißes Licht hüllte. Die beiden zappelten, als würden sie bei lebendigem Leib geröstet. Noch während das Licht in ihre Körper fuhr, verstummten ihre Schreie. Nach kurzer Zeit erlosch das Licht und gab den Blick auf zwei weiße Marmorstatuen frei, die mitten in der Bewegung erstarrt waren. Tenebrae zog ihre Hand zurück und schaute auf die versammelte Menge.

»Das ist die Frau, die ich kurz vor unserem Übertritt am Tor des Wächters gesehen habe«, stammelte ich. Tenebrae zwinkerte mir zu, als hätte sie meine Worte gehört. Mein rechtes Auge begann heftig zu zucken. Sie schenkte den Rittern ein freundliches Lächeln, dann erst wandte sie sich Leona, Dawn, Levinor und mir zu. Wir hielten uns immer noch an den Händen.

»Ich danke euch, Kämpfer der Avantgarde, für euren Mut, euer gutes Herz und eure Treue. Ich weiß, dass die Lebensachse bei euch in guten Händen ist.«

In mir machte sich Erleichterung breit. Auch die Gesichter meiner Freunde waren wesentlich entspannter als noch vor einigen Minuten. »Da sieht man es wieder. Die

Bösen bekommen ihre Strafe«, grinste Leona keck, ließ meine Hand los und knuffte mir freundschaftlich in die Seite.

Tenebrae wandte sich an Heron. »Dich, meinen treuen Freund, möchte ich bitten, die Avantgarde mit deinen Männern gut zu bewachen. Bringt die Lebensachse heil an ihren Platz, damit es uns und die Welt dort oben noch ewig geben möge.«

Der Ritter neigte den Kopf. »Wie Ihr wünscht, Herrin.«

»Wo ist der Wichtel?«

Ihre Stimme donnerte durch den Garten und ließ den Boden erzittern. Ich sah mich um. Sollte Melchior tatsächlich zu Jechube gelaufen sein, um uns auszuliefern? Im Gestrüpp neben Heron begannen die Blätter zu rascheln, als schleiche eine Ratte durch das Unterholz. Der Ritter griff beherzt in das Gebüsch und beförderte den zappelnden Melchior zutage. »Lass los! Ich bin kein Wichtel! Ich … ich bin ein Zwerg!«, krähte dieser aufgebracht.

Heron schubste den Kleinen bis vor die Marmorstatuen, die einst Jechube und Rajah gewesen waren. Bei ihrem Anblick fiel der Wichtel schlotternd auf die Knie. »So glaubt mir doch, ich bin ein Zwerg!«, jammerte er herzzerreißend.

Wir brachen in prustendes Lachen aus. Tenebrae schmunzelte. »Wichtel oder Zwerg, das ist mir egal! Ich hatte dir befohlen, bei mir zu bleiben und dich nicht einzumischen. Ist es nicht so gewesen?« Der Boden vibrierte erneut unter ihrem Zorn. »Was hat dich davon abgehalten, mir zu gehorchen?«

»Ich ... ich … dachte, ich wollte doch nur nach Hause.« Der Kleine war ein klägliches Häufchen Elend.

»So, so, du wolltest nach Hause. Dann erkläre mir, was geschah, nachdem dich meine Wachen in das Verlies sperrten. Doch vor allem würde mich interessieren, was dich hierher verschlagen hat.« Ihre Stimme war von heiterer Gelassenheit, als erwartete sie, eine spannende Geschichte zu hören.

»Ich wollte ja gar nichts Böses tun, ich war einfach nur auf dem Weg in meinen Wald nahe der Burg Jechubes. Ihr wisst doch, dass man einen Wichtel nicht gefangennehmen darf. Er geht ein, selbst bei bester Pflege. Wichtel brauchen ihre Freiheit. Als ich das Schloss verließ, half mir die Hexe Tascha und zeigte mir den Hinterausgang, der sich unterhalb Eurer Burg befindet. Da haben mich dann kurz danach die Jaher gefangen und hierher gebracht. Jechube wollte mich zwingen, die Avantgarde auszuspionieren. Er wollte etwas Böses tun, nicht ich! Und die Schlange Rajah wollte mich ebenfalls töten, wenn ich ihnen nicht helfe. Was sollte ich denn tun?«

Als ihm niemand antwortete, begann er seine Litanei von vorn. »Ich konnte nichts dafür, ehrlich, ich bin unschuldig. Als ich dann bei den Avantgarde war und sie das erste Mal auf die Krieger der Angat trafen, bekam ich so schreckliche Angst, dass ich floh. Ich rannte und rannte und landete wieder in der Nähe des Baches, an dem die Schlafpilze wachsen …«

»Schweig, Wichtel«, unterbrach Tenebrae sein ewig gleiches Gerede. »Ich glaube dir kein Wort, aber weil es ohne Böse kein Gut und ohne Gut kein Böse gibt, werde ich dich für dieses eine Mal verschonen. Doch ich rate dir: Wenn du nicht eines Tages so enden willst wie deine Auftraggeber, solltest du dich schnellstens besinnen.« Sie wies auf die Marmorstatuen. »Kannst du mir das versprechen?«

Melchior zitterte am ganzen Körper. »Ja, Tenebrae, alles, ich verspreche Euch alles, wenn ich jetzt nach Hause darf.« Er schluchzte auf. Wir anderen lachten aus vollem Hals.

»Dann geh, aber denke an dein Versprechen!«

Wir vernahmen den Schrei der Eule, das Bild Tenebraes und das rote Leuchten verblassten. Melchior drehte sich zu uns um. »Pft«, feixte er in die Runde und streckte uns allen die Zunge heraus. Jetzt wurde unser Lachen zu einem übermütigen, vergnügten Quietschen. Wütend machte der Kleine auf dem Absatz kehrt. »Ich will keinen von euch je wiedersehen!«

Doch er besann sich und rannte auf Dawn zu. »Dich vielleicht, aber nur, weil deine Marmelade so gut geschmeckt hat.« Er drückte ihr ein Taschentuch in die Hand und lief davon, so schnell ihn seine kleinen Füße trugen. Neugierig blickten wir auf das weiße Tüchlein, das ein Eigenleben zu haben schien. Dawn fasste das Tuch an einer Ecke und schlug es behutsam auf. »Hallo … ich habe … es mir … gut überlegt, ich … will doch … mit euch … kommen. Da draußen … so ganz allein … ist es auf … die Dauer … doch … sehr einsam.«

»Eugen!«, riefen wir vor Überraschung und Freude im Chor. Die grüne Raupe stellte ihre Fühler steil in die Höhe und lachte zufrieden, als sie die Marmorstatuen erblickte. »Ich wusste … doch, dass … diese … unfreundlichen Personen … eine gerechte Strafe … erhalten werden.«

Wir freuten uns über Eugens großen Mut, mit Melchior gegangen zu sein, und die Tatsache, die Angat besiegt zu haben. Letztlich lachten wir auch über Jechube und Rajah, es war gut, sie nun als Marmorstatuen zu wissen, so konnten sie kein Unheil mehr anrichten. Erleichtert beglückwünschten wir uns gegenseitig und bedankten uns bei den Rittern für ihren Beistand. »Die werden uns für eine lange Zeit nicht mehr belästigen«, grinste Heron.

Aber noch war unsere Mission nicht erfüllt. Heron, der den Auftrag hatte, uns weiterhin zu schützen, erinnerte uns daran, dass wir weiterreiten mussten. »Wir sollten uns auf den Weg machen, denn je eher ihr die Lebensachse zurück an ihren Platz bringt, desto schneller kann sich die Welt erholen und wieder in ihren gewohnten Rhythmus kommen.«

Wir liefen durch die Empfangshalle der verwaisten Burg zu unseren Pferden. Markus reichte jedem von uns einen Kanten Brot und teilte mit uns den Inhalt seiner Feldflasche. Nach dieser kurzen Stärkung stiegen wir aufgekratzt und glücklich in die Sättel. Ich schob die Lebensachse behutsam in eine meiner Satteltaschen und band sie mit einem Stück Schnur, das mir Lukas zuwarf, sorgsam fest.

Heron übernahm wie gewohnt die Führung. »Tenebrae hat uns ein Tor ans Ende der Zugbrücke gestellt, durch das wir zurück in die Unten-Welt gelangen«, erklärte er, bevor sich unsere Gruppe in Bewegung setzte. In zügigem Trab verließen wir den Innenhof.

»Was wird aus den Angat und dem Rest der Bevölkerung? Und was wird aus den beiden? Werden sie irgendwann wieder lebendig oder stehen sie bis in alle Ewigkeit dort und gehen sich gegenseitig an die Gurgel?«, fragte ich Heron, nachdem ich mich an seine Seite geschoben hatte. »Sollten die wenigen Soldaten der Angat zurückkehren, werden sie sich sehr einsam fühlen. Hier in Sinistrien kümmern Bewohner sich nur um sich selbst, sie leben anders, als es bei euch in Thalam Brauch ist. Ihnen wird es nicht besser oder schlechter ergehen durch Jechubes Versteinerung. Und was die beiden betrifft: Tot sind sie nicht, also kann ich mir vorstellen, dass Tenebraes Bann irgendwann von ihnen abfällt oder es eine Möglichkeit gibt, die zwei Streithähne zu erlösen. Aber sei gewiss, Gidion, die Avantgarde werden es als Erste erfahren.« Er lachte. »Und nun lass uns durch das Tor auf die gute Seite der Unten-Welt wechseln.«

Er ließ seinen Pfiff ertönen, sofort streckte sich sein Brauner. Wir folgten ihm und landeten weich auf der anderen Seite. Süßer Blumenduft zog über die in der warmen Abendsonne liegenden Wiesen und Felder.

Leona ritt an meiner Seite. »Ich werde mich nie an die ewigen Tageszeitverschiebungen zwischen den Welten gewöhnen.« Sie gähnte. Ich pflichtete ihr bei, denn auch mich verwirrte es, dass es hier immer noch früher Abend war. »Wir waren richtig gut«, lachte sie stolz. »Ja, das waren wir«, strahlte ich zurück. Doch trotz meiner Freude war ich traurig. Bald würde unser Abenteuer zu Ende sein. Und was kam dann?

25

Nach kurzer Zeit gelangten wir an einen hohen Berg. Heron machte uns darauf aufmerksam, dass wir eine Tür oder ein eisernes Tor finden mussten. Alle machten sich auf die Suche, schließlich meldete sich Dawn zu Wort. »Ich glaube, da in der Mitte könnte es sein.« Sie zeigte auf einen Punkt im Bergmassiv direkt vor uns.

„Wir sind da!«, rief Heron erfreut. Das Tor war so unauffällig, dass ich es glatt übersehen hätte. »Hier werdet ihr auf euresgleichen treffen«, sagte der Ritter geheimnisvoll und dirigierte sein Pferd näher an den Einlass.

»Was meinst du damit?«, fragte Leona vorlaut wie immer. Heron drehte sich zu ihr um. »Hier, gleich hinter der Tür, lebt eine Gruppe Thalamer, die dafür geboren wurden, die Lebensachse zu versorgen.«

„Versorgen? Womit? Hat sie Hunger?«, kicherte Leona. Eine winzige Spur Zornesröte blitzte in seinen Augen auf. Er sah Leona fest in die Augen. »Kleine Lady, versorgen ist nicht gleichbedeutend mit essen. Es könnte doch sein, dass sie hin und wieder geputzt werden muss, oder siehst du das anders?«

„Der ist aber garstig«, zischte Leona mir zu. Ich musste grinsen. Sie würde nie lernen, dass man manchmal besser seinen Mund hielt.

Heron stieg aus dem Sattel und klopfte in einer Schlagfolge, die wie ein geheimes Zeichen wirkte, an die schwere Eisenpforte. Kurz darauf hörten wir, wie ein Schlüssel klackend im Schloss gedreht wurde. Heraus kam ein junger Thalamer, der uns freundlich begrüßte. »Hallo, wir haben schon auf euch gewartet.« Er machte eine einladende Handbewegung.

Wir kletterten aus den Sätteln, ich löste den Knoten der Kordel und zog die Lebensachse, die immer noch schützend in die alte Decke gewickelt war, aus der Satteltasche. »Nicht auszudenken, wenn im letzten Moment noch etwas passiert«, überlegte ich und klemmte sie fest unter meinen Arm. Gemeinsam gingen wir auf den Eingang zu.

Bevor wir die Tür erreichten, stellte sich uns Heron mit seinen Männern in den Weg. »Wir müssen euch verlassen, edle Kämpfer der Avantgarde.«

Auf sein Zeichen beugten er und seine Ritter vor uns die Knie und senkten die Köpfe. Nach einigen Sekunden der Verwunderung ergriff Levinor das Wort. »Erhebt euch, edle Ritter der Tenebrae.«

Für einen Moment standen wir uns wortlos gegenüber. Mir war dieser Abschied zu förmlich, schließlich hatten wir Seite an Seite gekämpft und Heron und seinen Rittern eine Menge zu verdanken. Den anderen schien es genauso zu gehen. Gleichzeitig fielen wir uns in die Arme. Ich sah, wie Leona Heron fest an sich drückte, dem mutigen Kämpfer zog ein leichter Anflug von Schamesröte um seinen ohnehin roten Bart. Er konnte ihr einfach nicht böse sein.

Nachdem wir uns gebührend voneinander verabschiedet hatten, stiegen die Ritter wieder auf ihre geduldig wartenden Pferde. »Wir werden uns wiedersehen«, versicherte Heron. Er schenkte uns ein breites Lächeln und ließ seinen Pfiff erschallen. Sofort wendeten die Pferde auf der Hinterhand und galoppierten davon.

„Bitte nehmt eure Pferde mit hinein, sie werden gut versorgt, solange ihr euch bei uns aufhaltet«, brachte uns die Stimme des jungen Thalamers zurück zu unserer Aufgabe. Wir traten durch das Tor und kamen in eine riesige Halle voller Thalamer. Neugierig sah ich mich um. Ein Knabe nahm uns die Zügel unserer Pferde aus der Hand. Leona zerrte mich in das Getümmel. »Was für ein tolles Fest!«, rief sie begeistert, während ich hinter ihr herstolperte. Die Luft roch nach Honig und süßem Kuchen, überall gab es bunte Tücher, herrliches Obst und massenweise Süßigkeiten.

„Halt!«, rief ich lachend, »ich glaube, wir haben etwas vergessen.« Ich hielt ihr die Lebensachse entgegen. Levinor und Dawn holten uns ein. Der junge Thalamer an unserer Seite übernahm die Führung. Wir liefen quer durch die Halle bis zu einer großen, steinernen Erhöhung. Sie hatte die Form eines mächtigen Podestes, das wie eine Art Schaubühne anmutete. Darauf befand sich ein goldenes Drehgestell.

„Legt sie behutsam in die Halterung, den Rest wird die Achse selbst übernehmen«, wies er uns an. Bedächtig stiegen wir die acht Stufen empor und stellten uns seitlich neben dem Gestell auf. Vorsichtig schlug ich die Decke auseinander und hob die Lebensachse empor. Sofort verbreitete sie ihren sanft pulsierenden Schein. Dawn und Levinor hielten das Gestell, während Leona und ich die Lebensachse langsam in ihre Halterung zurückgleiten ließen. Kaum lag sie wieder an ihrem Platz, ging ein kräftiger Ruck durch die Halle. Mit einem singenden Geräusch begann sich die Achse zu drehen.

Jetzt erst bemerkten wir, dass die Bewohner ihr geschäftiges Treiben eingestellt und sich mit erwartungsvollen Gesichtern vor dem Podest versammelt hatten. Anerkennend sahen sie uns an. Wir blickten leicht verunsichert von dem Altar auf sie herab. Keiner von uns wusste, was wir jetzt tun sollten. Ich sah zu meiner Schwester hinüber, auf deren Schulter Eugen saß.

Plötzlich entbrannte ein tosender Applaus, die Menge ließ uns hochleben, rief unsere Namen und jubelte. Einige stürmten die Stufen zu uns herauf, ergriffen unsere Hände und zogen uns mit sich. Wir aßen die schönsten Leckereien und tranken den süßesten Nektar, bis unsere Bäuche zu platzen drohten. Es war herrlich, nach all den Abenteuern wieder sorglos zu feiern. Nach dem Essen übermannte mich die Müdigkeit, auch Leona gähnte. Wir saßen an einem langen Holztisch, um etwas auszuruhen. Vergeblich versuchte ich, Dawn und Levinor in der Menge zu entdecken. »Weißt du, wo die anderen sind?«, fragte ich und unterdrückte ein Gähnen. »Die liegen schon in der Falle, wie es sich für ältere Leute gehört«, grinste sie gewohnt frech. Der junge Thalamer neigte sich zu mir herüber. »Möchtet ihr vielleicht auch ein wenig ruhen?« Leona und ich bejahten.

Unser Gastgeber führte uns in einen Raum, der hinter der Festhalle lag. Der Prinz und Dawn lagen bereits in süßen Träumen. Rasch zogen wir die Stiefel aus und ließen uns so, wie wir waren, auf die Betten fallen. Der Raum musste so etwas wie ein Schlafsaal für Avantgarde sein, es gab nichts außer vier Betten und einem Guckloch, durch das wir die in der Halterung drehende Lebensachse sehen konnten.

26

Am nächsten Morgen wurde es Zeit, nach Thalam zurückzukehren. Wir mussten wieder nach Hause, das hatte ich bei all den Abenteuern und diesem rauschenden Fest fast vergessen. Wir stiegen aus den Betten, zogen die Stiefel über die Füße und verließen den Raum. Wenn ich ehrlich war, hätte ich noch länger schlafen können, aber die Ruhe reichte aus, um den Rest unseres Weges zu schaffen. Sofort waren einige Thalamer an unserer Seite. Nachdem wir uns im Waschraum frisch gemacht hatten, nahm Dawn Eugen behutsam aus einer ihrer Taschen und ließ den Pelzwurm auf ihre Hand krabbeln. Unter lautem Ächzen richtete er sich auf. »Vielen Dank für … die Reise, aber … wenn ich … es mir recht … überlege, … möchte ich nun … doch lieber … nicht mit nach … Thalam kommen.« Er atmete schwer. »Ich denke … hier ist der Ort … an dem ich … leben will, … es gibt etwas … Gutes zu essen, … die Leute … sind freundlich … und jeder achtet … darauf, mir nicht … weh zu tun.« Er winkte mit seinem Fühler meiner Schwester, sie solle sich zu ihm herunterbeugen, und bog seinen Raupenkörper, sodass er ihr Gesicht erreichte. Schmatzend gab er ihr einen Kuss auf die Wange, woraufhin seine Farbe von Grün auf Rot wechselte und seine Haare in alle Richtungen standen. Wir lachten über den Kleinen, der sich nun von Dawn auf die Schulter eines jungen Thalamers setzen ließ.

»Ich danke dir, Eugen, und wünsche dir alles Gute. Natürlich bist du nach wie vor herzlich eingeladen, uns in Thalam zu besuchen.«

Ein schimmernder Tränenschleier trat in seine großen Raupenaugen. Wir verabschiedeten uns von ihm und bedankten uns bei den Thalamern für die wohlwollende Gastfreundschaft, jedoch nicht ohne ihnen zu versprechen, eines Tages wiederzukehren. Zwei Jungen brachten unsere Pferde. Die Tiere machten einen wesentlich ausgeruhteren Eindruck als wir.

»Reitet durch diesen Tunnel. Am Ende trefft ihr auf euren Ausgangspunkt, der euch durch die Pforte in das Schloss des Königs führt. Lasst die Pferde einfach stehen, jemand wird sie abholen und sicher in ihren Stall bringen. Dort werden sie auf euch warten, bis ihr in die Unten-Welt zurückkehrt.«

»Schade, ich dachte, wir können die Pferde behalten«, flüsterte ich Leona zu, die liebevoll den Hals ihrer Stute klopfte.

»Ja, aber ich glaube, dass es ihnen hier unten besser gefallen wird. Und es ist doch gut zu wissen, dass sie hier auf uns warten«, erklärte Dawn, als sie unsere enttäuschten

Gesichter sah. Sie wusste nur zu gut, wie sehr ich mir all die Jahre ein Pferd gewünscht hatte, doch Vater Mundus hatte davon nichts wissen wollen. Für ihn waren Esel die einzig wahren Reittiere.

»Wo ist der Stall unserer Pferde?« Dawn lachte. »Den werde ich euch zeigen, wenn wir das nächste Mal hier sind. Jetzt wird es Zeit.«

Schweigend ritten wir durch den mit Fackeln erleuchteten Tunnel, die Luft prickelte bei jedem Atemzug in meiner Nase, es roch wie nach einem reinigenden Gewitter. Als wir aus dem Tunnel herauskamen, trafen wir tatsächlich auf den Sandplatz, an dessen Ende die Bretterpforte wartete, durch die wir erst vor wenigen Tagen in die Unten-Welt aufgebrochen waren. Sie würde uns zurück in das Schloss von König Onuphrius bringen. Natürlich hätten wir den Weg auch zu Fuß zurücklegen können, doch in der Unten-Welt gehörte es zum guten Ton, dass die Avantgarde zu Pferd reisten. Schließlich hatten wir ein Erbe zu vertreten und durften den Bewohnern der Unten-Welt nicht ihre Illusionen von dem Leben eines Avantgarde nehmen. Abgesehen davon schätzte ich jede Sekunde, die ich auf dem Rücken meines Pferdes verbringen konnte.

»Hier ist unser Abenteuer zu Ende«, stellte ich wehmütig fest. Die anderen machten betretene Gesichter. Langsam ließen wir uns ein letztes Mal aus den Sätteln gleiten. Ich klopfte meinem Rappen liebevoll den starken Hals. Langsam wendete er seinen Kopf und sah mir in die

Augen. Ich zog die Mohrrübe aus meiner Tasche, die ich mir besorgt hatte, und schob sie ihm zwischen seine weichen Lippen. »Danke.« Er antwortete mit einem sanften Wiehern.

Levinor und ich nahmen Dawn und Leona in die Mitte, fassten uns fest bei den Händen und gingen auf die Pforte zu. Sie öffnete sich lautlos. Ein Ruck ging durch unsere Körper, als wären wir eins, dann wagten wir den letzten Schritt. Wir waren zurück in Thalam.

»Sie sind da! Sie sind da!«, rief Anton aus Leibeskräften. Sofort eilten König Onuphrius, Vater Mundus und die Dienerschaft herbei. Ehe wir uns versahen, waren wir umringt von einer auf uns einredenden Menge. Selbst die Diener, die ich bisher nur als zurückhaltend kannte, schwatzten lautstark durcheinander. Irgendwo in der Menge erkannte ich Anton, der sich ächzend vor den vielen Füßen in Sicherheit brachte.

»Moment, Anton, wir beide haben noch eine Rechnung offen!«

Alle sahen von mir zu dem Frosch und wieder zurück. Antons Gesichtszüge entgleisten, er wendete auf der Stelle und versuchte, sich eilig hüpfend der gerechten Strafe zu entziehen. Ich stellte ihm nach und fing ihn mitten im Sprung. »Du weißt, was jetzt kommt«, grinste ich amüsiert. Antons Augen weiteten sich. »Nein! Lass mich runter! Lass mich sofort runter! Leona! Zu Hilfe! Leona!«

Er zappelte, als wäre er in Todesgefahr. Ich fasste ihn

fester, hob ihn mit beiden Händen an meine Lippen und drückte ihm einen dicken Kuss auf seine fest zusammengepressten Froschlippen. »Igitt! Püh, püh.« Angewidert spukte er neben mir aus. »Das hat mal jemand mit meiner Tante gemacht, weil er glaubte, Frösche werden dann zu Prinzen oder Prinzessinnen. Drei Tage war sie krank und eine Prinzessin ist sie auch nicht geworden!«

Ich setzte den meckernden und immer noch spuckenden Frosch zurück auf den Fußboden. Er suchte schleunigst das Weite. »Ich werde dir nie verzeihen, Gidion, Vater Mundus' Sohn! Niemals! Püh püh!«

Schallendes Gelächter begleitete seinen Rückzug, während ich mir meine Lippen rieb. Leona zwinkerte mir zu und deutete einen Luftkuss an. Sofort wurde ich rot.

»Dawn! Dawn!«, rief ich nach meiner Schwester, die sich aus der Gruppe löste und auf mich zukam. Ich zog sie sanft an meine Seite. »Darf ich dich mal was über Mädchen fragen?« Sie lachte. »Gerne. Aber heute wollen wir mit den anderen feiern. Lass uns morgen reden.«

Also verdrängte ich meine Fragen und folgte dem König in den Thronsaal, der festlich geschmückt war. Diener trugen große, appetitlich duftende Braten auf. Es gab Kartoffeln, Soße, Brot und Pfannkuchen. Unmengen von Pudding, Eis und Gebäck standen für uns bereit. Gaukler zeigten ihre Kunststücke und Musikanten unterhielten uns mit ihrem Spiel, bis der Morgen graute. Als wir endlich müde in unsere Betten sanken, mochte keiner von uns auch nur noch ein Wort reden. Mit einem Lächeln auf den Lippen galt mein vorletzter Gedanke Leona. Zu gerne hätte ich sie statt Anton geküsst, aber ich traute mich nicht, jedenfalls noch nicht. Bevor ich die Augen schloss, dachte ich an meine Mutter. Sehnsucht stieg in mir hoch. »Bald werde ich mich aufmachen in die Welt der Menschen und dann werde ich endlich meine Mutter kennenlernen.«

Ich schickte meinen Wunsch hinaus zu den Elfen, die als Sterne mit ihren Laternen den Nachthimmel beleuchteten. Liebevoll strich ich über die Halskette, die mir Dawn anvertraut hatte. Morgen würde ich sie meiner Schwester zurückgeben, denn das Pfand war eingelöst. Wir waren heil und erfolgreich nach Thalam zurückgekehrt.